ラフカディオ・ハーン

近代化と異文化理解の諸相

西川盛雄［編］

九州大学出版会

熊本大学ハーン・レリーフ

はしがき

　ラフカディオ・ハーン(小泉八雲)は，18年間のアメリカ滞在，2年間の西インド諸島マルティニーク島滞在の後，1890(明治23)年4月に横浜に降り立ちました。はじめ島根県尋常中学校の英語教師として松江で1年余り過ごしました。その後，1891(明治24)年11月，旧制第五高等中学校に赴任し，英語，ラテン語の教師として教壇に立ち，1894(明治27)年10月までの約3年間を熊本で暮らしました。しばらくはジャーナリストとして神戸に滞在しますが，その後東京帝国大学教授となり，最後は早稲田大学に移り，1904(明治37)年9月26日に狭心症で亡くなっています。

　西暦2004年がハーン没後百年という記念すべき年であったことから，ハーンとゆかりの深い熊本大学においてハーン顕彰のための記念事業を大学として実施することにいたしました。事業として，ハーン・レリーフの建立，ハーンの研究家でもあられるハーン曾孫の小泉凡先生の講演会，新しい切り口で時代を見据えたハーン・シンポジウム，そしてハーン研究の水準を維持し，これを全国に発信するためのハーン学術出版が計画されました。本書の作成にご協力いただいた10名の執筆者は種々の部局の方または熊本大学に縁の深い研究者で本学のハーン研究の層の厚さを示しています。執筆の視点は「ハーンとその作品が21世紀の今に伝えているメッセージを読み解きつつ，当時の西洋と東洋の邂逅の分析や日本の近代化の系譜を再考すること」であろうと理解しています。

　私も「日本の将来は無益な贅沢，浪費を捨て，質実，簡素，善良を愛する九州魂，熊本魂の維持如何にかかっている」と結ばれた講演，すなわち1894(明治27)年1月に全校生徒を前にして行ったハーンの講演『極東の将来』に示され

ている文明論の時代背景とその意味するところに深く思いを馳せているところです。

　このたびのハーン学術出版が，熊本大学が広く日本におけるハーンの研究拠点のひとつであることの証となることを願い，またこの成果を基礎に本学におけるハーン研究がさらに発展することを祈念いたします。

　2005年3月

　　　　　　　　　　　　　　　　　　　熊本大学・学長　　﨑 元 達 郎

目　次

はしがき ……………………………………………崎元達郎　i

第 I 部
ハーンにみる近代化と異文化理解の諸相

第 1 章　ハーンとユダヤ ………………………………小脇光男　3

第 2 章　ハーンの住んだ熊本の家 ……………………北野　隆　15

第 3 章　ハーンとフィラデルフィア ………………アラン・ローゼン　25
　　　　　　　　　　　　　　　　　　　　　　（徳永紀美子訳）

第 4 章　小泉　清のこと ………………………………金原　理　37

第 5 章　異文化受容と言語政策史の一断面 …………福澤　清　49
　　　　──ハーンの「日本の教育政策」を中心に──

第 6 章　ドゥドゥー・マンマン──母の手の温もり── ………小野友道　67

第 7 章　ラフカディオ・ハーンの俳句体験 …………松井貴子　87
　　　　──異文化受容の底流，子規とスペンサー──

第 8 章　「奇妙にごたごたした愉しい混沌」論 ………藤原万巳　101
　　　　──ラフカディオ・ハーンにおける文字の観相学的考察──

第 9 章　ラフカディオ・ハーンの
　　　　シンシナティ・ニューオーリーンズ時代 ………里見繁美　117
　　　　──才筆開花の軌跡とその検証──

第10章　ガラス乾板によるハーン添削の英作文の
　　　　紹介と分析 ……………………………………………西川盛雄　149

第 II 部
ラフカディオ・ハーン顕彰 没後 100 年記念講演

没後 100 年に思う，ハーンの未来性 ………………………小泉　凡　171

第 III 部
没後 100 年記念 ハーン・シンポジウム

ハーンからの伝言 ……………………………………………………… 191
　　──21 世紀に向けて（日本の近代化再考）──
　　　　　　　　　　　　パネリスト：松井貴子（宇都宮大学）
　　　　　　　　　　　　　　　　　　アラン・ローゼン（熊本大学）
　　　　　　　　　　　　　　　　　　西川盛雄（熊本大学）
　　　　　　　　　　　　　　　　　　渡辺京二（評論家）
　　　　　　　　　　コーディネーター：岩岡中正（熊本大学）

付録 1　小泉八雲略年譜 ………………………………………………… 223
付録 2　ハーン関係の地名・人名略解説 ……………………………… 229
あ と が き ……………………………………………………………… 247
索　　　引 ……………………………………………………………… 257

第 I 部

ハーンにみる近代化と異文化理解の諸相

第 1 章

ハーンとユダヤ

小 脇 光 男

　ハーンがアメリカに滞在した1869年から1890年までの間は、ユダヤ人を取り巻くヨーロッパ大陸の政治的、経済的諸事情、帝政ロシアや東欧で起こった組織的ユダヤ人弾圧（ポグロム）などが引き金となって、イギリス、オーストラリア、ニュージーランド、南アフリカ、（主にアルゼンチンを中心とする）南米、カナダ、そしてアメリカへとユダヤ移民の波が押し寄せていった時代と部分的に重なっている。

　ハーンがアメリカで長く滞在したシンシナティとニューオーリーンズはユダヤ人の多い土地柄であった[1]。中でもシンシナティはドイツ系改革派ユダヤ人が多く居住する町であり、彼らは聖書やタルムードを学ぶための学校を数多く設立し、教育、文化の面で多大な貢献をしている。ハーンはこうした現実のユダヤ社会、ユダヤ人との接触を通して、持ち前の他文化に対する興味、好奇心を掻き立てられたにちがいない。そして、ハーン特有の情報収集力を駆使し、ユダヤに関する記事などを書くことになったのであろう。ハーンがユダヤに関して書いたものは、ユダヤ文学、これを題材とする再話、ユダヤの慣習、当時のユダヤ人の政治的状況を含むユダヤ人の歴史などに及んでいる。本稿ではハーンがユダヤに触れた記事をいくつか取り上げ、これを軸として、ハーンのユダヤ理解について素描してみたい。

ハーンとユダヤ学

　初期の記事に「ヘブライの学校（原題 "The Hebrew College"）」（シンシナティ・コマーシャル，9/19/1875）と題する記事がある[2]。この「ヘブライの学校」とは，この記事の発表年と同じ 1875 年に，ユダヤ教改革派によってシンシナティに設立されたアメリカ最古のユダヤ学研究機関，Hebrew Union College を指しているものと推測する。この記事は，その設立にあたり，このカレッジがユダヤ学研究に果たす役割をハーンなりに展望したものとなっている。

　この記事の前半部は，後述の「シンシナティのユダヤ人」[1873, II] などを下敷きにしているようであるが，特に中世から近代に重点を置いて離散のユダヤ人の歴史を概観したものであり，客観的で公平な記述だと思う。その要点は以下のようになろうか。

　迫害の激しかったヨーロッパと異なり，イスラーム支配化のスペインでは，同じ一神教を信仰し，また共に教会の敵と見なされていたことから，両者は友好な関係を築いた。このような状況の中でユダヤ人は自由を享受し，文芸，科学を隆盛に導いた。ユダヤ人がヨーロッパ社会で商業の担い手にならざるをえなかった原因に言及しながら，商業活動のみならず，文芸，科学の分野においてもユダヤ人は突出した役割を果たしていた。従って，ユダヤ人を追放した国では文化，経済が衰退したが，逆にユダヤ人を受け入れた国（例えばオランダ）では繁栄した。迫害こそがユダヤ人を力強く富める民族にしたのだ。

　そして現在，商売人としてしか知られることのなかったユダヤ人が，ここアメリカにおいて再び文学，芸術，哲学，科学の分野で注目を浴びつつあり，今後，この分野でアメリカは中心地になるだろう，と期待を寄せている。

　歴史に続く後半部は，この新しく設立されたカレッジにおいて復活しようとしているユダヤ研究のうち，主にユダヤ文学について概説し，ユダヤ文学小史ともいえるものになっている。ハーンがここで一般の読者のために情熱を持って紹介しようとしているのは，（旧約）聖書以後の文学（post biblical literature），すなわち，ユダヤ教文学[3] のことである。解説はミシュナ，タルグム，タルムード，ミドラシュ，イスラーム支配下で花開いた中世のラビ文学，カバラ，加え

て12–19世紀の詩文へと広範囲に及ぶ。これらの文学がキリスト教世界にほとんど知られることはなく，また紹介もされなかったのは，何世紀にもわたるユダヤ人迫害のためであって，彼らを宗教上の敵と見なしてきたキリスト教世界の一般の人が，ヘブライの文学や哲学に現れる価値，美，知恵についてなにがしかを感じとることなど不可能なことだった，と言っている。

　少ないスペースにあまりに多くのことが欲張って語られ，しかも作家名などの固有名詞が当たり前のように次々と登場するので，恐らく何の予備知識もない一般の読者には読みづらいのではないかと思うのだが，旧約時代以降もユダヤ人の歴史はもちろん，ユダヤ文化も連綿と続いてきたことを力説したかったのであろう。なにしろ，キリスト教世界では，70年の対ローマのユダヤ戦争をもって，ユダヤ人の歴史は終わっているのだから。

ハーンとタルムード

　この記事で言及されているユダヤ文学の中でハーンは，殊のほかタルムードに関心を寄せ，その一節を引用した記事も書いている。ハーンはユダヤ教徒を通して，以前からタルムードがどんな書物であるのかをかなりよく知っていたと思われるが，Schwabのフランス語訳『エルサレム・タルムード』の出版がタルムードの内容を実際に知る直接の契機となっていることは確かである。ハーンはこのSchwabのフランス語訳タルムードに触れ，よほど強烈な印象を受けたのであろう。この翻訳作業が9巻まで終わった時点で，デモクラット紙に"Schwab's Talmud"(1887)[4]と題する一文を寄せ，その訳業を賞賛をもって紹介している。

　ここでSchwabのタルムードの仏語版について個人的な疑問を少し述べておく。このフランス語訳については未見のため明言はできないのだが，富山大学ヘルン文庫（ホームページによる）には2巻から9巻（1878–1887）が所蔵されており，初めの1巻が欠けている。その代わり，1871年出版の『エルサレム・タルムード及びバビロニア・タルムードのベラホート概説――初のフランス語訳――』というタイトルが見られる。これは2巻以降の『エルサレム・タルムー

ド』というタイトルとは異なっており，出版社も 2 巻以降のものとは異なっている。「ベラホート」はタルムード中の最初の編なので，後にこの訳書が第 1 巻として数えられるようになったのかもしれない[5]。

いずれにしても，2 巻が出版された 1878 年あたりから，「タルマッド瞥見」[1882, IV]，『飛花落葉集他』(1884)[6] など，タルムードに触れた記事や再話が目立つようになる。短時日のうちにタルムード関係の知識を仕入れたのではないかと思う。ただ，『飛花落葉集他』の中に収められている「タルムードからの伝説」を書くにあたっては，ハーンによる解説から察すると，1882 年出版の Hershon による *Talmudic Miscellany*（未見）や Schwab の別の訳書『エルサレム伝説集』（未見）など，再話にあたって便利なようにまとめられた簡便な訳本を主な種本としているようであり，Schwab 訳のタルムードはほとんど利用しなかったのではないかと推測される[7]。タルムードそのものから再話の題材を得るには，以下にも触れるように，タルムードはあまりにも膨大な書物であり，その理解の前提としてユダヤ教に関する予備知識も必要とされるので，さすがのハーンにとっても扱いにくい書物であったのだろう。

ハーンはたびたびタルムードの膨大さについて言及している。例えば「タルマッド瞥見」では「タルマッドに何が書かれているのかをほんのわずかでも知るためには，一日六時間，必死に勉強しても七年はかかるだろう。存命する人で，このタルマッドに精通しつくしていると見なされ得る人物はほとんどいない。東洋学学者自慢の優れた記憶力をもってしても，厖大なタルマッド文献の大海を記憶に収容しきれるものではない」と評している[8]。"Schwab's Talmud" の中では，タルムードの内容は神秘的で，常人にとってはしばしば耐え難いほど無味乾燥であるとも言い，「たとえ英訳があっても，最初の 12 ページを休みなく読むだけの忍耐を持っている人間は千人に一人もいまい」と Hershon の言葉を引用している。「ダーターバーヤ・バーラタ・カーリャラーヤ」[V] でも，これまた膨大な量を誇るインドの文献と比較しながら同様なことを述べているが，量においては両者は引き分けといったところである。

タルムードは，ユダヤ人として従うべき規則，宗教法を扱った部分（ハラハー

と呼ばれる）と，賢者の物語や彼らが語ったことば，伝説，寓話，詩，比喩，格言など，さまざまな文学形式からなる部分（アガダーと呼ばれる）からなり，しかも両者が膨大なページ数の中に渾然一体となって展開する。ハーンは，旧約聖書の律法についてもそうだが，宗教的なハラハーそのものにはそれほど関心はなく，ユダヤ人の思考様式の源泉として，とりわけアガダーに見られる自由な想像性，超自然性，神秘性により魅力を感じていたはずである。「タルマッド瞥見」で，タルムードに見出される想像力，思考力を，ここでもインドの文献と対比させながら，「サンスクリット文献とヘブライ文献の作者を比較すると，……ヘブライの語り手たちの方に，想像の天才はより濃厚にあるようである」と，タルムードに軍配を上げている。

ハーンと聖書

　前述のようにハーンは，もっぱら聖書以降のユダヤ文学に多大な関心を示していた。それでは，同じくユダヤ人の手になる旧約聖書はハーンにとって，どんな意味を持っていたのだろうか。

　ハーンは長男一雄に聖書を読ませていたようである。「耶蘇教信者になる必要は更にないが……世界で有名な宗教の本だから，読まして置いた方がよい」（『小泉八雲──思い出の記/父「八雲」を憶う』292頁）というハーンの言葉を回想している。教養としての聖書という意味合いであろうが，講義録「聖書と英文学」[VII]では，次のようにもう少し詳しく語られている。

　ハーンは先ず，原文に正確な英訳よりも，たとえ誤訳があっても文学的に価値のある英訳をよしとし，その意味で英訳聖書（欽定訳）は，原典の魅力を認めつつも，「たぶん，ヘブル語聖書よりも純文学としてはるかにすぐれた作品」であり，「英文学の中ではシェイクスピアに次ぐ最高の作品」であるとして高く評価している。次に，聖書を理解するということは文学としての価値を理解するということであって，宗教書（神のことば）としてではないと断言している。宗教書としてならばインドの聖典が最高水準を示しており，道徳や倫理は聖書の専売特許ではないという趣旨のことを言って，この面ではインドに軍配を上げて

いる。そして，英文学の作家，詩人を理解するために最低読むべきものとして，『創世記』,『出エジプト記』,『ルツ記』,『エステル記』,『雅歌』,『箴言』,(「聖書中，最も壮大な書」として)『ヨブ記』,それに(「人間の生き方についての普遍的な真理を含んだ詩」として)『伝道の書(コヘレト)』を学生に薦めている。一方，歴史と律法を扱った書物，それに預言書は文学的にそれほど重要ではないと評価は低い。ハーンが聖書中の書物で文学的に最も評価しているのは詩文である。「セム人というのは……最高水準をゆく詩的天分の所有者」であり，詩文は「セム的精神によって打ち立てられた一大金字塔」であると評している。

ハーンにとって聖書は，先のユダヤ教文学に対して示した関心と比べると，(英語の)文体を学び，英文学を理解するため(付随的に人生の教訓を得るため)の書物であって，それ以上のものではなかったようである。新約聖書にいたっては文学的に読む価値のあるものは『黙示録』だけで，それも内容が理解できるかどうかはたいしたことではないと，まことに素っ気ない扱いなのである。

ハーンと古典語

神学校時代にハーンが(古典)ギリシャ語やラテン語を勉強した(させられた)ことはよく知られている。これについてハーン自身はどう思っていたのだろう[9]。神学校時代のギリシャ語とラテン語の成績はそれほどでもなかったらしい。それが理由かどうかはともかく，後年，ワトキン宛て書簡(1896/5/23)で,「……飾りものの教育など，馬鹿げた悪しき時間の浪費にすぎません。今なお悔やまれてならぬのは，ラテン語やギリシャ語といったくだらぬ勉強に，十年もの歳月を無駄にしたことです。……何か一つでも実用的なことを教わって，現代の外国語を一つか二つ身につけていたら，どんなに有難かったでしょう」[XV 398]と，3歳になる長男一雄の将来の教育に絡めて，後悔めいたことを書き送っている。ちなみに,「くだらぬ勉強」とか「実用的」といった表現は，松江中学での教え子，大谷正信宛の書簡[XIV 337 以降]にも見ることができる。philologist (言語学者)になりたいという大谷に対して「文学や言語学の研究が後年になって役立つ実際上の価値は何であろうか？」,「後年になってからの自分に実際

上の有用性 practical use をもたらさぬようなものならば，勉強すべきではない」と自分の見解を述べ，これからの日本には科学が必要であり，金銭的にも報われるから，できれば科学関係の職業（実際に役立つ実用的な職業）に向けて勉強して欲しいとアドバイスをしている。更に「大学生が受けた教育はただただお飾り式 ornamental のものでしかなかったのです」と，自らの体験も重ね合わせている。「役立つ」とか「実用的」といった言葉を，ハーンから聞きたくない気もするのだが，体験から出た本音であろうか。

　ところで，「くだらぬ勉強」とか「実用的」とか「役立つ」とか「飾り物」といったことは別にして，ハーンはヘブライ語の知識を持っていたのであろうか。ハーンが正式に（古典）ヘブライ語をたとえわずかでも学んだことがあるのかどうか，これを示すような資料は見当たらない。ひょっとしたら神学生として聖書のヘブライ語を齧ることくらいはあったかもしれない。「霊魂と風，精霊と風のそよぎ，これらは古い聖書の言葉では，同じだったのです，と父親は私に語る。神学生時代に学んだヘブライ語をふと思い出して彼がそれを口にすると，死んだ言葉も，そのくちびるの上で蘇るように思われた。――地は定形なく……霊水の面を覆たりき……」［「破られた手紙」I 274］と，創世記の一節を引用しながら，それらしきことを匂わせてもいる。もっとも，ヘブライ語の「ルーアハ」に「魂」と「風」の両方の意味があることを知るぐらいは，たとえヘブライ語を学ばずとも博識のハーンにとってなんでもないことにちがいない。しかし，「三つの夢」[10]（I 283–284）の中の「シャロム！」という挨拶言葉や「シェマ」の祈りへの言及，「ハセルダーマ」［IV］の中で kosher をわざわざヘブライ文字で記したり，あるいはまた「ユダヤ式葬儀覚え書」［IV］で，全能の神を意味するとされる Shadday を SIN-DALED-YAD とアルファベットの名称で言っていることなどから想像するに，ユダヤ教徒との交流を通し，あるいはシナゴーグなどで多少のヘブライ語に触れ，その響きを耳にし，文字にも興味を持ったのかもしれない[11]。

　タルムードをはじめとするユダヤ文学，ひいてはユダヤ学への関心とともに，ハーンはセム系の諸言語についても相当に学問的な知識を得ている。その知識

は前述の「ヘブライの学校」中で，セム語概説として披露されている。この記事が書かれた19世紀中葉は，既にエジプトの象形文字やメソポタミアの楔形文字が解読されてエジプト学やアッシリア学の揺籃期であり，また比較言語学華やかなりし時代であった。このユダヤ文学小史ともいえる記事の中で，コプト語をセム語の中に分類しているなど，今日から見るとやや大雑把な記述もあるけれども，「一般読者の参考のために」セム語について最新の情報を簡潔に提供している。セム諸語の中で，エチオピア語とアラム語が一番研究が遅れているなど，言語学研究の現状にまで言及し，更にはエチオピア語によるアポクリファの面白さを，例を挙げて紹介しているのである。

　ハーンが何かについて著す時，その一行一行の裏には幅広く，しかも専門的な知識の集積があり，周到な準備を欠かさない。その多くは独学によって得たものであろうが，フランスの学士院の年報に丹念に目を通すなど，古今東西の研究分野について最新の情報に触れ，学会の動向にも敏感であったことが窺える（「学問の勝利」[III]，「舞台に見るユダヤ人」[IV]など）。

ハーンのユダヤ人観

　最後に，ハーンのユダヤ人観を垣間見ることのできる記事に少し触れておく。ジャーナリストとしての職を得てからほどなくシンシナティ・エンクワイアラー紙に発表した「シンシナティのユダヤ人」[1873, II] は，ハーンがユダヤ人について書いた最初のまとまった記事である。この記事の中でハーンは，「この非凡なる民族の人格形成と，特殊な職業に対する才能と好みとに長年にわたって影響を与えてきた要因」を説くとともに，その迫害の歴史，民族の伝統の固守，離散の地における卓越した創作活動などについて概観している。そしてハーンの目に映った現実のユダヤ人は，「少ない収入で経済的に暮らし，富をもっても堕落して浪費することがほとんどなく，まして怠惰になることは決してな」く，「子供の教育を神聖なる義務とし，公立学校と公共図書館を支援する。彼らこそ公共教育制度の最も堅固な支持者」であり，伝統的なコーシェルを守る人たちであった。ここでハーンは，ユダヤ人の勤勉さを褒め，教育に熱心であること

に感心し，更には食肉の処理法が衛生的であること[12]を印象深く語っているのである。

　ユダヤ人が有能であることについては「中国と西洋——エッセイ——」[XIV 181以下]の中で，「世界の財政は……キリスト教によって迫害された一民族……の手中にある」が，「ユダヤ人の知的能力はなにも商業だけに限られたものではない[13]。ユダヤ人の能力の平均は……多方面において，いわゆるアーリア人の能力の平均よりもすぐれている」として，西洋の著名人の中に占めるユダヤ人の割合を数値で示している。そしてこの能力というのは「迫害の結果であるよりもむしろ原因」であって，「有能なるがゆえに憎まれ迫害されていた」と論じている。

　こうしたユダヤ人に対する好意的なプラスの描写，ユダヤ人びいきとも言える評価は，他の記事の中にも一貫して現れ，ユダヤ人，ユダヤ文化について一切の誹謗中傷の言葉は聞かれないのである。よく言われるように，「少数者への温かい眼差し」，「流浪の民に我が身を重ね合わせた」といった表現では説明できない感情以上の何かをハーンはユダヤ人に対して抱いていた，と思うのは穿ちすぎであろうか。

　アメリカ時代のハーンは，冒頭に記したユダヤ人迫害問題，その結果としてのアメリカへのユダヤ移民を切っ掛けに，政治的な発言も行っている。ここでもジャーナリストとしてのハーンは，あくまでもユダヤ人擁護の立場に立っている。「ロシアにおけるユダヤ人迫害」[1880, II]，「政府の政策とユダヤ人」[1881, II]，「ユダヤ的フランス」[1886, III]などでは，ヨーロッパにおける反ユダヤ主義を明確に批判し，「純粋にユダヤ的な人物は，かつてのユダヤ人街の壊滅とともに消滅し……いまや，ユダヤ人はフランス人となり，ドイツ人となり，英国人となっている。他の市民と同様である」(「舞台に見るユダヤ人」[1886, IV])と言い，「ルイジアナへのユダヤ人移民」[1881, II]では，ロシアにおける不当なユダヤ人迫害，同国におけるユダヤ人の経済活動の重要性に触れつつ，ルイジアナがユダヤ人移民(多くは農民，職人)を必要としており，彼らのルイジアナ社会への貢献を期待しているのである。

ところでハーンは，1882年に始まるユダヤ人のパレスチナへの移住については全く触れていない。この移住がもたらす今日的意味について，ジャーナリスト，ハーンも予測していなかったのかもしれない。既にハーンが日本に帰化し，東京帝国大学の英語講師となっていた頃の1896（明治29）年，ブダペスト出身の作家でジャーナリストでもあるテオドール・ヘルツルが『ユダヤ人国家』を著わし，翌1897（明治30）年8月には，彼の呼びかけにより第一回シオニスト会議がバーゼルで開催され，政治的シオニズム運動が展開されていくことになる。ハーンがそのままアメリカでジャーナリストとして記事を書き続けていたら，このシオニスト運動を見逃すことはなかったであろう。しかし，来日後のハーンは積極的にユダヤ人問題について発言することはなく，もはや関心を失ってしまっていたようにも思われる。

　ちなみにヘルツルは，ハーンに遅れること10年，1860年に生まれ，ハーンと同じく1904年に没している。二人の没した年にはロシアからパレスチナへの第二波のユダヤ人移住が始まり，この波は1914年の第一次世界大戦勃発の年まで続いている。以降のこの地の歴史は既に周知のごとき状況にある。かくも好意的なまなざしでユダヤ人を観ていたジャーナリスト，ハーンは，どのような記事を書いたであろうか。

[注]

*以下，『ラフカディオ・ハーン著作集』（恒文社）からの引用は巻数を［　］内にローマ数字で示す。必要があれば発表年，ページも付記する。
1) ハーンが滞在していた頃のアメリカのユダヤ人口については，1877年の統計が *Encyclopaedia Judaica* Vol. 15 (Keter Publishing House, Jerusalem 1972, p. 1606, p. 1614) に載せられているので参考までに記す。ユダヤ人口の総数は226,042人であり，現在の州区分に従って上位10位までを挙げる。
　　1. ニューヨーク 80,565 / 2. カリフォルニア 18,580 / 3. ペンシルバニア 18,097 / 4. オハイオ 14,581 / 5. イリノイ 12,625 / 6. メリーランド 10,337 / 7. マサチューセッツ 8,500 / 8. ルイジアナ 7,538 / 9. ミズーリ 7,380 / 10. ニュージャージー 5,593
2) *Barbarous Barbers and Other Stories*（北星堂）所収。

3) ハーンが関心を抱いたこれらの書物の概略を知るには，R. C. ムーサフ・アンドリーセ(市川裕訳)『ユダヤ教聖典入門』(教文館, 1990)がよい。
4) *Literary Essays*(北星堂)所収。
5) 邦訳『飛花落葉集他』中の参考文献では，I–VI 巻までの翻訳期間は 1878–1883 となっている。ただし，*Encyclopaedia Judaica* Vol. 14 (Schwab の項)によれば，タルムード全 11 巻の翻訳は 1871–1890 に出版されている。なお，Schwab は 1839–1918 の人。
6) 「今，おおわらわになって東洋の伝説集に取り組んでいるところです——……タルムード……などの説話をまとめ，春までに仕上げたいと思っています」(1882/11/24 付，ヘンリー・ワトキン宛て書簡)[XV 385]参照。
7) ハーンは出典を記さないことが多い。アラビア，ペルシャの再話の典拠を調査，解説したものに，杉田英明「ハーンのイスラム諸国物語——主要作品の典拠と注解」『ユリイカ』27/4 (1995) があり，有用である。ユダヤ関係の再話についても，このような調査が必要かもしれない。
8) 「タルマッドが何であるかを解説しようとはしない。それは，かなわぬことだ」(「タルマッド瞥見」[IV])と言っているように，タルムードについて簡潔に説明することは不可能である。モリス・アドラー(河合一充訳)『タルムードの世界』(ミルトス)などが参考になる。
9) ハーンは 6 歳まで母ローザの母語，イタリア語と現代ギリシャ語を話したという[XV 132]。ギリシャは現在でも複雑な言語問題を抱えている。ギリシャ語の方言研究はあまり進んでいないようであるが，ローザの出身地キシラ(キティラ)島は南部本土方言に属し，口語標準語に近いらしい。なお，1928 年の統計によると，国内のイタリア語話者は 3,199 人となっており，極めて少数派である。また近代(現代)ギリシャ語は語彙的にイタリア語とトルコ語の影響が強い。関本至『現代ギリシアの言語と文学』(渓水社, 1987)所収の「ギリシアの言語地理学」，「近代ギリシア語における外来語」，『月刊言語』Vol. 33 / No. 7 (大修館書店, 2004) 所収の西村太良「ギリシアにおける言語問題」，八木橋正雄「ギリシアの方言」等を参照。
10) 冒頭の引用文「とこしえの国，誰も戻って来ない国……」は，メソポタミアの有名な神話「イシュタルの冥界下り」ないしは Urliteratur と言われる「ギルガメシュ叙事詩」の一部を書き換えたものであろう。アッシリア，エジプトの幽霊に関する翻訳を読んだことに触れており[XV 308]，ハーンの関心の広さが窺える。
11) 西江雅之「カリブ雑記」『ユリイカ』27/4 (1995, 148–149) に，ニューオーリーンズのテューレーン大学のハーン・コレクションの中にハーンの書いたアラビア文字を見たことが語られている。
12) 「ハセルダーマ」[IV]を参照。この記事については，アラン・ローゼン「胃袋から心へ——ハーンと食のグロテスク」，平川祐弘「ハケルダマ——ハーンの記事と

藤村のスケッチ」の論考がある（共に『ユリイカ』27/4, 1995）。なお，Haceldama はウルガータに現れる形（マタイ 27:8 など）。アラム語の 'ハケル'「畑」+ 'デマー'「血」に由来し「血の畑」の意。また，ヘブライ語の kosher（または kasher）は元々「適した，適正な」の意。「(儀式の面で)正しく欠陥がない」という意味から，食品について言う場合は「戒律にのっとって食べることを許された（物），適正食品」の意。

13) 悪徳なユダヤ人金貸しとその裁判を描いた物語としてシェイクスピアの『ヴェニスの商人』が有名であるが，酷似した物語がユダヤ民話の中にも見られる。小脇光男他訳『ユダヤ民話 40 選』（六興出版，1980）中の第 4 話を参照。

第 2 章

ハーンの住んだ熊本の家

北 野 　 隆

　ラフカディオ・ハーンは，1891（明治24）年11月より1894（明治27）年10月まで約3年間，熊本に住んだ。この間，ハーンが住んだ熊本の家を出来るだけ具体的にして，その家の特徴を明らかにする。今回はハーンの住んだ熊本の家を通して，住居観を考える。

　ハーンは，1891（明治24）年11月19日に家族を伴って熊本に着いた。宿泊は明治24年7月に開業したばかりの手取本町の「不知火館」であった。当時の「不知火館」の開業広告によると「熊本市手取本町元細流舎跡」「但，細流舎之儀は是迄の隣地へ引移し不相換，活版営業仕候」と記されるから，「不知火館」は「細流舎」の跡で，「細流舎」は隣へ移ったことが知られる（図1）[1]。

図1　「不知火館」は「細流舎」の跡に建てられた。
（明治19年頃の手取本町の景観『熊本商家繁昌図録』より）

ハーンが熊本に来る直前の明治19年頃の手取本町の「細流舎」付近を描いた『熊本商家繁昌図録』は，当時の町の雰囲気を表しているように思われる（図1）[2]。

　第五高等中学校では，ハーンの赴任に備えて外人用の教師館が用意されていた。開校当時の「五高校内配置図」を見ると，敷地の南西隅に二軒の外人教師館が描かれている。この教師館は赤レンガ造りの本館に続いて，1889（明治22）年11月に完成した。設計は本館同様，文部大臣官房会計課建築掛であった。

　教師館はL字型になり，北西部に使用人の部屋が付属していた。L字型の東西棟の西に玄関，南側にベランダ付きの二部屋が設けられ，南北棟は西側が廊下で東側に一部屋，その北に便所，浴室が設けられていた。

　現在，この教師館のL字型部分が荒尾市の三井グリーンランドに移築されている。これらの資料を参考に当時の教師館を復元すると，屋根には暖炉用の煙突を設け，外壁は洋風の下見板張，窓も洋風の上げ下げ窓で，部屋の南側にベランダを付けるコロニアルスタイル風の家であった（写真1, 2, 図2, 3）[3]。

　ハーンは，この学校側が用意した教師館を辞退した。「学校側はこの宿舎の無料提供を申し出たが，ハーンは松江なみの家がみつかるまで旅館に泊まっていてもやむをえないと言ってことわった」[4]。

写真1　第五高等中学校教師館（三井グリーンランド）

第2章 ハーンの住んだ熊本の家　　　　　　　　　　17

写真2 教師館の玄関
（三井グリーンランド）

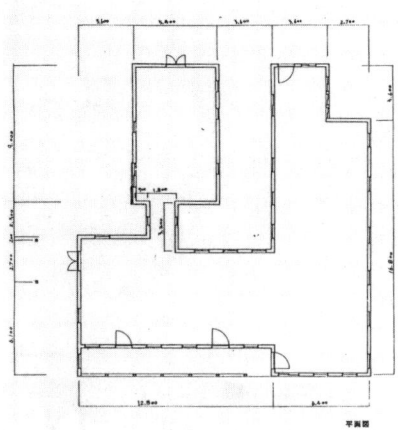

図2 教師館平面図
（五高校内配置図より）

図3 教師館復原図

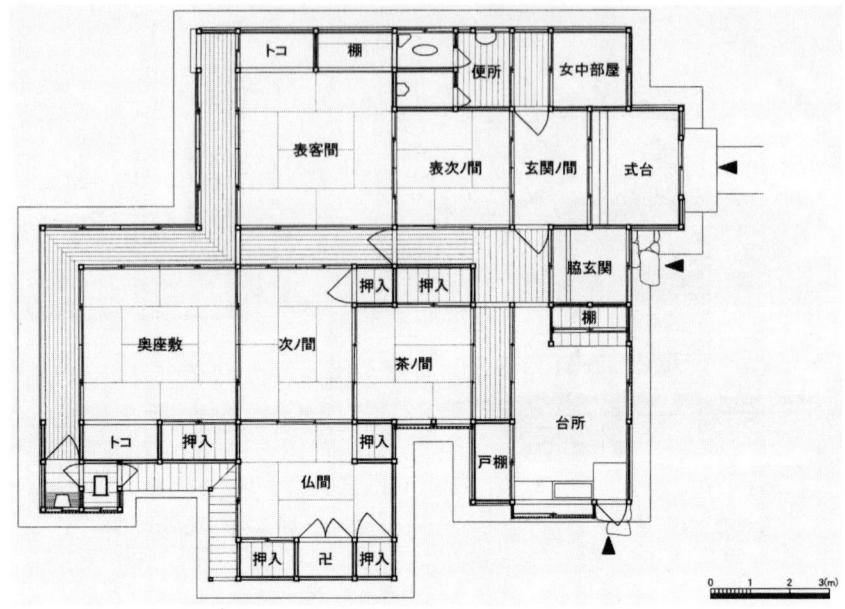

図4　手取本町三四番地の「小泉八雲熊本旧居」

　そして，1891 (明治24) 年11月25日に藤崎剛八中尉夫人の斡旋で，手取本町三四番地の赤星晋作氏所有の家を借りることになった。この時の家は1960 (昭和35) 年に解体の危機にさらされたが，「小泉八雲熊本旧居保存会」によって，翌年，熊本市安政町2-6に移築され，1968 (昭和43) 年には熊本市有形文化財に指定された (図4)。さらに，1995 (平成7) 年には全面的に解体保存修理が行われ現在に及んでいる (図5)[5]。

　解体保存修理された現在の「小泉八雲熊本旧居」を見ると，江戸時代末期頃に建築された中級武士住宅だったように思われる。当時の武士住宅では，下級武士が式台 (玄関) ＋表座敷を一棟，中級武士が式台 (玄関) ＋表座敷＋奥座敷を一棟，上級武士が式台 (玄関) ＋表座敷＋奥座敷をそれぞれ別棟に設けていた (図5)[6]。

　「小泉八雲熊本旧居」は式台 (玄関) を入ると八畳の「次の間」をへて，十畳の

第 2 章　ハーンの住んだ熊本の家

図 5　熊本市安政町 2-6，解体保存修理された「小泉八雲熊本旧居」

「表座敷」（客間）である。「表座敷」は武士の重要な仕事である接客の部屋であった。そのため，「表座敷」には座敷飾りとして，格式的に床と違棚が設けられていた。「奥座敷」は主人の私的な居間であり，内部の意匠もいろいろ趣味的傾向が表れ，座敷飾りとして床が設けられ，縁を廻して庭に面している。

　明治時代になると，士農工商の身分制度もなくなり，便利さを考慮しながら，若干の改造が行われたと思われる。1995（平成 7）年の解体保存修理以前の「小泉八雲熊本旧居」には，脇玄関より「奥座敷」（居間）へ中廊下が設けられ，玄関の間の隣には「女中部屋」も見られた。

　1891（明治 24）年 11 月よりハーンが生活したのは建築当初より一部改造された家の方がより近かったようにも思える。しかし，一部の改造であり，主要部分は当時と変わっていない。ハーンはこの手取本町の家で神棚を特別に注文して造らせ，「奥座敷」（居間）の次の間に置いた。

写真 3 坪井町より見た熊本城(明治 10 年前, 富重写真館蔵)

　1892（明治 25）年 11 月には，手取本町の家より坪井西堀端三五番地に転居した。この転居の理由について「ハーンの家から目と鼻の先のところで教会の鐘がガランガラン鳴りはじめ，それがカトリック宣教師のせいだとわかって，逃げ出した」と言われる[7]。

　坪井町は，江戸時代初期の熊本城築城時には主要な武家屋敷地であった。西南戦争前の明治初期の写真にも熊本城が最もよく見える位置にあり，中，下級武家屋敷が存在していた。明治 25 年には熊本城の天守や御殿は焼失してなかったが，城の石垣は見えたはずであり，城下町熊本の雰囲気をもった町が坪井であった（写真 3）[8]。それに比べ手取本町は，「不知火館」の項で見たように活版業の「細流舎」や教会など西洋文化の摂取が進んだ町であった。

　現在，「坪井旧居」は残っていない。しかし，当時の家の略平面図が残っている（図 6）。この家は西向きで中央部に玄関，その南に八畳の座敷，六畳の次の間があり，北側に家人の茶の間，台所が設けられている。この建物が主屋である。

第 2 章　ハーンの住んだ熊本の家

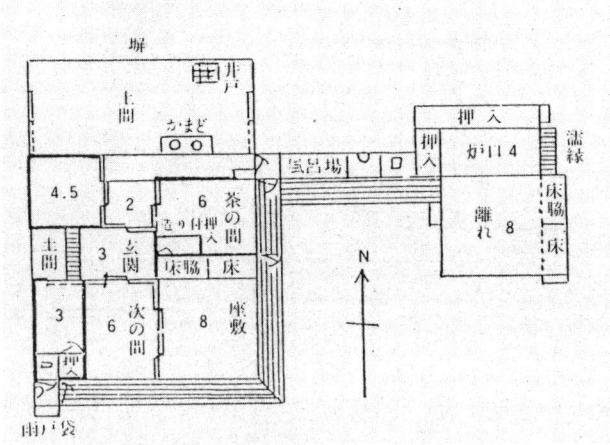

図 6　坪井西堀端三五番地の「坪井旧居」

この主屋と廊下を通じて東に八畳と四畳からなる「離れ」が独立して建てられていた[9]。

　この「坪井旧居」は江戸時代末期の下級武士住宅である。それは，先述のように式台（玄関）＋表座敷（八畳の座敷）であり，奥座敷が見られない。表座敷（八畳の座敷）は，武士の接客用で，主人の居間に相当する奥座敷が設けられていなかった。そして，屋根は中級武士住宅であった手取本町の旧居の瓦葺と違い，下級武士住宅の主屋は茅葺であった。明治期になると一般的に主人の居間に相当する奥座敷として「離れ」が増築された。「坪井旧居」の「離れ」も明治初期の増築と思われる。

　現在，「坪井旧居」は残っておらず，内部については具体的にわからないから，参考として江戸時代末期の下級武士住宅である黒髪町の笠家を紹介しよう（図 7，8）。

　黒髪町の笠家も，式台（玄関）＋表座敷（八畳の座敷）で，奥座敷が見られない。そこで，明治期になると主人の居間として「離れ」が増築された。「離れ」は，六畳からなるが，主人の居間であるから，いろいろな趣向が凝らされた。この

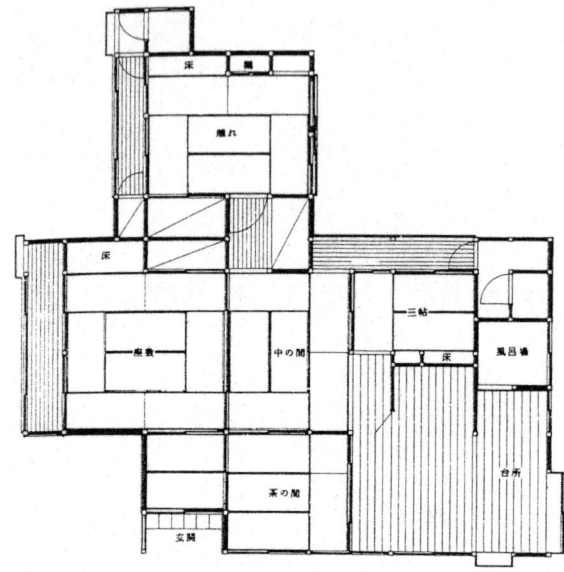

図7 「坪井旧居」とよく似た笠家

図8 「坪井旧居」とよく似た笠家の離れ

部屋では，主に茶の湯や俳句，詩など遊興的な空間に造られている。柱は表座敷では角柱になるが，「離れ」では皮付きの面皮柱が使われ，壁には円形の下地窓が設けられ，表座敷のような長押も廻らず，全体的に瀟洒な建物である。もちろん，この「離れ」では茶の湯や俳句，詩が行われるから，庭には四季の草花など自然の風景が取り入れられている[10]。

　ハーンの「坪井旧居」も黒髪町の笠家とよく似ていたように思われる。ハーンはこの「坪井旧居」を「きれいな家です」と言い，八畳の「離れ」を書斎として使用し，風景をかたどった庭などを含めて，かなり気に入っていた。しかしながら，1894（明治27）年10月には，神戸クロニクル社へ転職し，熊本を去ることになった。

　ハーンが1891（明治24）年11月に熊本に着いてから約3年間，「熊本の家」と関わりのある建物について考察してきた。ハーンは，第五高等中学校が外人用に用意した洋風建築（教師館）を嫌い，中級武士屋敷であった「手取本町の家」を借りている。ところが，手取本町は活版業の「細流舎」など熊本でもっとも近代化が進み，また教会など西洋文化が取り入れられた町であった。そこで，彼は熊本城がよく見える坪井町へ引越し，下級武士屋敷である「坪井旧居」を借りた。この家では，数寄屋風に作られた「離れ」を書斎とし，庭などを含めて，かなり気に入っていた。このように，ハーンの熊本における住居を概観すると，城下町の雰囲気を求め，武士屋敷（文化）にあこがれていたように思える。

　この点，前任地の松江は，江戸時代初期（慶長年間），堀尾吉晴によって築かれた松江城の天守が聳えていた。城は宍道湖が洗う亀田山に作られ，城下町は水路によって仕切られる水濠の町であった。加えて，江戸時代後期には，藩主・松平不昧による茶の湯文化が流行し，武士屋敷も庭と共に数寄屋風意匠が取り入れられていた。

　ハーンは熊本でも松江の雰囲気を求めていた。熊本城がよく見える「坪井旧居」からは，天守や櫓は明治10年の西南戦争で焼失したが，城の石垣が残っているのはよく見えた。ハーンがかなり気に入っていた「坪井旧居」の「離れ」や庭も「古雅な趣の点では松江時代に住んでいた家の庭にはかないませんが，（後

略)」と記される。「坪井旧居」は下級武士屋敷であり，松江時代の屋敷よりも格は下がっていた。

　当時，熊本は九州の中心で主要都市であり，富国強兵，殖産興業，西洋文化の導入など近代化を進めていた。それに比べ，松江は江戸時代の文化，伝統を色濃く残した町であった。このような対照的な熊本の町の中に松江の雰囲気を探し求めていたように思われる。

[注]

1) 「九州日日新聞　広告欄」(明治二四年七月一日号)『ラフカディオ・ハーン再考』熊本大学小泉八雲研究会, 恒文社, 1993年。
2) 田中義幸『熊本商家繁昌図録』(覆刻版), 青潮社, 1984年。
3) 広瀬忠広「近代学校建築に関する研究　第五高等学校」1987年度, 熊本大学工学部修士論文。
4) アラン・ローゼン「ハーンの熊本時代」『ラフカディオ・ハーン再考』熊本大学小泉八雲研究会, 恒文社, 1993年。
5) 「小泉八雲旧居解体保存修理図面」(熊本市教育委員会文化課蔵)。
6) 北野隆「江戸時代末期の熊本城下町における武士屋敷について」日本建築学会九州支部, 1982年。
7) アラン・ローゼン「ハーンの熊本時代」『ラフカディオ・ハーン再考』熊本大学小泉八雲研究会, 恒文社, 1993年。
8) 坪井町より見た熊本城(明治十年以前)(富重写真館蔵)。
9) アラン・ローゼン「ハーンの熊本時代」『ラフカディオ・ハーン再考』熊本大学小泉八雲研究会, 恒文社, 1993年。
10) 北野隆『くまもと　伝統的木造住宅の意匠』熊本県土木部住宅課, 1992年。

第 3 章

ハーンとフィラデルフィア

アラン・ローゼン
（徳永紀美子訳）

　ラフカディオ・ハーン（1850–1904）は，サンタ・モウラというギリシャの小島の更に小さなレフカダという町の生まれだが，人生の大半は大都市で過ごした。彼が暮らした最初の都市はダブリンで，そこへは 1854 年，4 歳になるかならないうちに母親と移り住んだ。そこで叔母に養育されて幼年期を過ごしたが，まだ幼かったせいか，ダブリンの印象を書き残した形跡はない。次に，当時の世界最大の都，ロンドンに短期間居住した後，アメリカに移り，1869（明治 2）年から 1871（明治 4）年まではニューヨーク市に[1]，1871（明治 4）年から 1877（明治 10）年の間は中西部オハイオ州の活気にあふれる都市，シンシナティに居を構えた。その後はルイジアナ州ニューオーリーンズで約 9 年，マルティニークのサン・ピエールで 2 年近く暮らし，ペンシルヴァニア州フィラデルフィアに越した。そこでは，僅か 5 ヵ月間ジョージ・グールド医師の家に間借りしただけである。そして日本に旅立つ前に，ハーンは再びニューヨークで数週間を過ごした。日本では，まず東京／横浜地区に滞在し，より小規模で遠隔地である松江市に教職を確保した。その地で 1 年あまり過ごしたあと，松江よりは多少大きな南の街である熊本に越し，3 年近く滞在した。そこからは，神戸にほぼ 1 年住んで，1896（明治 29）年に東京に居を移し，1904（明治 37）年に亡くなるまで住んでいた。

　都市の大きさに差こそあれ，このような住居地のリストを見ると，ハーンは

当然，都市愛好者のように映るだろう。ところが，そうではない。唯一の例外であるフィラデルフィアを除けば，彼は今までに住んだことのあるかなり大きな都市はどれも嫌悪するようになっている。実際，都市の人口が大きければ大きいほど，より嫌っていると言っても過言ではない。特にニューヨークと東京は忌み嫌っているが，その理由は異なっている。フィラデルフィアと松江はほとんど賞賛の対象となる域に達しているが，その理由もやはり異なる。ニューオーリーンズに関しては，始めはその独特の雰囲気と情熱的な点が気に入っていたが，やがて飽きてしまった。一方，熊本は最初のうちは軍隊の存在と街が近代化されているせいで気に入らなかったのだが，後では，最初よりも好きになっている。フィラデルフィアに対するハーンの愛着を正しく把握するためには，東海岸にあるもう一つのメトロポリス，ニューヨーク・シティに対する彼の気持ちを知る必要がある。

　ハーンはロンドンでの1年の生活——貧乏と経験不足のせいで，食べ物を手に入れることと暖をとることに恐ろしいまでの苦労を強いられた日々——を経た後，1869（明治2）年に大西洋を渡った。しかし，たどり着いたニューヨーク・シティでも，結局は似たり寄ったりの恐怖に直面した。1870年，マンハッタンだけでも94万2千人の人口を擁し，隣接するブルックリン市にも40万人近くの人が居住していた[2]。ハーンがまたしても巨大な北部のメトロポリスで金もない状態を余儀なくされたことを思えば，彼が生涯続く悪夢の源をニューヨークに見いだしたことも不思議ではない。そこでのはじめの2年についての記載はほとんどない。唯一彼が思い起こすのは，ニューヨークが押しなべて地獄のようだったことである。「ニューヨークは私には身の毛もよだつような悪夢です」と1887（明治20）年にニューオーリーンズからクレビールに宛てた手紙に書いている。彼の表現を借りれば，ロンドンは「陰鬱」で，ニューヨークは「狂っている」ということになる。ニューヨークはハーンに巨大な機械を想起させ，彼はその内部に閉じ込められただけではなく，なす術もないまま弄ばれたと感じた。そして，この都市のもつ物理的な住み心地の悪さに対する落胆は，街の住

人のつっけんどんで非人間的性質に敏感に反応するハーンの気質のせいで，さらに増大した。ビスランドをマンハッタンのアパートメントに訪ねたとき，ハーンは建ち並ぶ堂々とした建物の大きさと威圧感に尻込みしただけでなく，その街が人間の形をとったとも言えるアパートの管理人にも身が竦む思いを抱いた。

 親愛なるビスランド様，
 一人の小さな生き物がマディソン通り136番で呼び鈴を鳴らしました。すると大きくて決然とした管理人が出てきて，次のような会話になりました。
小さき者 「ビスランド嬢はいらっしゃいますか。」
管理人 「おいでにならない！ 以前はお住まいだったが。引っ越されたんだ。」
小さき者 「どちらに越されたかご存知ですか。」
管理人 「あいにく」
小さき者 「教えてくださる友人かご親戚はいらっしゃらないでしょうか。」
管理人 「ないな。」
突然ここでドアが閉じられ，それでおしまいでした。
 それで私は二並びの，ビルというよりは石化物——驚愕の高さと音のない力——のように見える壮大な物の方へふらふらと彷徨っていきました。そして，エリザベス・ビスランド嬢が初めてこの大きな舗道に足を踏み入れ，月に触れんとする石造の巨大な夢の数々を目の当たりにした時，どうお感じになったのだろうかと思いました。（XIV, 32–33, 1887）

人混みを恐れ，「好意的でない性質」を嫌悪するハーンにとって，たとえ今はもうこの街の貧しい住人ではなく単なる訪問者に過ぎないとはいえ，この訪問は紛れもなく意気阻喪させる体験であった。
 大柄で頑強な管理人は言うまでもなく，巨大な石造の建造物に象徴されるニューヨークの力に畏れをなし，ハーンは自分の卑小さを痛感したに違いない。1880年代でさえ，マンハッタンの建築様式は，その他のメトロポリスにはない特徴である上へ上へと伸びる工法を常用し始めていた。ビスランドに対しては，

ハーンはこの巨大なビル群に肯定的な言い回しを用い、ビルを「驚愕の高さ」と称し、それを「月に触れんとする石造の巨大な夢」とロマンチックに表現した。しかし2年後、ニューヨークでジョーゼフ・トゥニソンという別の知人を見つけ損なった時、彼の癇癪はお世辞とは言い難い表現となって表れた。

　親愛なるジョー，
　　この手紙が届くまでには僕はここからいなくなっていることと思います。
　　ニューヨークと呼ばれるこの残忍な機械に足を踏み入れた途端，ベルトに巻き取られ，完全に感覚を失うまでありとあらゆる方向にものすごい勢いで振り回されるのです。この街のせいで僕の頭はおかしくなってしまいます。まあ，更におかしくなると言うところでしょうか。そしてニューヨークから出ない限り，心の安らぎも肉体の休息もあり得ません。ここではだれも見つけることができないし，どこにも何も存在していません。すべての物は，数学であり，幾何学であり，得体の知れない謎であり，抜き差しならない混乱です。建物と機械は暴走します。人は直観に頼って生き，蒸気で動かなければなりません。地震でもあれば，改善も可能かもしれません。文明におけるいわゆる改善などというものは明らかに，何かを見ることも，聞くことも，見いだすこともできない状態にしてしまっただけなのです。自然界の外で改善は行われているのです。私は猿やオウムの中に戻りたいくらいです。彼らの世界は，すみれ色の空の下であり，緑の峰の中であり，永遠にリラ色の温かな海なのです。そこでは，着衣は不必要，読書は過度の消耗，人は24時間のうち14時間を寝て過ごすのです。ここは恐ろしく，悪夢的で，悪魔的でさえあります。文明は忌むべきものなのです。未開に祝福あれ！　自然の秩序の中では，200フィートのヤシの木の方が，70掛け7倍，ニューヨークがあるよりも間違いなくすばらしいのです。君がドアを開けて出て行った時，僕は別のドアから入って来たのです。今や二人の間は何立方マイルもの切り出し花崗岩と強靭な鉄によって隔てられています。君に会えないのは残念ですが，なにせ君は地獄にお住まいな

のだから，私にはどうしようもありません。(XIV, 70–71, Joseph Tunison, 1889)

　ビスランドへのメッセージに行き渡っていた畏怖の念と高尚さは，混乱と苦悩という感情に明らかに取って代わられている。ニューヨークは無力なハーンをピンボール・マシーンの玉のように回転させ，跳ね上げ，彼を狂気に追いやる。その結果生じる方向喪失は彼を怯えさせた。要するに，人は自分の環境に何の制御力も持っていないのだ。逆説的にいえば，このニューヨークはあまりに直接的に数学や幾何学や力学に基礎をおいているために，都市の方が人間の論理を規定してしまったのだ。それは，心ならずも，迷路であり，謎であり，「恐るべき眩惑と近代的改善という名の轟音」なのである[3]。しかし，ハーンを最も落胆させたと思えるものは，孤独感，人間同士の接触がうまくいかないことである。

　1887年9月にハーンは，比較的に暮らしやすいニューオーリンズにいるコートニー夫人に宛てた手紙でニューヨークについて4つの点——騒音，過剰な人口，大きさ，生活費——を強調しながら，「鉄道がひっきりなしに頭上でうなり声をあげています。……ここにいると耳は聞こえなくなり，息は詰まり，ぞっとすることばかりです」と語っている[4]。ハーンの心を疲れさせたのは，このような頭痛の種があることというよりも，むしろどのくらいひどいかという程度の問題だった。日常的に通りが混雑するなどということは，ニューオーリンズでは特に見られない現象だった。——「通りは荷馬車や馬やありとあらゆる交通具で通行もままなりません。ブロードウェイの車の渋滞といったらそれはひどいものです」。大きさに関しては，2つの側面があった。つまり，(1) 都市そのものの大きさ(どこかに行くのだけで午前中いっぱいかかります。そして帰ってくるにも午後中かかるのです)と (2) 建物の大きさ(ハーンが言うには，「手紙を投函する場所を見つけるためだけに」郵便局内をたっぷり20分は歩かないといけません)なのである。大きさのせいで費用もそれに見合うだけかかった。このような大きな建物を借りると1年で50万ドルから100万ドル以上にな

ります，とハーンは書いている。ニューオーリーンズではコーヒー1杯がまだ5セントで飲める時代だった。

しかし，同じ年の6月，コートニー夫人に手紙を出したほんの3ヵ月前，シンシナティにいるもう一人の旧友であるヘンリー・ワトキンに宛てた手紙では，ニューヨークに対して異なる態度を取っている。ハーンは都市生活を享受し，街のエネルギーで快活になり，物語のアイデアに関して刺激を得ていた。

　　　人生で一番楽しい休暇のひとつをここ[ニューヨーク]で過ごしています。……数週間滞在しようと思っています。あの厳しい冬さえなければニューヨークに住みたいくらいです。いつかは，ここでかなりの時間を過ごすことになりそうです。月まで昇ろうとしているような11階建ての家，——とてつもなく大きな通りや道路，——立て続けに落ちてくる雷のような凄まじい生命の奔流，よそ者に重くのしかかる何事も経済力と知力次第という見方，——こういった物すべてが，ゆったりと暖かな彩りをもつ南部の生活とあまりに強烈な対照をなしていて，自分の受けた印象をどう表現すればよいか分かりません。ただ，これから先の創作に素晴らしい素材を見出したと思えるだけです。南部的な精神にニューヨークが与えた影響が，その中で描かれることでしょう。(*Letters from the Raven*, 85–86: June 1887)

この当時のハーンの浮き立った気分は，西57番街438番の自宅に彼を逗留させていた音楽評論家，H. E. クレビールの努力に負うところが大きい。しかし，彼が見つけたと思った「素晴らしい素材」は決してハーンの著作に現れることはなかったし，作品のアイデアとニューヨークでの生活への熱意は両方とも薄れていった。

日本滞在中，ハーンは時折，短期間でもよいから西洋文明社会に戻りたいと願ったが，再び大都市に，特にニューヨークのような都会に住むことを考えると，尻込みした。その主な理由は，大都会が執筆活動に与えるとハーンが考えた致命的な影響である。

第 3 章　ハーンとフィラデルフィア　　　　　　　　　　　　　　31

　仮にアメリカに行かなくてはならないとしたら，ニューヨークは避けたいと思います。その街のひどい悪夢が私の心に住み着いていて——夜になると，特に地震の時など，唸り声をあげるのです。ロンドンはそれほど恐ろしくありません。しかし，そのような大都市では，文筆家は文学作品など書けないと思います。時計仕掛けの世界のただ中に滞在しなければならないとしたら，なおさらです。その社会にもともと生まれていれば別ですが，そうでなければ，社会が作家を枯渇させます。それに自分の周りの幅広い社会の複雑で細かなことまで覚えこむなんて無理な話です。大衆に理解できるように書かれた，ウォール街の物語なんてものを想像してみてくださいな。もちろん，大変な物語がそこにはあるわけでしょうが，その仕組みが実際に分かるのは金融家だけですし，その知識は専門的なものなのです。数学のミステリーと機械の世界で天国まで延びた壁に挟まれて，物書きに何ができるというのでしょう。（XIV, 292–93, To Ellwood Hendrick, from Matsue, 9/1894）

　再びハーンは，ニューヨークが数学的で，謎が多く，機械的で，創造力を押さえ込む高い壁の中に彼を幽閉する場として非難している。しかし，彼の主な不満は，自分が都市社会について何か書けるほどそれを十分に理解できないと思っているところにあるようだ。彼はすでにシンシナティの暗黒面について幅広く書いていたので，恐らくニューヨークの裏の面にはそれほど興味がもてなかったのであろう。中産階級や上流階級の生活は彼の分野ではなかった。それで，彼はニューヨークでは適切な題材が一つも見つからないだろうと思ったのだ。上流社会に対するハーンのよく知られている恐怖感は——もっともどんな社会であれ彼は苦手であったが——確かにニューヨーク・シティで作家生活を送るという見通しを実際，悪夢にした。彼は，人との付き合いを強制されない場，特に，広い人の輪の中に入らなくてよい場を好んだ。

　そこで，フィラデルフィアに住むという考えに行き当たったのだ。彼は，その街をニューヨークの，より落ち着きがあって，より住みやすいヴァージョン

と考えた。少なくとも，そうであることを期待した。マルティニークにいた頃，ハーンはフィラデルフィア在住の若い眼科医，ジョージ・グールドと快活で気持ちの通じ合う文通をするようになった。それでハーンは彼に滞在場所を探してくれるように頼んだのだった。

> もし，フィラデルフィアで数ヵ月，騒音に悩まされずに執筆できる静かな部屋を見つけて下さったら，そこでやってみたいと思います。ニューヨークは人を麻痺させます。私には静かな生活が必要なのに，そこには知り合いが多すぎます。私がおしゃべりしたい気分の時にたまに1人か2人の友人と会うだけで十分なのです。冬には西インド諸島に戻るつもりです。
> （XIV, 69, From Saint-Pierre, Martinique 4/1889）

　この手紙に書かれたハーンの都市観をみると，ハーンが生涯を通して2つの相反する必要性の間でバランスを取ろうとしていたことがよくわかる。つまり，(1) 親しい交際，共感，知的刺激の必要性と (2) それがなくては執筆がままならないと彼が感じていた，プライバシー，一人でいること，それに寂しさでさえも必要であることの2つである。フィラデルフィアではそのバランスは保たれていたようだ。グールド医師の家で，ハーンは部屋と仲間と，プライバシー等を南17番街119番という街の真ん中で手に入れていた[5]。ハーンがそこに住んだのは1889年の春から夏にかけての数ヵ月にすぎないのだが，あるいは，多分，数ヵ月しかなかったからこそ，彼はその街を好きになったのであろう。彼はフィラデルフィアをそのライバルであるニューヨークと比べ，フィラデルフィアの方がずっと彼のニーズに応えてくれると思った。まず，フィラデルフィアはニューヨークよりもずっと静かである。騒音の程度だけでなく日常生活のペースがより落ち着いているのだ。「この美しくて素晴らしい街はとても静かです。私の環境は非常に快適で，ここだと，あのニューヨークと呼ばれる電気と機械仕掛けの大嵐の街よりもずっと仕事がはかどります……。」（XIV, 75-76, To Bisland, 1889）

　彼がフィラデルフィアを気に入ったもう一つの理由は，街に何かしら風変わ

第 3 章　ハーンとフィラデルフィア　　　　　　　　　　　　　　33

りで古風な礼儀正しさや上品さといった雰囲気が漂っていることである。それ
は建物や街のレイアウトに反映されているだけでなく市民の控え目な態度にも
表れていた。街の規模や生活のペースもハーンには対処しやすかったし，ニュー
ヨークの後では，刺激が少ないことでさえ救いだった。

　　フィラデルフィアは非常に特異な街です。昔ながらの習慣のせいで他から
　は孤立しているのに社会的モラルは健全でしっかりしているし，穏やかで
　す。飾り気のない退屈でさえある独自の新聞もあります。世界中どこを探
　してもほかにはなさそうな新聞で，フィラデルフィアと関係のない物は何
　ひとつ載っていません。当然，ニューヨークの影響が入り込む余地はあり
　ません。もちろんその他のどんな所からも同じことです。ニューヨークの
　新聞は話にならないほどしか売れません。このクウェーカー・シティ（フィ
　ラデルフィアの愛称）はニューヨークの新聞なんて悪趣味だと思い，雑誌や
　週刊新聞以外はニューヨークからの物は受け入れないのです。それでもこ
　の街は世界一の街なのです。（XIV, 78, To Bisland, from Philadelphia, 1889）

他の都市のニュースや新聞を下品だとして受け付けないフィラデルフィアのス
ノッブで偏狭なところを穏やかに揶揄しながらも，その街に対する紛れもない
愛情をハーンは育んでいったようにみえる。それはシンシナティやニューオー
リーンズを含むアメリカの他のどの都市に対して抱いたよりも，見たところ大
きな愛着であった。

　上記の理由に加えて，フィラデルフィアに対するハーンの愛着には，グー
ルド家の温かなもてなしが一役買っていると言えるだろう。グールド医師は後に
『ラフカディオ・ハーンに関して』と題するハーンの個性に手厳しい分析をほど
こした本を出版することになるのだが，当時 2 人の関係は非常にうまくいって
いたように見える。少なくともハーンは，グールド医師を刺激的で素晴らしく
啓発的な話し相手，科学的頭脳に加えて，才気あふれると言わないまでも人を
魅了する文学的センスを併せ持った人物と見なしていた。ハーンは医師との会
話を大いに楽しんだが，医師の方はもっぱら病院の仕事で多忙であった。これ

もまた，思いがけない状況となった。というのも，そのおかげでハーンは一人きりで仕事をする時間がたっぷり持てたのである。センター・シティにあるグールドの大きくて立地条件に恵まれた家での生活は，総じて楽しく快適であった。

更に，ハーンをフィラデルフィア好きにしむけた要因には，彼がそこで冬を過ごさなかったことがあげられる。彼がそこに滞在したのは，晩春から夏にかけての5ヵ月である。その地から受ける主な印象は，暖かで晴れた季節に形成された。このような肯定的な印象のうち，おそらく最も楽しい出来事はフェアマウント・パークの広大な美しい自然の中でゆったりと過ごした時間であろう。ニューヨークにいるビスランドに，彼は得意気に公園の話をしている。

　　追伸　ああ，あなたはフィラデルフィアの話をなさいましたね。……一度もこの街をご覧になったことがないなんてあり得るでしょうか？　フェアマウント・パークをご覧になったことがない？　私が請け合います。フィラデルフィアは晴れて暖かな夏の日であればいつでも，この文明世界全部の中で最も美しい所です。比較すると，そちらのセントラル・パークなどキャベツ畑にすぎません。フェアマウント・パークは縦15マイル，横8–10マイルの広さがあります。しかし，大きさなど問題ではありません。本当に素晴らしいのは，森やその向こうに開けている眺めです。川のそばに続く長いドライブ道，心を浮き立たせるテラスから垣間みる像や噴水，地平線がぐるっと見渡せる小さな丘陵，広大な庭園と芝生の広場，日陰になった小道では10万人の人がいてもミツバチの一群ほどのざわめきしか聞こえません。そして公園の上には，柔らかな芳しい夢見心地の光が満ちています。（公園に行かれるときは，必ず晴れて暖かな日をお選びください。）恋人たちを乗せた何千また何千という馬車が，列をなして過ぎて行きます。公園にいる人はだれもがだれかと愛をかわしているようです。愛は光にも静けさにも芳しさにも宿り，公園は愛で溢れんばかりなので，まるで体の隅々まで愛に浸され，魔法にかけられたような気分になります。一人きりだと，自分のそばにだれかさんはいないのかなと，時折り，ついあたりを見回して

しまいます。……でも，私はどこかの，例えば私のような，愚かな男に手紙をしたためているのではないということを忘れていました。(XIV, 96–97)

ハーンは確かにその場の雰囲気に浸りきっていた。公園への賛歌として始まったものは，薄いベールを掛けた愛の告白に変わっていた。彼がこれほどはっきりと言葉に表したことは他にない。兄妹的な愛以上のものを求める彼のこの気持ちは，明白と言って差し支えない。ハーンが独り佇んで，次々と森を抜けて行く恋人たちを羨ましげに眺めている姿を想像すると物悲しい。彼は，自分があからさまなまでにロマンティックであるばかりか，手に入らないとわかっているものを望むなんて，本当に「愚かな男」だとわかっているように思える。

公園の描写を見て，ハーンが単にその広大な手つかずの状態に心を寄せているだけではないことに着目しなければならない。むしろ彼は，人間のニーズに根ざした公園の特徴を，その利用しやすさや至便性を讃えているのだ。それは，例えば「川のそばに続く長いドライブ道」や眺望やテラス，また，彫像や噴水，芝生の広場といった楽しげな人工的タッチを含む景色が見渡せる丘陵のなかに見いだされる。確かにそれは自然であるに違いないが，実際には，耕され，文明化され，飼いならされた自然なのである。道路と馬車と景観が整備され，その自然は，人間の来訪を待っている。言ってみれば，大規模にしたイギリス式庭園なのである。「未開に祝福あれ」と彼はかつて書いたが，1889年の春と夏とに彼がフェアマウント・パークがそうであると思ったように，趣味が良く，控えめなやり方で文明化された自然にも祝福あれ，なのである。

おそらく，マルティニークのサン・ピエールや日本の松江のように，小さくて遠い，この上なくエキゾチックな街を除くと，フィラデルフィアだけが（愛されたことを誇れるかどうかは怪しくとも），気難しいことで有名なハーンによなく愛された唯一の街なのである。

[注]

1) シンシナティに移る前にハーンがニューヨークにどのくらい滞在したかについて

は説がわかれている。スティーブンスンの見解では，ハーンは 1869 年にニューヨークに到着した後，ほどなくその地を去ったとされている。しかし，ティンカーによるハーンのアメリカ時代の詳細な伝記では(注 5 参照)，彼のニューヨーク滞在は 1869 年から 1871 年までの約 2 年となっている。

2) *Encyclopedia Americana, Volume 20,* 1966 edition, p. 238.
3) 1889 年にフィラデルフィアからビスランドへ宛てた手紙。*The Writings of Lafcadio Hearn in Sixteen Volumes* (Boston and New York: Houghton Mifflin Company, 1922), XIV, p. 71. 以後，本稿において特にことわりがない限りは，ハーンの著書からの引用はすべてこの著作集のこの版による。
4) 1887 年 9 月にニューヨーク・シティからコートニー夫人に宛てた手紙。*Lafcadio Hearn's American Days*, E. L. Tinker (New York: Dodd, Mead and Company, 1924), pp. 282–83.
5) フィラデルフィアでのハーンの滞在に関する詳細は，以下の文献にある。E. L. Tinker, *Lafcadio Hearn's American Days*, pp. 301–15. See also the newspaper article, "Men and Things: Lafcadio Hearn Found Philadelphia Best of American Cities and Did Much of His Notable Work While Guest in a South Seventeenth Street Home," by Albert Mordell, in the *Philadelphia Bulletin*, Thursday, November 2, 1933, p. 8.

   この記事はマイクロフィルムとして次のコレクションに所蔵されている。C. Waller Barrett Collection, University of Virginia Library, item 225. また，この新聞記事の日付と掲載ページはテンプル大学，アーバン・アーカイブスの情報提供に負っている。

第 4 章

小泉　清のこと

　　　　　　　　　　　　　　　　　　　　　金　原　　理

1

　小泉清の画壇へのデビューが46歳という遅い時期[1]で，しかも61歳で自ら命を絶ったこともあって，彼が戦後の実力派の画家の一人でありながらその画業は意外に知られていないし，彼が小泉八雲の三男であったことはさらに知る人は少ない。

　清が命を断ったのは1962（昭和37）年の2月12日[2]であったが，死後11年を経て求龍堂から刊行された『小泉清画集』は，特漉きの厚手の鳥の子紙を台紙としてそれに79葉の贅を尽くした美しいカラー印刷の絵が貼り込まれ，清の日記，知人の追悼の辞，清の長男，閏の清の思い出の文章，それに白黒印刷による248点に及ぶ作品リストと年譜が付載された豪華な画集である。

　この画集には曽宮一念，里見勝蔵ら画家と共に，武者小路実篤と石川淳の追悼の文章が載せられているが，清が画家以外にも支持者を得ていたことは，死後11年を経てなおこれほどの画集が編まれたこととも相俟って，彼の画業が具眼の士に生前から死後に亘って評価され続けてきたことの何よりの証であろう。

2

　従来，清の絵の様式上の特徴はフォーヴィスムであると捉えられてきている。前掲の画集に採録されている岡田譲の「小泉清が捉えた世界」には「小泉清は代表的なフォーヴィストとされている。」とあるし，同じく濱川博は「赤や黄や

緑の原色の絵具がものすごくもりあがった幻想的な小泉清さんの作品に接すると〈芸術は熱烈な告白だ〉といったジョールジュ・ルオーの思想をおもう。(中略)ルオーが一作を仕上げるのに数年をかけ，無限に筆を加えたように，小泉さんもただ一作に2年も3年もそれ以上も費やした。部厚くもりあがった絵具の山も決して意識されたものではなかったにちがいない。」(「小泉清の人と芸術」)と小泉の画業をルオーと対比させて述べている。

　この画集が刊行されたのと同じ1973年2月に発刊された「三彩」(二月号)は小泉清の特集を組んでいるが，原田実がこれに「稀有の人　小泉清」という一文を寄せている。この中で原田は，

　　小泉清の表現は，従来の様式概念でいえばフォーヴィスムに入れられるものであった。赤，黄，緑，青など，ほとんど原色のままの絵具があるいは画面を縦横にはしり，あるいは力強く盛りあがるといったもので，その色調，その筆触は小泉の内面をうるわしく語っていた。そうしてそれから16年，昭和37年に61歳で世を去るまで，その表現の構造は終始かわっていない。かれをフォーヴの画家とよんでも，まず間違うということにはならないだろう。しかしまた，小泉のフォーヴを他の同傾向にくらべて，そこに微妙な相違があることも，わたしたちは認めないわけにはいかないのではないか。

と，ある限定を置きながらも清をフォーヴィストであると述べる。

　清の表現様式を語るのにその前提となるフォーヴィスムについて，一応の整理をしておこう。

　やや古いものだが，手許にある朝日新聞社の主催で1965年10月に開かれた「LES FAUVES」(野獣派)の展観目録に載った柳亮の「レ・フォーヴ」と，1968年5月に，毎日新聞社の主催で開催された「第八回現代日本美術展」の展観目録に載録されている小倉忠夫の「ヨーロッパと日本——フォーヴィスムとキュビスムの影響」とによって，フランスにおけるフォーヴィスムの発生と展開，その特徴についてを前者から，日本画壇のフォーヴィスムの享受と展開，な

第4章 小泉 清のこと

らびにその性格についてを後者から、以下の論述にかかわる点に限って摘記する。

フォーヴィスムは20世紀初頭、フランスの青年画家たちによって起された芸術運動で、彼らは系統を異にする三つくらいのグループに分かれていた。ひとつはマチスを中心に集まったグループで、マルケ、マンギャン、カモアン等、美術学校のギュスタブ・モローの教室やカリエールの研究所でマチスと結ばれた仲間である。ただモローの教室にいたルオーは仲間に加わっていない。

第二のグループはドランとヴラマンク。そして三つ目はル・アーブルの美術学校の出身者で同郷のつながりを持つ、フェリス、ブラック、デュフィユ等のグループである。

フォーヴィスムのもっとも早い実践者はマチスであるが、この運動の昂揚期は1905年から7年の間で、10年頃にははやくもマチスをはじめ、主なフォーヴの作家たちはそれぞれ自己の表現の確立に向っていく。

このフォーヴィスムの本質は形や様式の問題にあるのではなく、旺盛な生命力、活力に溢れた芸術態度そのものにあったのである。

一方、日本に目を転じると、我国での最初のフォーヴィスム系の代表的作例は萬鉄五郎の「裸体美人」(1911年)である。この翌年にフュウザン会が結成されるが、この会は当時の新進気鋭の若手画家たちによる主観主義絵画の初のグループ運動として、画期的なものだった。

このフュウザン会を第一次のフォーヴィスム移殖期とし、大正中期の二科会における中川紀元を第二次の移殖者として、大正末から昭和初期にかけて二科会に出品しながら一九三〇年協会を結成した青年画家たちが、1930年に創立した独立美術協会を第三次の集団移殖とみるのが一般である。

この第三次移殖グループの先駆となったのは里見勝蔵と佐伯祐三で、ともにヴラマンクに師事した。里見の奔放な原色主義は、日本のフォーヴとしては注目すべき純度をもつものであった。

また小林和作、野口弥太郎、鳥海青児らも昭和初期のヨーロッパでフォーヴ的な画風を吸収しており、長谷川利行や靉光(あいみつ)は留学の経験はないが純度の高い

フォーヴ的な絵画を志向している。ルオーを摂取した三岸好太郎，南画風の装飾的様式化へとフォーヴを昇華させた児島善三郎，強烈な色彩で画面を構成する林武などが注目される。

フランスにおけるフォーヴの誕生，その展開と特徴，その日本における享受について柳亮，小倉忠夫の論から摘記して概括した。

このように見てくると，日本の青年画家たちがフォーヴィスムと接触したのは，フランスではこの運動が終息して，その運動の洗礼を受けた画家たちがそれぞれの画風を確立していった時期に重なる。

とは言え，キュビスムの運動が隆盛になるまでは，フォーヴ的な画風が画壇の中心から後退してしまっていたはずはなかった。

3

前に見た『小泉清画集』(求龍堂，1973年刊)所載の岡田譲，濱川博の小泉論，あるいはこの画集と同じ年の二月に刊行された「三彩」に載った原田実の論では，ルオーをフォーヴィストとして扱っているが，このように，情報の正確さに欠ける憾みがあるのは，当時としては致し方のないことであろう。

ただこれら先蹤の論には，小泉がどのようにしてフォーヴ的な様式に接していったかについての言及がない。彼を論じるにはこの点の確認を怠るわけにはいかない。

結論を先取りして言えば，それは直接的には里見勝蔵を通して接しているのである。小泉清の初期の作品には1「顔」，6「猫」(カラー図版・図1)など[3]に見られるように，目を大きくしかも吊り目にして，それに強い色調で隈取りのように縁取りを入れて，厳しい表情に作り上げているところ，あるいは，37「裸婦」(カラー図版・図2)のように肉体を原色のままの黄色(レモンイエロー)で彩色をほどこし，それを朱(ヴァーミリオン)で縁取る。そして影の部分には，これもほぼ原色のままの藍(プルシアンブルー)や明度の低い緑(ビリディアン)を点ずるところ，こうした色使いに里見の影響を如実に看取することができるのである。

第4章　小泉　清のこと

『小泉清画集』には鈴木秀枝氏の手に成る小泉の年譜が付載されているが、それによれば彼が初めて作品を世に問うたのは、昭和21年3月に開かれた読売新聞社主催の「第一回新興美術展」の時で、「向日葵」他三点を出品して「読売賞」を受賞している。この展覧会に出品を勧めたのは里見であった。

彼は「小泉の自殺」(「藝術新潮」1962年4月号)という一文の中で、

> 事実、僕には沢山の弟子がいた。永年のうちに、ある人は卒業したのかな？中退したのかな？　自然に来なくなった人もあるし、中には、先の男のように、僕から去って、他へ行ったために、ただちに会員になったような幸福な人もいた。
>
> いずれにせよ、僕の弟子たちにも一期、二期……とあって、その頃、僕と弟子との年令はまだ接近していたし、僕も元気で、よく教えたものであった。しかし、近年僕が老年になり、五期、七期の弟子とは、あまりにも年令の差ができて、僕は昔のように世話を焼くことができなくなってしまった。そんな人の中には、小泉さんへ出入りするようになった人もできたわけだ。
>
> 突然、僕が小泉さんを訪ねると、アトリエで数人の人がクロッキーをしていて、その中に、僕の家へくる人も交っていて、小泉さんも、その男も僕に対して、大変気まずい思いをしているのが明瞭に見えた。
>
> そんな時に、僕は必ず言った——僕は老年になって十分見てあげられないのだが、どうか小泉さん、よく指導して上げて下さい……と。

と述べている。

文中の「僕の家へくる人」、つまり里見の弟子が彼の突然の訪問に気まずい思いをしたというのは自然だが、もし小泉が里見と接点がないとしたら、彼の突然の訪問に、小泉が気まずい思いをしているのが明瞭に見えたと表現するはずはない。あからさまな表白は避けているが、小泉が彼に兄事していたことを、こういう言い方でさりげなく語ったのである。

小泉清は東京美術学校での里見の四級下で、同期には岡鹿之介、一級上には

佐伯祐三がいた[4]。

4

　ただ小泉の作品の中で里見の影を宿しているものはそれほど多くはない。いな『小泉清画集』で辿れるかぎりでは前に例を挙げた数点に過ぎない。じきに里見の影響を脱して，小泉独自のスタイルを獲得した。
　それはカンバスに絵具を幾重にも塗り重ね，それによって対象物のマティエール（質感）を確保し，画面に重厚感を与えるよう工夫していることである。小泉のこの画面の扱いについては原田実がルオーの画面と対照させながら論じていることは前述した。裸婦の肌もまるで岩肌のようなマティエールに仕上げられているのである。
　しかし，その色調は落ち着いていて，静謐ささえ感じさせる。華やかな原色で色面を構成しているかに見える，例えば42「花」（カラー図版・図3）にしても，花瓶に生けた赤い花には，この花と一緒に挿してある黄色の花との調和を図るように黄を下地にしてその上に赤を置いたものだし，またこの赤には朱あるいは明るい茶色（バーントシエンナ）が施され，花を越えてバックの中にまで広がりをみせている。
　一方，葉の緑はウルトラマリーンとほどよく混ざり合い，これもバックを領じているし，この花の赤と葉の緑は花瓶の基調色にもなっているのである。
　華やかな原色に彩られているように見えるこの作品に静謐ささえ感じられるのは，決して奔放に色を置いているからではなく，画面の隅々にまで神経の行き届いた色面の効果によるのである。
　もう一点指摘しておきたいのは，物と物との境界を大切にしていることである。それは1「顔」，3「静物」，32「岩と海」（カラー図版・図4）などの作品に顕著に見られるが，ほとんど原色に近い色で境界線を引いているなかでそれを鮮やかなヴァーミリオンで施しているのが効果的で，絵の魅力を存分に引きたたせているのである。

第4章　小泉　清のこと

5

　八雲夫人，小泉セツの遠縁に当る人物に三成重敬がいる。彼は小泉清の長男閑によれば，「祖父八雲に大変に眼をかけられ，私たち一家は逆に非常に恩誼に預かった祖母セツの遠縁に当る史学家」(「父を憶う」『小泉清画集』所載)と紹介されているが，この三成と姻戚関係にある人に後藤昴[5)]なる人物がいる。その彼に『へるん』20号(1983年6月)に掲載された「小泉清の死」という文章[6)]がある。
　この文章は三成重敬が小泉清を経済的な面ばかりではなく，精神的にもいかに支えたかを記したもので，後藤の手を通した間接的な表現ながら，三成の小泉に対する心情を十分に汲み取ることができる。
　それは具体的には，三成の手許に保管されてあった，彼宛ての清からの30通の手紙から読み取れるのである。
　その最初は1923(大正12)年12月，清が左右肋膜炎，肺炎カタルで入院した入院先の，相州茅崎湖南院からのもの，最後の書状は1961(昭和36)年7月の暑中見舞いである。
　二人の間柄には，かのゴッホと弟テオとの関係を彷彿させるものがある。その数通を後藤の言葉を通して紹介してみよう。

　　入院中の清に三成は見舞金と書籍，「夜船閑話」を送った事が書かれてあるのが第一便である。(中略)次は翌十三年(大正)八月，京都，伏見南裏の坪井方よりである。便箋紙ではなく，赤，黄，緑の三色の色紙(七夕用か)五枚に，三成の激励に謝辞，嵐山に五日滞在し，油一枚を描いたこと。醍醐寺の思い出(三成は夏期，醍醐寺三宝院に泊り込み東寺百合文書を整理していた。)又長男，閑の入籍問題が三成の仲介で無事成功した謝辞。東京に遠くないところで一軒家を持って何か商売でもし度い，又母に理解して欲しいと，母を思う心境を述べている。(中略)次は同月(昭和七年二月)，十日後，淀橋の家より，借金の返済が出来ていないのに重ねて見舞金を頂いてと感謝の辞，又兄の巌の仲介で兄弟間の問題解決と報じ，毎日一～二回は母の見舞に西大久保に行くと書く。(節子はその三日後十八日に亡くなった。)(中略)次は間隔を置

いて戦後になってからのものである。昭和二十三年十月，展覧会を開くことの出来た喜び，会場で三成に会い驚き，その批評を聞き謝意を述べ，志賀直哉氏の評を述べ，自分の絵を見ると誰もが頭が痛くなると言うがまたそんな絵が好きだと言ってくれる者も居ると書いている。次は同三十一年上諏訪からの絵ハガキ，これに不動明王の仏画が見たいと言っている。(三成は古来の不動明王の写真資料を数枚送っている。)次は同年十月，鷺宮の家から水彩の個展の後仕事に忙殺されたこと，田部隆次氏令嬢内田百合さんに「向日葵」を買っていただき雑費支払いが出来たこと又，不動明王の絵をローケツ染から油の大作をと考えていること又東横デパートの醍醐寺展の入場券の礼状と自分の守り本尊が不動明王なので不動明王の絵に引かれるのも無縁ではないのかとも書いている。次は同年十一月，房州海岸に写生に来ていると報じ，丹楓会を見て頂いた礼又浜の海に向って，秋の荒天を十号に描いたこと，次は同年同月の二十日後，瀬戸に滞在して陶画(皿)五十枚描いたこと，不動明王の六十号を十二月には取りかかり度いと述べ，青蓮院の青不動が参考なったと礼を書く，次は昭和三十四年一月の賀状，頌春とのみ書いたもの。次は翌三十五年四月ハガキに展覧会場で三成に会い，三成の有益な批評と謝意を表している。又最近の若い者の絵を見ると自分の年を感ずると述懐している。次は同年七月の暑中見舞，右の目を患って苦しむこと，また静子[7]は目下リューマチ湯治の為一ヶ月信州に出かけ，自炊生活のこと。次は翌三十六年の賀状，只の印刷状，次は七月の暑中見舞い，目下静子，高血圧と膀胱(ママ)のため入院中とある。(静子さんは十二月に亡くなった。)以上で清さんの書簡は終っている。

こう認めた後に後藤昂は，

> 私はこれを読む迄，三成がこれ程清さんの為に力を尽したという事は全く知らなかった。何の話もしなかったのである。

と述べる。

図1 猫

図2 裸婦

図3 花

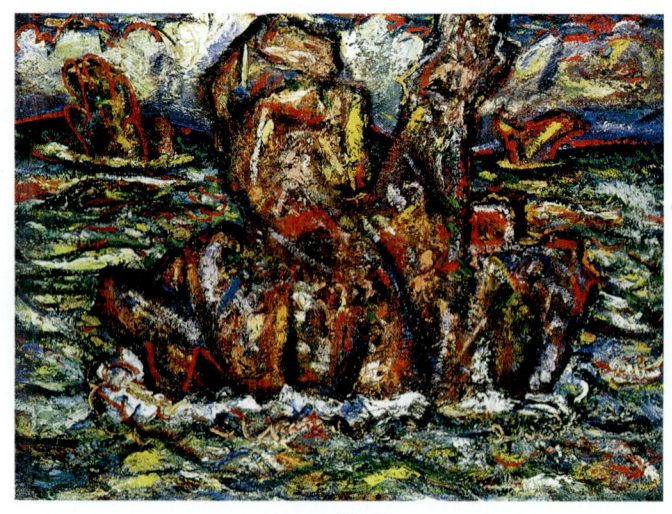

図4 岩と海

これらの書状を介して，三成が清のパトロン的な役割を果たしていたことを知ることができるのだが，そのことを一切口外しなかったという彼の奥ゆかしい性格が，どれだけ清に慰めと励ましを与えたことだろう。ここに存在しない三成の手紙の文面が髣髴とするのである。

　小泉閏[8]の「父を憶う」によれば，清が自ら命を断ったのは，三成が亡くなってわずか数日後のことであったという。

　戦後の一時期を画した実力派の画家であった小泉清については，もっと評価されて然るべきであろう。

［注］

1)　鈴木秀枝編「小泉清年譜」（『小泉清画集』，求龍堂，1973年2月刊所載。
2)　注1）
3)　注1）『小泉清画集』所載の原色図版の通し番号。
4)　注1）
5)　「小泉家関係家系図」（『文学アルバム小泉八雲』恒文社所載）。
6)　注5），注6）の資料は宮崎啓子氏のご提供による。
7)　清夫人，注1）。
8)　注1）『小泉清画集』所載。

第 5 章

異文化受容と言語政策史の一断面
――ハーンの「日本の教育政策」を中心に――

福 澤 　 清

はじめに

　ペリー提督（Commodore, Matthew Calbraith Perry, 1794–1858）が4隻の黒船（Susquehanna, Mississippi, Plymouth, Saratoga）を率いて浦賀沖に姿を現したのが1853（嘉永6）年のことである。幕府は急遽，アメリカで教育を受けたことのある漂流民，中浜万次郎（ジョン・マン，1827–1898）を召しかかえる。幕府は，これまでの「漢学」「蘭学」中心による外国文化受容の認識を改め，天文台の中の翻訳局を独立させ洋学所を設立，翌年，蕃書調所と改称する。が，依然として，蘭学が主であり，英学は副として教授された。1858年に領事ハリス（Townsend Harris）との間で日米修好通商条約が調印され，それをワシントンで批准するため1860（万延元）年に遣米使節団が米艦ポーハタン（Powhatan）号に乗船し，またそれに随行する形で勝海舟（1823–1899）に福沢諭吉（1835–1901）や万次郎も咸臨丸に乗り込んでサンフランシスコに直行している。この年に幕府は，従来の蘭学に代えて，英学を正科としている。この折，万次郎は，後年，日本の「新聞の父」と言われるようになるもう一人の漂流民でアメリカ市民権をもつ浜田彦蔵（Joseph Heco (1837–1897), 通称，アメリカ彦蔵（ヒコ））と出会っている。ヒコはハリスの通訳を務めていた。

　周知のように，異文化交流に活躍した最初の西洋人にウィリアム・アダムズ（William Adams, 1564–1620, 帰化名　三浦按針）がいる。英国人で，オランダ船リ

フデ号に水先案内人として乗り込み，マゼラン海峡から東洋に向かう途中難船し，豊後(大分)に漂着。徳川家康に謁見し，ヨーロッパ事情，天文学，航海術，幾何学などを教授した，という。以下，幕末からハーンの滞在した明治において，英学史を中心とする異文化交流に活躍した人々に焦点をおきながらハーンの当時の教育制度，教育政策に対する見解を調べることにする。

　ハーン (Lafcadio Patric Hearn, 1850–1904) が来日したのは，1890 (明治23) 年4月のことである。本稿では，まず，その当時の日本における時代背景を簡単に概観し，同時にハーンの日本滞在に一度ならず尽力した英国人バジル・ホール・チェンバレン (Basil Hall Chamberlain, 1850–1935) および彼の周辺を再吟味し，さらに，日本の近代化に多大な貢献をした，と言われる「お雇い外国人」の系譜を辿ることによって，21世紀の視点からハーンおよび彼らの功績について，特に，ハーンの「日本の教育政策について (Japanese Educational Policy)」という神戸クロニクル社の社説記事を中心に考察することにする。

1.　ハーン来日当時の状況

　1890 (明治23) 年といえば，10月の教育勅語発布と11月の第1回帝国議会の開催が大きくクローズアップされる。ハーンが松江の島根県尋常中学校，師範学校に勤務し始めて間もない頃のことである。このあたりの状況についてはハーンの「英語教師の日記から」が参考になる。その前年1889 (明治22) 年2月には大日本帝国憲法公布，1886 (明治19) 年3月には東京帝国大学創立，4月に師範学校・中学校・小学校令公布などと教育に関する歴史的な出来事が起こっている。

2.　日本語廃止論

　日本語に関する当時の動きを振り返ると，1866 (慶応2) 年に前島 密 (1835–1919) は，時の将軍徳川慶喜に「国家の大本は国民の教育にして，其の教育は士民を論ぜず国民に普からしめ，之を普からしめんには，成るべく簡易なる文字文章を用ひざるべからず」と記し，西洋諸国同様に，「音符字を用ひて教育を

第5章 異文化受容と言語政策史の一断面

布かれ，漢字は用ひられず，終(つい)には日常公私の文に漢字の用を御廃止相候様にと奉存候」と「漢字御廃止之儀」建白に述べており，南部義等による「修国語論」の建白と続く。後者は，国字を廃止してローマ字を採用すべし，と提唱したものである。明治に入ると国字のみならず，国語に関する議論がさらに高まった。後述するように，文部大臣森有礼がアメリカ滞在中に「日本語廃止論」を勧めた。この発言に対し，1875 (明治 8) 年に，日本語を守りながら西洋の文字を採用すべし，と発言する黒川真頼(まより)(1824–1906)のような人が出現してくる。この頃からローマ字運動が台頭してくる。1884 (明治 17) 年に，後に帝大総長となる外山正一(まさかず)(1848–1900)は，「漢字を廃して英語を盛んに起こすは今日の急務なり」と発表し，「支那の臭気を脱するがために漢字を廃止し羅馬字を採用」することを力説，1885 (明治 18) 年に「羅馬字會」を組織し，ローマ字による日本語の書き表し方(後のヘボン式・標準式)を制定する。外山は 1866 (慶応 2) 年に幕府の命により英国に留学を命じられ 1870 (明治 3) 年には，森有礼に随行して米国に赴き，1872 (明治 5) 年には，官を辞してミシガン州のハイスクールに入り，1 年後ミシガン大学で哲学と化学を修め，1876 (明治 9) 年に帰国し東京開成学校で有機化学を教えている。翌年から大学で，英語と心理学を担当し，後に社会学と哲学を講義し，進化論を鼓吹している。英国の哲学者，倫理学者，教育者，社会学者で，特に，社会進化論で一世を風靡したハーバート・スペンサー (1820–1903) 輪読の番人としてよく知られている。ハーンが最初にスペンサーの本を読んだのが 1886 年であるが，後年，外山は帝大にスペンサーを尊敬するこのハーンを採用するのである[チェンバレンは上記「羅馬字會」の主要メンバーの一人として参加しているが，外山や森の影響も窺われる]。因みに，三宅雪嶺 (1860–1945) は日清戦争直後に国字論を書き，ローマ字よりもハングルが望ましい，と論じている。軽薄な欧化主義を批判してのことである。小説の神様，志賀直哉 (1883–1971) は，周知のごとく，フランス語を日本の国語にすべきであると主張したし，21 世紀の今日でさえ依然として英語を公用語にという論議は盛んである。

　アメリカ人医師ヘボン (James C. Hepburn) は，1867 (明治元) 年に『和英語林

集成』を刊行している。1869（明治2）年5月に前島密は「廃漢字私見書」を集議院に提出している。ヘボンの来日は，日本の開国後まもない1859（安政6）年のことで他の宣教師同様キリスト教伝道をひそかに行っている。ヘボン夫人クララも1863（文久3）年に英学塾を開いている。今日の明治学院となる塾である。当時は，日本の長い鎖国政策により，西欧人には日本語，日本文化に関する情報が乏しく，とりわけ，伝道上，宣教師たちにとって日本語に関する知識は必要不可欠であった。1862（文久2）年には，英国人アストン（William G. Aston, 1841–1911）が日本通訳生見習いとして来日し『日本口語小文典』を1869（明治2）年に，1872（明治5）年には『日本文語文典』，1896（明治29）年には『（英訳）日本書紀』（*Nihongi*）を刊行している。北アイルランド・ベルファストのクィーンズ・ユニヴァーシティで学んでいる。正真正銘の日本学者・ジャパノロジストと称せられ，1899（明治32）年に『日本文学史』（*A History of Japanese Literature*），1905（明治38）年には『神道』（*Shinto*）を刊行している。

　幕末から既に活躍している英国外交官として，アルジャーノン・B．ミットフォード（Algernon B. Mitford, 1837–1917），アーネスト・サトウ（Earnest Satow, 1843–1929）らがいる。ミットフォードはイートン校，オックスフォード卒業という古典的な階級の出身であり，フランス語はよく話せたが，日本語は全く知らなかったとのことである。読み書きも含め抜群に日本語に精通しているサトウの語学的才能に多大の尊敬の念を抱いていた。サトウは，後にチェンバレンと親密な交友関係を結ぶことになるが，幕末からの状況を1921年の『一外交官の見た明治維新』（*A Diplomat in Japan*）に詳しく述べている。サトウは来日後ヘボンやブラウン（Samuel R. Brown, 1810–1880）に日本語を2年半程学んでいる。ブラウンの著作のひとつは『会話日本語, 日英会話文およびダイアローグ』（*Colloquial Japanese, or Conversational Sentences and Dialogues in English and Japanese*）で1863（文久3）年に刊行し，さらに，ブラウン塾も経営している。

3. 幕末から明治

　黒船来航以来，日本の緊急課題として国家の近代化・西欧化が挙げられるが，

第5章　異文化受容と言語政策史の一断面

その方策のひとつとして「お雇い外国人」に象徴されるような外国人招聘と，他方で，日本人の海外への派遣・留学がある。その中で，特に注目すべき人物として伊藤博文内閣時の初代文部大臣森有礼 (1847–1889) が挙げられる。森は薩摩藩出身で，薩英戦争 (1863) の衝撃を受けた薩摩藩の藩選抜の留学生として1865 (慶応元) 年渡英，ロンドン大学に入学し，ロシアなどヨーロッパ各地を訪問している[因みに，1863年に井上馨(聞多)，伊藤博文らがイギリスに出発している]。1865年は，福沢諭吉が慶應義塾を創設した年で，英国のパブリック・スクールの制度にならって私塾を義塾に切り替えたものである。教授法は蘭学塾の伝統を引き継いだ原書解読法であったが，1870年頃から発音も重視するようになる。1867年に江戸幕府は福沢諭吉をアメリカに派遣するが，諭吉にとっては三度目の洋行であった。

　明治になると，新政府は教育に関し訓令を出し幕府の創設した「開成所」(官立外国語学校に相当)を引き継いで洋学を奨励する。1869 (明治2) 年に「大学南校」と改称され翌年学則が制定される。正則と変則に分かれ，前者は外国人教師に直接習い，発音会話から始めるもので，後者は日本人教師の下で外国書・原書の意味内容の理解を重視し，発音はあまり重視されない。1871 (明治4) 年には，岩倉大使一行の欧米派遣と続く。46名のメンバーで平均年齢32歳，帰国後，教育分野を中心として，いろいろの分野で日本をリードしていく。薩摩藩派遣の留学生・森は，帰国後，明治政府に出仕するが，一時期，明治政府と決別し鹿児島に帰国する。が，再出仕し，1871年から73年にかけアメリカに派遣される。1872 (明治5) 年に米国駐在弁務使として米国の有識者に教育が国の文化的繁栄や農・工・商の利益，あるいは，国民の社会的・道徳的・身体的状態についてどのような影響があるのか，という意見を求めている。1873 (明治6) 年に帰朝し，中村正直 (1832–1891)，福沢諭吉，加藤弘之 (1836–1916)，西村茂樹 (1828–1902) らと共に欧米文化を取り入れようとし，明六社を設立する。啓蒙雑誌として『明六雑誌』を刊行する。また，"Education in Japan" の返書の刊行や私塾の開設なども行っている。

　「智識を世界に求め大いに皇基を振起すべし」という洋学を奨励する「5箇条

の御誓文」後の1872（明治5）年に「学制」が布告された。フランスの学制にならったものであるが，財政的裏付けがなかった。

　幕末から明治初期の10年間は，蘭学から仏学そして英学への移行期であり，さらに政府の方針が英学本位論採用ということになり英学塾全盛の現象を呈するようになる。日本に鉄道，電信，灯台，海軍，さらには教育制度，郵便制度，農業改善，殖民事業の改良などの導入に貢献したのは英米人である。英学大洪水の時期であり，この英米崇拝熱が高じて，宗教についてもキリスト教を国教に，という極論まで現れ，新島襄（1843–1890）のような賛同者を得ている。森もこのような背景の下，日本人・日本文化を欧米人・欧米文化より民度が低いと見做し，日本人の啓蒙を図る。日本の教育組織に多大のエリート主義を課し，「高等中学校」を創設したりしている。方策のひとつとして「日本語廃止論」を提唱し，代わりに英語を国語に，という考えに至る。他方で自ら，西洋流の結婚法に基づき婚姻したり，宗教の自由を唱導したり，人種改良の観点から日本人の国際結婚を奨励したりさえしている。外交畑から文部省に移ったのを機に，森は，既述した「諸学校令」（帝国大学令，師範学校令，中学校令，小学校令）を発令。教育制度の改革を行う。尋常小学校を義務教育とし，帝国大学を高級官僚養成機関と位置づけている。小学校令第2条に「尋常小学校の学科は，修身，読書，作文，習字，算術，体操，とする云々」とある。

　森有礼は，その頭脳，行動の過激さ，徹底した西欧化，宗教の自由化あるいは奇癖のため，憲法発布の当日，暴漢西野文太郎に殺害される。一部のマスコミや民衆がこの蛮行を咎めるどころか，英雄扱いする姿を垣間見て，さらに翌年「教育勅語」が発令されるや，かねてより，この森と面識のあったチェンバレンは相当の衝撃を受け，これまで比較的日本および日本人に好意的であった態度を撤回し，この事件を機に不信感を抱くようになったと言われる[因みに，文部大臣森が襲撃された時の大臣秘書官であった中川元（はじめ）は後に旧制五高（現熊本大学）の校長となる。夏目漱石の留学手続きを進めたとの由（『熊本文学散歩』参照）]。

4. チェンバレン

　チェンバレンの外祖父キャプテン・バジル・ホール・チェンバレンは1816(文化13)年9月1日より10月27日まで琉球(沖縄)に滞在している。後年，孫にあたるチェンバレンが，滞日歴40年近くの間に『日本事物誌』(*Things Japanese*)『(英訳)古事記』『日本語小文典』『アイヌ研究より見たる日本言語・神話・及び地名の研究』『琉球語文典及び語彙』その他日本及び日本に関連する数々の偉大な業績を残しているのも何か因縁めいているように思われる。ハーンは1889(明治22)年にチェンバレンの英訳『*Kojiki*』(1883)，日本の神話や言語に関するアイヌ語の影響という人種学上の研究論文「The Language, Mythology, and Geographical Nomenclature of Japan Viewed in the Light of Aino Studies」(1887)を読んで感銘を受けているが，来日直後に就職の斡旋を依頼している。

　チェンバレンは，語学の天才ともいうべく，フランス語，ドイツ語，イタリア語，スペイン語，ロシア語，ギリシャ語，ラテン語，ヘブライ語，さらには日本語，朝鮮語に堪能であったと言われる。1873(明治6)年，23歳の時に来日し，直ちに元浜松藩士の私雇外国人となり，日本古典の手ほどきを受けている。翌年，築地の海軍兵学寮に英学教師として勤務し，「日本アジア協会」に入会し，そこでアーネスト・サトウの報告を聞き，また，サトウの論文を代読し，私生活でも夕食後のひと時をサトウとのピアノ連弾で友好を深め，さらに一緒にフィールド・ワークを含む朝鮮語の研究を行う。1886(明治19)年には，帝国大学文科大学の博言学および日本語の教授に就任する。その当時は，ろくな教科書もなかったので，その編集にも従事する。この頃から，アイヌ研究も始めている。しかし，1887(明治20)年には「日本歴史は書き直しを要す」という題目の論文を『羅馬字雑誌』に発表している。以後，日本古典の研究を志し，万葉・古今・謡曲等を抄訳し『日本古代の詩歌』なども公刊している。チェンバレンは1886(明治19)年に『日本語小文典』，1888(明治21)年に『日本口語文典』を刊行するなど精力的な活躍をしている。1889(明治22)年には，外山正一編集，チェンバレン校閲の『文部省会話読本』(*The Monbusho Conversational Readers*)も刊行するが，ハーンの来日する1890(明治23)年の3月に，健康保

全のため1ヵ年の帰国申請を申し出，同年，9月23日に帝国大学教授職を辞している。同年10月30日に「教育勅語」が発布されている。翌年には，帝国大学名誉教授の称号を授与され，また，「日本アジア協会」の会長になっている。一時，イギリスに帰国するが再来日し，また，琉球を訪れるなどして，ハーンとの友好も深めている。琉球語に関する成果が日本アジア協会で数回，発表される。その後，数回にわたるヨーロッパとの往来があり，1911（明治44）年に最終的に日本を去っている。

　チェンバレンは，何故，突然といってよいくらい急に帝大を辞職し，日本を去ったのか？　来日直後は，余暇を利用しては日本研究に没頭し，明治初期の「欧化一辺倒」「文明開化」高じて「旧物破壊」の風潮に対して，その行き過ぎを懸念し，「古き良き」日本の良さが失われていくのを「平凡なヨーロッパの諸様式が，あのきらびやかな，魅力的な絵のように美しい東洋趣味にとって代わったことを，時には残念に思うこともある」といっては嘆いていた[『ネズミはまだ生きている』p.264]。ところが，チェンバレンの教授就任は国粋主義的な人々の反発をもたらし，中には，日本語を外国人に教わることを「国辱」と感じる人も出てきたのである。さらに，1887（明治20）年以降，不平等条約改正の失敗や，井上馨の辞職と続き，国論は以降「欧化」から「国粋」へと移り変わっていく。帝大教授職を後押ししてくれた森有礼の暗殺，さらには，大隈重信外務大臣の隻脚を失う，という襲撃事件などに少なからず衝撃を受けている。この頃，ハーンへの手紙に「たくさんのお雇い外国人が政府から解雇されました。時節が悪いのです」という追伸を記している。日本人の盲目的愛国心に心理的・物理的圧迫，危険を感じている。ハーンへの手紙に軍人勅諭，教育勅語，御真影拝礼，学生の軍事教練，天長節，紀元節から日本の狂信的愛国主義を恐れている主旨のことが記されている。

　次に，ローマ字に関するチェンバレンの見解を概観することにする。

　　「多くの知識人は，日本国民が今にもその書き言葉の様式を捨てて，その代わりにローマ字を採用するであろうと考えている。そのような大きな変

化が起こる機会は最早少しも存在しない。かつて起こりそうだと思われた時があった。それは 1885（明治 18）年頃のことで「羅馬字會」が設立され，多くの時間と金と精力が，この主張のために捧げられた。

　しかし，この会は 8 年か 10 年続いて，そして消滅した。このような不成功をもたらした原因には，慣習の重みもあったが，最も明瞭な原因は，現存する書き言葉が，思想を簡潔に，明確に伝達するのに，口語よりも優れているからである。漢字の助けを借りることによって，日本の著作物は，ヨーロッパの新聞の記事，専門書の内容を——財政，外交，行政，商業，法律，批評，神学，哲学，科学に関するものでも——すべてにわたって書いてある文章の細かいニュアンスまで日本語に訳すことができるからである。もうひとつの原因は，表意文字の漢字には表音文字（アルファベット）に勝る力強さがある。西欧人の中には，アルファベットは完璧で，世界中の人が採用すべきである，と信じ込んでいる人がいる。」（*Things Japanese*,『日本事物誌』pp. 543–550）

チェンバレンは，日本語のローマ字化に，当初は，あるいは積極的であったかも知れないが，日本文学・日本文化・日本語に対する理解を深めるにつれ，とくに欧米人に不人気な日本語の書記体系の複雑さにもかかわらず，最終的には無理であろう，という判断を下していることが窺われる。

　そもそも日本語表記の問題点を初めて提起したのは，江戸時代の蘭学者達で，大槻玄沢，森山中良（ちゅうりょう），本田利明，司馬江漢などであるが，21 世紀今日の，IT（Information Technology）化の進んだ今日ですら，「日本語の国際化」を推進する人々の中に「日本語のローマ字化」を提唱する人々がいる［例えば，梅棹忠雄（2004）『日本語の将来』］。

5. 神戸クロニクル社の記事

　以上のような状況を背景にハーンは，神戸クロニクル社の記事として「日本の教育政策」（Japanese Educational Policy）を 1894（明治 27）年 10 月 17 日（水）

付けで発表している。

記事の最初の部分を抜粋する:

 It has been announced that Marquis Saionji, the new Japanese Minister for Education, has declared his intention to pursue the policy of his predecessor, Mr. Inouye. This policy has been variously criticized. It has been called absurdly conservative. It has been called anti-foreign. It has been called extremist, and calculated to provoke a strong reaction. And there were some who not only expected the reaction to begin with Mr. Inouye's successor, but who imagined that the Aoki-Kimberly plan of Treaty Revision would compel such reaction, and would give an immense new impulse to the study of foreign languages. But the announcement of the purpose of Marquis Saionji proves these expectations to have been unfounded. We believe the truth to be that, in spite of all criticisms, the policy of Mr. Inouye was in accord with the general feeling of the nation as a whole. Japan has experimented to the utmost possible degree with the ideas of Viscount of Mori, and with the ideas of all who imagined that Oriental methods of thinking could be assimilated to those of the West. The experiment was probably, on the whole, worth making; but it was based upon a misapprehension of facts. The Orient cannot be taught to feel and to think like the Occident, by any system of education — neither in ten generations nor in ten centuries. We can scarcely persuade ourselves that the Japanese had no educational adviser competent to lay this truth plainly before them; it is much more likely that their ignorance of scientific psychology would have rendered such advice useless. The experiment was begun and carried out at enormous expense upon a colossal scale. The entire nation, so to speak, set to work to study English; and the result proved anything but satisfactory. Imagine the consequence of making the study of Chinese compulsory in all the schools of the British Empire! The mere fancy may provoke a smile; — yet the task set for the youth of Japan was scarcely less difficult than would have been that we have ventured to suppose. Considering the enormity of the obstacles, — the frank impossibility of the undertaking, — miracles were performed; but all the miracles fell far short of the hopes and purposes of the Government. A day came when it was generally felt, if not confessed, that English could never be made the language of Japan, and that further persistence in the whole attempt to substitute foreign for Japanese ideas could only result in serious mischief. Already serious mischief had been done. It had not been found difficult to weaken or to destroy certain beliefs and sentiments; but it had been found impossible to replace them; and their social value and ethical significance became more and more apparent as they continued to disappear. The social and moral experience of one race could not be either suddenly or gradually substituted for that of another with happy results, if it could be really substituted at all, — which is very doubtful.

文頭に出てくる新文部大臣とは，1869年に私塾「立命館」を開設している西園寺公望（1849–1940）で，1892（明治25）年に始まる第2次伊藤博文内閣時のことである。西園寺は教育に対する関心が高かったと見え，現在の明治大学の創設や，第二帝国大学の京都への誘致に活躍した。伊藤博文は幕末に井上馨と共に密かに渡英し，明治に入り1869（明治2）年に大蔵少輔として渡米，1871（明治4）年には岩倉遣欧使節団の副使として欧米諸国を巡歴，さらに1882（明治15）年に渡欧し，ドイツ，オーストリア，イギリスなどで憲法に関する調査を行っている。1885（明治18）年に内閣制度を設立し，初代内閣総理大臣となっている。西園寺と伊藤との出会いは，1882（明治15）年に憲法に関する調査でヨーロッパに随行した時に始まる。二人きりのハンガリー行きの汽車の中で伊藤の知遇を得たようである。西園寺は，幕末に幕府軍を撃破し，近代的軍隊の確立に貢献した大村益次郎(旧名　村田蔵六)（1824–1869）の推薦でフランス留学（1871–1880）を経験し，パリ・コミューンの動乱を間近に垣間見ている。ソルボンヌ大学に通いながら中江兆民（1847–1901）らと交流を深めているのもこの頃である。兆民は英学・蘭学を学んだ後，フランス語に傾倒し，同様に岩倉遣欧使節団に加わり，リヨン，パリなどで学び，ルソーの「民約論」にこの頃出合ったとされる。帰国後，「仏欄西学舎」という塾を開き，東京外国語学校校長を命じられるが，ほどなく辞職している。因みに，大村益次郎は，元来，蘭学医で福沢諭吉らと同様，大阪の緒方洪庵（1810–1863）の適塾で塾頭として過ごした

ことのある人物である。桂小五郎（木戸孝允）(1833–1877) に見出され，後に近代的な軍事力を組織し幕府軍を撃破することになる。桂小五郎も岩倉使節団の一員として欧米を訪問している。

　引用英文2–3行目の predecessor（前任者）とは井上毅 (1843–1895) のことで同じ伊藤博文内閣文部大臣のもとで，大日本帝国憲法の制定と教育制度の確立（教育勅語の制定）に尽力している。経歴的には，肥後熊本藩出身でフランス・プロシア（ドイツ）等，西欧の法律・憲法調査に出かけている。

　森子爵とは既述の森有礼のことで，第1次伊藤内閣 (1885)，および黒田清隆内閣 (1888–1889) の文部大臣を指す。森は「東京師範学校」の監督を務めた経歴があり，「教育の総本山」と称し，盛んに校則の改革を行っている。文部大臣として「師範学校令」を出し，中等学校の教員のみを養成する「高等師範学校」と改名している。

　教員は「善良の人物」で，それには「従順」「友情」「威儀」の三気質が備わるよう教育する必要がある，と言う。師範学校令の「順良」「信愛」「威重」と同じ考えである。この3つを達成するためには「兵式体操」を「利用すべき一法」と考えた。1893（明治26）年には，ハーンを熊本の第五高等中学校に招聘した時の校長，嘉納治五郎 (1860–1938) が校長として赴任し，柔道を奨励している。彼は柔道を奨励して大きな柔道場「瑞邦館」に扁額「順道制勝行不人害人」を掲げ，彼が創始した講道館柔道の精神を示した。彼は第五高等中学校時代同様，高等師範でも他のスポーツ隆盛にも尽力している。井上毅は，伊藤や井上馨がイギリス流の立憲政治を目指すのに対し，プロシアをモデルとしている。宗教面でもキリスト教を欧米列強の政治的・経済的な海外侵略の理論的武器と見做し，日本固有のナショナル・アイデンティティが危険に晒されるものと結論付ける。但し，キリスト教は否定するものの，西洋の科学技術の優秀性は認めている。いわば，「和魂洋才」「蘭魂洋才」の立場である。こうした井上のプロシア崇拝は，ドイツ学へ傾斜することとなり，1881（明治14）年の「独逸学協会学校」設立を提唱するに至る。

　この井上と天皇の側近（侍読）元田永孚 (1818–1891) が教育勅語（教育に関する

勅語)を起草する。洋行帰りの井上と儒教一点張りの元田の力関係は，森有礼の暗殺により，1890 (明治23) 年に発布された「教育勅語」の内容に具現されている。

元田は熊本生まれで藩校「時習館」で学んでいる。天皇中心の国家統合を目指し，儒教主義教育そのものを目的とし学校教育制度の中心に「修身」をおく。欧米の教育制度を視察し，西欧化そのものを目的とする森とは真っ向から対立することになる。森は，初等教育において「初等教育は我国臣民たるの本分を弁え倫理を行い各人自己の福利を享けるに足るべき訓練を行うにあること」(『学政要領』)とあるように「修身」ではなく「倫理」をおこなう，としている[1]。森は維新直後，西洋の近代的個人主義に共鳴していたが，この当時，インドや中国がヨーロッパ列強(帝国主義)の影響を受けているのを見て，列強と対等に渡り歩くために，ドイツのビスマルク指導下にあるような強力な国家主義形成の必要性を感じるようになり，国家主義的教育を標榜する。その実質的内容は実業教育である，とされる。これは，1875 (明治8) 年における私塾「商法講習所」開設と軌を一にしている。授業はすべて英語で推し進められる高級なものであったようである。今日の一橋大学へと発展することになる。欧米帰りの森と儒教学者の元田は生前，完全に対立していたが，皮肉にも，森の没後，「教育勅語」という形で，国家主義的学校教育制度の確立と連動して修身教育を支えていくことになる。

6. ハーンの見解

箇条書きに纏めると，以下のようになる。

① 井上毅の政策は，当時の日本の一般的感情に一致していた，と信じる。

② 森有礼の西欧化の試みには価値はあったのであろうが，事実誤認がある。東洋人はいかなる教育制度をもってしても西欧人のように感じ，思考できるようになるものではない。

③ 日本全国民が懸命に英語を勉強し始めたが，結果は満足のいくようなものにはならなかった。政府の希望や目的からは程遠いものものであった。

④ 英語を日本語の国語にする，という試みに執着すれば，結果として重大な障害を引き起こすことが判明するようになった。
⑤ 一民族の社会的・道徳的体験は，別の民族のものと取り替えられるとしても，その可能性は非常に低く，また仮に一挙であれ，徐々にであれ，良い結果は生まれない。
⑥ こういう試みを若者に課すと，健康を害し，有意義な未来を失うことがある。
⑦ 概して言えることは，英語を本当に習得したのは，外国に留学できた者だけかもしれない。
⑧ 井上の望みは，学生たちの外国語学習負担を軽減しよう，とするもので，英，独，仏，漢文の学習が有用であることを否定したものではなく，有能な人物だけが任意に選択科目として習得すべきではないか，ということである。この改革は，きわめて合理的で，おそらく良い結果を生むであろう。チェンバレン教授も同意見である。強制する悪い習慣が問題なのである。
⑨ 英語の学習ですら，少数のクラスで能力ある学生にだけ奨励すべきで，有害で役に立たない方法が問題である。
⑩ 商業の発達と繁栄に伴い，日本において外国語の智識がかつてよりずっと一般化することは，全く明白である。余裕ある人は，外国語を学ばせるために子息を外国に行かせようとする[いわゆる「グランド・ツアー」というものでヨーロッパの伝統となっている]。いかなる言語であれ，それを完全に学ぶためには，それを母語とする国で学ぶべきである。

以上が，この記事の概要であるが，同じ神戸クロニクル社の論説から関連する記事を取り上げる。

「愛国心と教育」(Patriotism and Education) の中から:
① 日本の今後の発展は生産と貿易に限られないことが大いに望ましい。最

も高度な種類の進歩は，国の文化によってのみ達成され得る。そして愛国心は近い将来，いくつもの大学の設立，恒久的な基礎に基づく教育施設の設置に貢献するようになっていくであろう。
② 教育制度全体が，直接，間接に政府の援助によって維持されていることは日本にとって不幸である。教育制度全体が必然的に画一的，機械的になる。教師の側の大きな経験と優れた能力が生かされる機会が全くないか，ほとんどない。個性——外国では教師の最高の資質とみなされている——が抑圧され，あらゆる事業において絶えざる改善に欠くことのできない健全な競争が不可能になっている。それに官立である限り，学校が政治家に管理されていることになる。

「清国の将来」（The Future of China）の中から：
　日本は必要あるいは有用であると思うだけの西洋文明を採用し，それ以上は採用しなかった。日本は物の考え方，習慣，感情において，依然として日本である。日本はその個性を失うことなく，自らを強めてきた。多くの人がかつて愚かにも判定したように，日本は好んで模倣したことは決してない。日本は本質的に同化力があるのである。日本の同化力は諸民族の歴史において比類がない。

「外国勢力の後退」（The Decline of Foreign Influence）の中から：
① 古くから日本に住んでいる外国人が，「この戦争［日清戦争］後，日本人は非常に生意気になるから，彼らとよく付き合うことはできなくなるであろう」と言うのを最近，耳にしたが，これは，ほかの大半の外国人の気持ちを代表している。間違っているとは思わない。いろんな分野であらゆる外国の影響力が大幅に後退すると予測できる。
② 日本は自らを強くするためにのみ訓練を受けたのであり，その強さを得た今，費用のかさむ外国人教師を無駄であると考え出した。

7. 結　語

　ハーンとチェンバレンは，書簡で示されるように，時折，意見を異にする。西洋と東洋の音楽に関する好み，優位性もその一例である。ハーンが日本の雅楽などに理解を示すのにチェンバレンはそっけない。チェンバレンは，サトウとの交遊でピアノの連弾を楽しんだようにヨーロッパ音楽を好む。中でもリヒャルト・ワーグナーのファンである。『*Die Grundlagen des XIX. Jahrhunderts*（19世紀の基礎）』でナチスに影響を及ぼしたヒューストン・チェンバレン（Houston S. Chamberlain, 1855–1927）は，バジル・H. チェンバレンの実弟で元来は英国人であるが，リヒャルト・ワーグナーの娘と結婚し，ドイツに帰化する。上記の本は，19世紀文明の基礎をあらゆる方面から論述したもので，ヨーロッパ文化すべてがゲルマン人によって建設された，という。つまり，ゲルマン人こそは近代の建設者であり救済者である，とするものである。人種的見地からゲルマン人の優越性を主張したもので，ドイツナチズム政策の基礎づけとして利用されることになる。兄のバジルは弟の考えを，チェンバレン家の理解範囲を超えている，としているが，肉親としての付き合い，情は変わらなかったようで，バイロイトに赴いて一緒にワーグナーの音楽を楽しんだりしている。

　日本に帰化したハーンと，ある意味で生粋のヨーロッパ人であったチェンバレンの日本理解は，果たしてどちらがどの程度，凌駕しているのか，21世紀の今日でも，未だに議論されている。本稿では，ハーンの滞在した明治を中心に，東西異文化交流に貢献した人々の，特に文化・教育面における動きを追って，教育制度や言語教育政策等の問題を考察してみた。

［注］

1) http://www.liberalarts.cc/history-moriarinori.html「森有礼の道徳思想について」参照。

[参照文献]

坂東浩二（1998）『詳述年表　ラフカディオ・ハーン伝』英潮社
Chamberlain, B. H. (1985) *Things Japanese,* Meicho Fukyu Kai
ドナルド・キーン（1993）『日本語の美』中公文庫
福澤清（2004）「グローバルな視点からのハーン像」,『グローバル化の視点から見たラフカディオ・ハーン』所収，23–35 頁，熊本大学社会文化科学研究科・文化学プロジェクト研究
Hughes, George 著，平石貴樹，玉井暲（訳）(2002)『ハーンの轍の中で　ラフカディオ・ハーン——外国人教師 / 英文学教育』研究社
犬塚孝明（2001）『密航留学生たちの明治維新　井上馨と幕末藩士』NHK ブックス
Körner, Joachim 著，橘正樹（訳）(1999)『ワーグナーのヒトラー』三交社
金田一春彦（1988）『日本語』岩波新書
楠家重敏（1986）『ネズミはまだ生きている』雄松堂
―――（1997）『日本アジア協会の研究』日本図書刊行会
中浜博（1994）『私のジョン万次郎』小学館ライブラリー
中崎昌雄（1996）『福沢諭吉と写真屋の娘』大阪大学出版会
Ruxton, Ian C. 著，長岡祥三，関口英男（訳）(1998)『アーネスト・サトウの生涯——その日記と手紙より——』雄松堂
Sangu, Makoto ed. (1960) *Lafcadio Hearn Editorial From The Kobe Chronicle*, The Hokuseido Press
高橋昌朗（1984）『福沢諭吉』清水新書
高梨健吉（1996）『日本英学史考』東京法令出版
竹村学（1933）『日本英学発達史』研究社
田中彰（2002）『岩倉使節団「米欧回覧実記」』東京法令出版
―――（2003）『明治維新と西洋文明』岩波新書
鳥海靖（2002）『動き出した近代日本』教育出版
梅棹忠雄（2004）『日本語の将来』NHK ブックス
山口英鉄編訳・解説（2000）『外国人来琉記』琉球新聞社
ラフカディオ・ハーン著作集，恒文社，1–15 巻

[インターネット URL]

http://hw001.gate01.com/kudohiro/gaisi_nenpyoo.html
http://members.aol.com/mhokada/katu/rireki.html
http://members.jcom.home.ne.jp/lionsboy/shousi.htm
http://www.geocities.co.jp/SilkRoad-Oasis/8253/edotimei1.htm
http://www.geocities.co.jp/WallStreet-Bull/6515/zinbutsu/mo.htm

http://www.japan-society.org/jcommodoreperry_p2.html
http://www.liberalarts.cc/history-morianinori.html

第 6 章

ドゥドゥー・マンマン
──母の手の温もり──

小 野 友 道

　厳しく冷え込んだ闇の中，冴えた冬の月の光が照らす本妙寺の石畳を一人の青年が緊張気味に境内に向かっていた。長い旅で足に出来た胼胝を少し気にしながら，それでも背筋をきりっと伸ばして，さっさと歩いて行く。犬の遠吠えで目が覚めた浮浪者がいぶかるが，寒さにぶるっと震え，また菰を被ってしまった。先程の男，長崎から長州へ帰る途中，わざわざここ本妙寺にお参りするため，初めて熊本へ足を運んだ吉田松陰であった。松陰は本堂の前で懸命に手を合わせた。1850（嘉永3）年12月12日深夜のことである。この日松陰は宮部鼎蔵と初めて会い，遅くまで話し込んだが，熊本へ来た理由は宮部に会うためではなかった。崇敬する清正公の廟に詣り，唖者の弟敏三郎の平癒をひたすら念ずることにあった。ペリー来航の3年前である。

　この年，奇しくもそれから40年後本妙寺を訪ねることになるラフカディオ・ハーンがギリシャのサンタ・モウラ（現レフカダ）島で生まれている。ハーンは本妙寺の印象を「参道の終点に到るずっと手前からけだるい轟くような持続音が聴こえてくる。まるで潮騒のような音だ。何かと言えば，南無妙法蓮華経のお題目を唱える声なのである」と述べ，多くの巡礼者で賑わう光景を異様と表現した。

　何ゆえに本妙寺は松陰にわざわざ足を運ばせ，またハーンをして異様と言わしめるほど多くの巡礼者を呼び寄せたのか。

西成彦は「近世期に成立した〈清正公〉信仰は，心身に傷を負い，地域や家庭から排除された無縁の衆に対する〈アジール〉としての機能を仏教寺院が果たすに至った典型例」と捉えた。そして「非業の武将加藤清正は，鎮魂を必要とする御霊的存在としても帰依の対象とされ，また彼自身が熱心な日蓮宗徒であったことも手伝って，庶民信仰の中では，ハンディキャップを負ったハンセン病患者ほかの〈違例者〉にとって〈守護神〉と化した」と述べている。

　確かに清正は南無妙法蓮華経を旗印として戦場に赴いたほど法華経に帰依している。『法華経』の「普賢菩薩勧発品第三十八」に「若し復是の経典を受持せん者を見て其の過悪を出さん。若しは実にもあれ若しは不実にもあれ，此の人は現世に白癩の病を得ん」とある。日蓮が「謗法一闡提の白癩病の輩の良薬とせん」すなわち白癩[1]の人たちの唯一の薬，癩から解脱できる唯一の方法は，正しい仏法だけなのだ，と言いきったその日蓮宗の本妙寺である。さらに加藤清正が癩だったとの噂なども加わり，全国から患者が集まった。但し，清正が癩であったという根拠はない。慶長16年秀頼と家康が二条城で会見した折，清正は家康から毒を盛られて，熊本に帰るとまもなく亡くなったとされる。これが俗に清正の癩説を呼んだらしい。本妙寺の浄池公廟碑に「而今威霊赫々一日盛於一日邦人之敬事之災患疾病凡有求心祷焉。不唯邦人而已四隣之邦亦皆敬之不唯四隣之邦而已延及京摂遐遠之地亦皆無不敬之。云々」とあり，碑が建てられた1817（文化14）年には，既にいろんな負をかかえた人々が集まってきていたことを示している。時は下るが，第十二師団の軍医部長として小倉に在った森鷗外が，熊本に1899（明治32）年に3日間滞在した。9月28日の『小倉日記』に，「熊本城郭を廻りて西に行き，輜重営前なる砂薬師坂を下り，田園間を過ぎて本妙寺に至る。蓋ある車駐めて銭を乞ふ廃人二三人をみる。既にし寺に近づけば，乞児漸く多く，乞児中には又癩人最多し」と記されている。こうして1940（昭和15）年7月9日の本妙寺のハンセン病患者強制収容まで，そこは患者集合地として存在した。ハンセン病療養所菊池恵楓園の前身九州療養所の当時の園長宮崎松記の手紙に，男65，女53，未感染者28，非癩11の計157名をトラックなどで収容したとある。

第6章　ドゥドゥー・マンマン

*

　ハーンが逝ったのは1904年，それから100年経った熊本でまたぞろハンセン病が大変である。菊池恵楓園に入所している元患者さん達への宿泊拒否問題が起こった。熊本県が宿泊予約した団体が，ハンセン病元患者さんたちとわかり，ホテルがこれを拒否した。潮谷義子熊本県知事はこれを人権侵害であると厳しく捉え，そのホテル名を公表，処分した。しかし，世間はいろいろである。「泊まってほしくない気持ちはわかる」「ほんとにうつらないのか」等々の意見が私の周囲からも聞こえた。医師の仲間さえそう思っている者もいた。さらに菊池恵楓園には二次被害ともいえる手紙などによる中傷が沢山届いた。すごいハガキもある。曰く「己の前世の悪業の結果，此の世に生まれて来て人々に嫌悪されていたのが，やっと国が差別していたのを謝罪したのを盾にとりいい気分になっているが，中芯(原文のママ：ハガキの中心部に元患者さんの顔写真がある)の写真を見て見ろ！　これが他の人間と同等かよ！……」

　わたしはハンセン病に対する偏見や差別が100年前に戻ったような気がした。いや100年来何も変わっていないのではないかとさえ思った。

*

　ところで，ハーンが熊本にやって来た頃，日本のハンセン病の現状はどうだったか。熊本に到着したのが1891(明治24)年，その18年前(1873年)に既にノルウェーの医師ハンセンが「らい菌」を発見していた。しかし，それが学問的に認知されるには1897(明治30)年のベルリンでの「第1回万国らい会議」[2]を待たねばならなかった。この会議で極めて重要な2つが決まった。ハンセン病の原因が確かにハンセンの発見した「らい菌」であること。従って患者の隔離が必要であることのコンセンサスが得られたのである。これを受けて光田健輔が「癩病隔離所設立の必要に就いて」と題し，「政府未だ癩隔離の方針を執りたるを聞かず，民間慈善家の奮て癩隔離所を創設したるを聞かざるは，社会一般が尚未だ癩病の遺伝病たるの旧思想に支配せられ，其伝染の恐るべきを知らざるに由るが抑亦其天刑の名に拘泥して病毒の侵入に放任せんとするに由る歟」と述べ，1904(明治37)年に「癩予防に関する意見書」を内務省に提出した。ハー

ンはこの年の9月に亡くなっているので，ハーンが過ごした日本ではまだまだ庶民の間で，ハンセン病はまぎれもなく天刑病として世に存在していたことが，光田の文面からも明らかである。1904年はまた日露戦争が始まり，日本が列強の仲間入りを自覚し始めた時代である。そして1907（明治40）年に法律第11号「癩予防に関する法律」[3]が公布された。ハンセン病が伝染病であることに加え，浮浪の患者の存在が一等国日本の国辱とも考えられ，それらにのっとった隔離政策に突入していった。

　ハーンが赴任した熊本は軍国色きわめて濃く，加えて熊本国権党を始めとした「外国人排斥運動」の最中でもあった。ハーンは本妙寺で多くの参拝者に混じって「好奇心旺盛なくせに，所詮，参詣の意志を伴わない物見遊山でしかなく，ローソク売りの声など胡散臭いといったそぶりの」兵士を気にしている。しかし，一方でハンセン病患者が多くいたにもかかわらず，物乞い・巡礼者の中にハンセン病患者を意識した文章は残していない。

*

　ハンセン病患者あるいはそう見なされていた者が「癩」[1]と呼ばれていた時代が，ハーンの頃ばかりか，つい最近まで続いた。「癩」とは天刑病すなわち天罰により起こる病気を意味する。13世紀頃からの誓約書である起請文の決まり文句として，誓約に背いたときには「神罰冥罰をこうむり，現世には白癩・黒癩の病をうけ，来世には無間地獄におち，永く出離の期あるべからざるの状，件の如し」とある。中世においてハンセン病患者らは「非人」とされた。彼らは平安時代にわき起こった触穢思想により，けがれたものとされ，非人宿などに集団で住まわせられるようになった。社会から追放された存在としてのハンセン病患者はハーンの時代にも変わらなかった。

　さて，一般的に，ある病気が偏見・差別を受けるその条件を村上國男は次の10項目にまとめている。① 遺伝性疾患あるいは遺伝性と信じられている疾患，② 死亡率の高い疾患，③ 難治性の，あるいは慢性の疾患，④ 感染症，とくに「恐ろしい」伝染病，⑤ 外見上の脱落・変形・変色を伴う疾患，⑥ 浸出液・悪臭を伴う疾患，⑦ 肉体的に能力が劣っていると思われている疾患，⑧ 精神的に

第6章　ドゥドゥー・マンマン　　　71

能力が劣っていると思われている疾患，⑨不道徳とみなされている疾患，そして，⑩宗教・慣習によりその社会集団でのみ特別視される疾患を挙げ，「癩」には③，④，⑤，⑥，⑦，⑩が該当し，さらに①，②もかつては当てはまったと村上は述べている。②はまず当てはまらないが，13, 4世紀のヨーロッパでは伝染力の強い死病と考えられ，さらに，過剰な性行為・生理中や妊娠中の性交によっても起こるなど，⑨にも関係する誤った概念が横行した。後者は本邦においても『色道禁秘抄』に同様の記載が見られる。このようないくつもの条件が重なり患者は極端に嫌われた。それで彼らはしかたなく秘かに隠れ住むか，あるいは村八分などから家を守るために追い出されたのである。故郷を追われたハンセン病患者は浮浪しながら特定の場所に集まるようになり，特に廃藩置県後，人々の移動が盛んとなり，有名なハンセン病患者集合地が特定されていった。

　1901（明治34）年東京で4月8日より第1回日本皮膚科学会が開催された。そこで警察医長山根正次が祝辞を述べた。その挨拶でハンセン病患者が全国を浮浪する様を述べ，併せて日本政府の考えが明確に隔離に向かっていることが述べられているので，少々長く引用する。「諸君御承知の如く日本に於きまして最も恐るべきものは何であるかと申せば戦争より何より畏るべきものは伝染病である……慢性伝染病の勢力最も強大なるものは第一皮膚病に属するもので梅毒及癩病でありましょう……梅毒に次で畏るべきものは癩病であります……梅毒と同じく年々其数を増加します委しき事は不明でありますが癩病患者の総数十餘万人と申す事であります……凡そ伝染病の療法は一定の隔離を行う事最も肝要であること申すまでもなく癩病の如きは最も必要であります……我が日本は如何でありますか。少数の専門学者を除いては本病に関する一般の考えは極めて幼稚です。患者の多数は之が治療法を医術に求めずして，宗教上の迷信に求めております。しかして最も重症なる本病患者は，国内に西より東，北より南と縦横に移動して，殊に多数の人の群集する神社仏閣に往来して盛に病気の伝播に勉めております……」とおよそお祝いの言葉とは思えない檄をとばした。

　金比羅宮，浅草寺，草津温泉などとともに，本妙寺はその最たる場所として知られていた。この頃（1895年）本妙寺参道で物乞いをしていたハンセン病患者

たちは近くの墓地の中に天幕を張り，あるいは野宿して暮らしていた。その数およそ140人を超える患者がいたという。ハーンがその本妙寺を訪れた1891年もほぼ同じ状況であったと推測される。前述したようにハーンは本妙寺のハンセン病患者を意識した気配はなく，別の書簡でも「たくさんの狐憑きが加藤清正の助けを求めにやってくるのだ」とある。しかし，西成彦は「仮にもハーンほどの博識家が，ハンセン病に関してまったくの無知であったとは考えにくい。とすれば，ここで〈狐憑き〉にだけ着目し〈癩病人〉の存在を認めようとしなかったのはハーンに何かタブー意識のようなものがはたらいたのではないか」と指摘している。そしてさらに「大黒舞経験などを通じて日本の宗教が単にそこに留まるものでないことに，ハーンはうすうす気づいていたはずなのである」と喝破している。既に松江で1年以上を過ごし，万象の背後に心霊の活動を見るというような一種深い神秘思想を抱いた文学者であったハーンが狐憑きに関心を持っていたとはいえ，本妙寺のハンセン病患者に気づかないはずがないというわけである。人間のやさしさに対するハーンの異常ともいえる感受性が，ハンセン病患者を見過ごし得るであろうか。かえって強い感受性故に何も書けないハーンがいたのであろう。

　ハーンが本妙寺を訪ねた同じ年，フランス人神父ジョン・メリー・コールが本妙寺のハンセン病患者を見兼ねて「救癩」活動に及んだ。2年後の1893（明治26）年4月3日，晴れ渡った桜花爛漫の参道に多くの花見客に混じってイギリスからの宣教師ハンナ・リデルがいた。その青い空，その麗しき花の下に，初めてハンセン病患者をみて，衝撃を受けた。そして回春病院設立に立ちあがった。この二人の本妙寺での印象からも，ハーン自身がたとえハンセン病に気付かなくとも，随行した誰かがハンセン病患者のことに触れないはずはないとも思える。それをあえてしなかったとすれば，それは，恐らくキリスト教関係者の案内があったであろうリデルあるいはコールと異なっていた点かもしれない。しかし，それにしても本妙寺はハンセン病で全国にその名を馳せていたはずなのに，である。

　いずれにせよ，時を同じくして外国人として熊本に滞在したリデルやコール

第6章 ドゥドゥー・マンマン

とハーンの間に親交があっても不思議ではないが，両者との接触の気配はない。「キリスト教系と非キリスト教系の二大分類を施すと，日本解釈者としてのハーンは後者に属し，しかも積極的に反宣教師的な男」であった。当時，熊本で近くにいる外国人といえば，彼の嫌った宣教師くらいしかいなかった。そして「宣教師に対して被害妄想の気味無しとはしなかったハーンは，熊本の第一の住居であった手取本町では近所のカトリック教会の鐘がたまらなくなり，それで第二の住居坪井西堀端へ引っ越した」という程である。熊本でハーンは宣教師の陰謀問題や教会の土地買収問題のコール神父のこともあり，宣教師批判を強めていった。リデルに対しても他意無しと思えないほど黙殺の姿勢を貫いたという。

　しかし，ことハンセン病に関してはキリスト教の助けなくして日本におけるその救済の歴史は語れないのである。特に熊本においてはそうであるが，しかしそれがかえってハーンとハンセン病との距離を大きくしたかも知れない。ハンセン病はキリスト教が救済するものと決めてかかっていた可能性はないだろうか。それほどキリスト教の日本における救済はめざましく，またそれを受ける側の日本の状況が近代的な医療感覚から未開だというだけではなく，野蛮以外の何者でもないことを否定し得ないハーンには，それを認識して静観せざるを得なかったようである。

＊

　さて，大黒舞にハーンは松江の被差別部落で出合っている。彼は1891（明治24）年4月19日，22日と2回にわたり松江の被差別部落へ出かけた。「松江の郊外に屑物や，空壜などを買う事を営業とする『山の者』と呼ばれる村がある。松江市の人でここを訪れる者はほとんどいない。さながら疫病神のように嫌われ賤しまれるのがそれまでの習慣であった。ハーンは二十四年の春，西田千太郎を誘ってここを訪れた。この村は驚きの目を以ってこの珍客を迎えた。珍客は一つの家に入って屑物の広重の絵などを買った。主婦の汲んで出す茶を飲んだ。これはこの村へ止むを得ないで来る松江人といえども決してない事であった。珍客はそれを知って態と飲んだのであった。この村の人々のする大黒舞を

所望した。主婦の世話で，若い女の一隊の『八百屋お七』の歌に合わせて，一人の老婦人が舞った。『八百屋お七』のために涙を流すとともに，幾百年の日本の古い迷信のために社会から葬られているこれ等の若い歌い手の身の上に同情の涙を注いで，許す限りの祝儀を与えて帰ったのであった」「松江の諸新聞もこれを報じて松江人を驚嘆せしめたと共に，多少覚醒せしむるところもあった。この異常な訪問を受けた村の喜びと誇りは言うまでもなかった」と田部隆次が記載している。

　初めて見た大黒舞 Daikoku-band の印象を "a small band of neat-looking young girls, whom we had not seen before, made their appearance, and prepared to sing, while an old woman made ready to dance. Both the old woman and the girls provided themselves with curious instruments for the performance" と記している。老女の合図で Daikoku-band の若い女が歌う，その優しい声は，今まで聴いたことのないものであった。聴き終わった後，ハーンは "strong sense of sympathy for the young singers, victims of a prejudice so ancient that its origin is no longer known" と述べている。聞き耳を立てて大黒舞を聴きながら，感性鋭くその悲しみをハーンはきっと理解したに違いない。後日また，大黒舞を自宅に呼んでいるが，何故それほど引きつけられたのであろうか。前田速夫は「それを考えるには，ここで来日前の彼と，その生い立ち，文学遍歴を，振り返ってみなくてはならない」とし，そこからハーンを「異例の人」と捉え，「ハーン自身が進んでマイノリティの側に，被差別者の側に，身を置いていたからだと気づいた」と述べている。その後ハーンは西田に大黒舞の曲の収集と，それの英訳を依頼した。その3つが『KOKORO Hints and Echoes of Japanese Inner Life』の付録「Three popular ballads」として作品化された。すなわち "THE BALLAD OF SHŪNTOKU-MARU", "THE BALLAD OF OGURI-HANGWAN" そして "THE BALLAD OF O-SHICHI, THE DAUGHTER OF THE YAOYA" である。しかし，現在日本語で発行されているハーンのテキスト類からは，なぜかこの付録は3つとも全部はずされている。西によると「大黒舞の翻訳に難航し，それは満足のいく内容ではなく，ハーンの名を冠して発

第6章　ドゥドゥー・マンマン

表される資格などないに等しい作物であった」という。しかし一方で，寺田寅彦は「十余年前に小泉八雲の小品集『心』を読んだことがある。その中で今日までにいちばん深い印象の残っているのはこの書の付録として巻末に加えられた「三つの民謡」のうちの「小栗判官のバラード」であった。（中略）この一風変った西洋詩人の筆に写し出されたのを読んでみると実に不思議な夢の国の幻像を呼び出す呪文（インカンテーション）ででもあるように思われて来る」と『小泉八雲秘稿画本〈妖魔詩話〉』の中で記している。さて，もうひとつの "THE BALLAD OF SHŪNTOKU-MARU" は昔から世に伝わる俗謡「俊徳丸」を基にしたものである。「俊徳丸」伝説はハンセン病が遠い昔から少なくとも当時までどう扱われていたかを如実に物語っている。これから目を背けることなしにハンセン病の偏見・差別の歴史が考えられねばならない。「俊徳丸」は八尾の高安山麓の山畑地区に伝わる伝説で，謡曲「弱法師」あるいは説教節「しんとくまる」として古くからあり，おそらく室町時代より前に知られていたらしい。説教節は時衆文芸として被差別民の文化に浸透していったものである。説教節から江戸時代の浄瑠璃へと連なり，近世にはいっても中世的仏教観が生活に身近なものとして存在し，説法浄瑠璃として「しんとく丸」なども寺院の特別な行事の際に披露されていた。「しんとく丸」説話の系譜は，このように綿々と継続され，浄瑠璃「摂州合邦辻」として，今なお人気の演目であるという。さらにそれは折口信夫の『身毒丸』へもつながる。この一連の流れの中で，「しんとくまる」における「癩」の扱いが時代背景により変化していくことも大きな特徴であり，それは「2003年度ハンセン病問題検証会議報告書」に詳しい。

　継母の呪いでハンセン病になってしまった俊徳丸に，父親はひどく悲しんだが，息子に家を出て行くよう告げた。"Son this sickness which you have seems to be leprosy; and one having such a sickness cannot continue to dwell in this house." "It were best for you, therefore, to make a pilgrimage through all the provinces, in the hope that you may be healed by divine influence". "And my storehouses and my granaries I will not give to Otowaka-maru, but only to you, Shūntoku; so you must come back to us." Poor Shūntoku, not knowing how wicked his stepmother was, besought her in his sad condition, saying "Dear mother, I have been told that I must go forth and wander as a pilgrim." "But now I am blind, and I cannot travel without difficulty. I should be content with one meal a day in place of tree, and glad for permission to live in a corner of some storeroom or outhouse; but I should like to remain somewhere near my home." "Will you not please permit me to stay, if only for a little time? Honored mother, I beseech you, let me stay." But she answered: "As this trouble which you now have is only the beginning of the bad disease, it is not possible for me to suffer you to stay. You must go away from the house at once."

これは，中世のハンセン病患者が受け入れるしかなかった運命であった。いや中世どころかハーンの時代も，そしてつい最近までそれはあった。

　鹿児島県の星塚敬愛園入所者日野弘毅さんが，小泉首相に宛てた手紙がある。「……総理，私にも，愛する家族がありました。父亡きあと女手ひとつで育ててくれた母，年頃の姉と，幼い弟，妹。かけがえのない家族でした。昭和22年の夏，突然ジープが，やってきました。私を収容にきたのです。しかし，母はきっぱりと断ってくれました。ところがジープは繰り返しやってきました。昭和24年の春先，今度は，予防服をきた医師がやってきて，私を，上半身裸にして，診察したのです。そのことが，たちまち近所に知れ渡り，その日から，私の家は，すざましいまでの村八分にあいました。突然，誰ひとり，家を訪ねて来なくなりました。出会っても顔をそむけます。よく世話をしてくれた民生委員さえ，来なくなりました。18歳だった姉は，婚約が破談となり，家を出なければならなくなってしまいました。小学生の弟が，ある日，学校から帰ってきて，かばんを放り投げたかと思うと，母に飛び掛り，その背中を拳でたたきながら〈ぼく，病気出ないよね。病気でないよね〉と，泣き叫んだ姿を，今も忘れることはできません。そんな，仕打ちにあいながら，母も，弟も，私に，療養所に行けとは言いませんでした。私は，子どもながらに，このまま家にいれば，みんながだめになると思い，自分から市役所に申し出て，敬愛園に入所し

ました。それなのに，家族の災厄は，やみませんでした。私は，帰省するたびに，村八分をおそれて住所を変える母の姿を目の当たりにし，断腸の思いで，帰省することを，あきらめました。それから20年あまり，母が苦労のはてになくなったときも，見舞いに行くことも，葬儀に参列して骨を拾うことも，かないませんでした。18歳の時，家を飛び出した姉は，生涯独身のまま，平成8年，らい予防法が廃止になった年の秋に，自殺しました。遺書に，私にはすぐには知らせるな。初七日ごろに知らせるように。と，書いてあったそうです。この遺言のこと，姉の自殺のことは，母の死以上に，私を打ちのめしました。らい予防法の廃止は，法律のために人生をメチャクチャにされた姉にとって何一つ希望をもたらすものでなく，絶望させ，自殺するまでに追いつめたのです。

　姉の思い。母の思い。いまだに配偶者に私のことを隠している弟，妹の思い。そのために，私は，訴訟に立ちました。……」

ハーンは *Japan, An Attempt at Interpretation*（1904）の中で，「家は村の中で孤立してあることはできない。例外は非常に大きな特権を持つ家だけである。社会が腹を立てると，社会は個人のように行動をおこすのである。考えることが一つだからである。絶交の位置におかれて，じわりじわり敵意が寄せてくること，これが普通の懲罰形式である。暴力以上のおそろしい懲罰である」と述べている。

　熊本県は2002（平成14）年6月に「熊本のハンセン病関係資料展」を開催した。そこに特別な展示があった。恵楓園に入所しているNさんが長い長い間秘かに懐深く仕舞い込んでいた一通の手紙を公表したのである。筆でたどたどしく書かれたそれは，母からの手紙であった。

「いよいよ梅雨もすっかり上がってこの頃むしあつい日がつづきます。昼間のあたたかいこと。話になりません。けれど暑さにもまけず寒さにもまけず母さんはおかげで実に元気で，その日を暮らしております。何卒御安心下さい。長らくそちらからも便りありませんが別に変わったことありま

せんか。三男が勉強致して居りますのでそのかたわらでペンを取って書いて居ります。今十一時過ぎたところです。次男も元気で務めて居るので御安心下さい。それからね。今日けいさつより身元調査においでたので，この話は正月頃次男が言ったことがありました。通信の任務とかはえらんで成績のよい者でないとなれないとか人格を見るそうな。隊の方で健康で成績がよいから見込まれているわけですね。制服でなくして私服でしらべに来られました。友達とか色々ですね。次男が身元調査の時が一番つらいといったことがあるの。でもね，悪いことではないから。でもねはっきりと言いたくないのがつらいのよ。母さんになればまだまだつらいのよ。弱い子をもつ親はほんとにつらいのよ。三男が卒業したらまた次男同様だろうかと思うと。前にね役所に行った時，ちょっと，きいてみたの。満二十歳になったら籍はぬげる，本人の承諾だったらと申されました。籍ぬぎたくないけれど弟等のことを思ってそうしてくれませんか，せきんぬぐとしたら合志役場でよいのかね，恵楓園と名をださねばならぬのかね。思うままに返事して下さい。

　こんなこと書くのは実につらいことです。母さんもお前の事は頭からのかない。決して忘れたことは片時もありません。毎朝神様に何卒御守り下さいと祈っております。母さんが面会に行った時話したらと思ったけれど書いたようなわけです。面会に行き度いと思うけれど夏分の汽車旅行はできませんね。

　先日は四百円受け取りましたかね。また小遣い送ります。

三十一年八月　母より」

　この手紙を書いた母，そのためらいが途中からの文章の変化に感じられて悲しい。「でもね」,「でもね」と繰り返す母，面会に行って直接に言えない母の気持ちが痛いほど伝わってくる。40年をすぎて初めてその手紙を世に明らかにしたNさんは，きっと母の心情，その愛情を長い時間かかって確信したからではなかったか。黄色に変色したその手紙には，母の手の温もりを秘めた文字が涙で

滲んだ跡も窺われ，この一通でハンセン病患者とその家族の歴史を語って余りある。

2004（平成16）年1月11日，ハンセン病の語り部として知られた千龍夫さんが亡くなった。12歳で，長島愛生園に隔離され，何度も脱走，ハンセン病国家賠償訴訟で勝訴後，故郷の東大阪に帰った。花見や川下りも楽しみ，母や兄弟と再会を果たした。50年を取り戻そうとしているように見えた，その千さんが亡くなった。ネクタイはせず，小泉純一郎首相と面会したときも一人だけポロシャツ姿だったが，ひつぎの中では背広。母が用意したものだった。

*

さてハンセン病になって浮浪する SHŪNTOKU-MARU が夢に出てきた母から清水に行くよう言われる。清水まで追って来た OTOHIME の夢に Kwannon-Sama が出てくる。そのお告げにより川の水で清めたところ SHŪNTOKU-MARU は目が見えるようになり，身体も治ったのである。仏の霊験や功徳を説くうえで，近世において観音を始め，薬師，地蔵などの諸仏への祈願がみられるが，京都清水の観音さまは，観音信仰の中でも群を抜いて人気があった。山折哲雄は「観音菩薩というのはだいたいにおいて女体を模してつくられている」「われわれの女人願望や母性思慕の感情を象徴的に表現したものだ」「たとえば，西国三十三観音霊場というのがある。……観音信仰が庶民の間にいかに流行したかということが，これからもわかる」と述べ，観音信仰は「母と女の統一された女神もしくは仏母に対する信仰として，不動の地位を占めるに至った。性的な愛への渇望と，母胎回帰への衝動とを一身に引き受ける母神として，時代をこえた人気を獲得していった」と指摘している。

また "THE BALLAD OF OGURI-HANGWAN" でも毒殺された OGURI が gaki-ami（餓鬼阿弥）となって現世に現れ，Kumano-gongen の温泉で病気が治癒し，ハンサムな男性として再生する。平安時代に豪華を極めた貴族浄土教の阿弥陀信仰は，中世の庶民浄土教化においても，さほどの衰退はみせなかったが，いわゆる被差別民が自己の名に阿弥号を用いるようになって，急速に零落

した。餓鬼阿弥もまさにそうであり，それはハンセン病患者を指したのである。折口信夫は，「芝居では，幾種類とある小栗物のどれにも〈餓鬼阿弥〉の出る舞台面は逃げて居た。……私ども丶，私より古い人たちも，餓鬼阿弥の姿を想ひ浮かべる標準をば持たなかった」と記し，「私どもは，餓鬼阿弥と言ふ称へすら，久しく知らずに居た。……たいていはがきやみと書いて居る。〈阿弥〉から〈病み〉に，民間語源の移って来た事が見える。私の根問ひに弱らされた家の母などは〈かったいや。疳やみやろ〉などと言うて居た。もちろん，母たちにわかる筈はなかったのである。熊野本宮に湯湯治に行く病人と言ふ点，おなじく毒酒から出た病ひの俊徳丸に聯想せられる点から，癩病と考へた……」と書いている。この阿弥陀信仰に替わって台頭してきたのが観音信仰であった。

　ともかく，これらの話は口承文芸として語り継がれたが，その語り手の多くは定住を拒絶され各地を漂泊する被差別芸能民であった，これら口承文芸にはハンセン病など罪障を背負った人々の流浪と遍歴という苦難の具体的なあらわれと，そこからの強い脱出願望があり，その救済の聖地が熊野などであった。

　ハーンはこのballadsを書くに当たって確かにハンセン病と接点があった。例えばハンセン病そのものの英語「leprosy」が直接用いられており，さらにgaki-ami（餓鬼阿弥）が気にならなかった筈がないのである。きっとその意味を夫人のセツさんに聞いたに違いない。

　ところで，このballadsにある二つの話は，私には妙にキリスト教におけるハンセン病を考えさせる。キリスト教のハンセン病についての解釈は極めて複雑であるが，「レプラは不正な者を罰するために神が与えた」「汚れた者である場合，離れて住まなければならない」そして他方で救済としてのレプラがある。12,3世紀の中世ヨーロッパにおいて，ハンセン病は蔓延し，隔離策が採られたが，救済事業はキリスト教会の手で行われていた。

　寺田光徳が「文学作品といえども社会や時代の産物である」と述べているが，それはまさしく「しんとく丸」の作品系列が，それぞれの時代を背負った「癩」病観を反映しながら変化していったことからも明らかであろう。いや文学作品こそが，その時代の世間を思い致す最高のテキストとなる。

第6章　ドゥドゥー・マンマン

　寺田はキリスト教の大きな影響下での「レプラ」との関わりを持つ代表的な作品を採りあげている。ハルトマンの『哀れなハインリヒ』には，申し分ない身の上から，神意によって恥多い苦境へ突き落とされた，すなわちハンセン病にとりつかれたハインリヒが，見るもいやらしい人間と思われるに至り，人里離れた農場で，小作人一家の温かい世話を受ける。ハンセン病の唯一の治療である心臓の血を捧げようとする小作人の少女，それをあきらめ帰国の途につくハインリヒ。聖なるキリストはこの騎士と少女の心底をすっかり試し，その真心と徳がいかに嘉されるべきかを示し，騎士を清らかで健やかな身体となし給うた物語である。

　これはそのまま SHŪNTOKU-MARU ではないかとさえ思える。さらに寺田はフローベールの『聖ジュリアン伝』を解く。予言どおり勘違いで両親を殺し，贖罪の旅に出た貴族ジュリアン。病人と出会い着物を脱いでその男を抱きしめ温めるよう求められる。「癩病の男はジュリアンを抱きしめた。その目はたちまち星の光を放ち，髪は日輪の光芒のごとく伸びた。……両腕にジュリアンを抱きしめている人が，次第次第に大きくなって，頭と足いっぱいに小屋の両側の壁にとどく。屋根は飛び去り，天空はひらけた。──ジュリアンは，自分を天に連れていく我が主イエス・キリストと相向かって，青々とした空間に昇った」のである。

　こちらは誰しも光明皇后説話を思い出すであろう。ハーンは作品 "OSHI-DORI"「おしどり」において，この小説の影響を受けているという。であれば，なおさらハンセン病はハーンの脳と心に在ったのである。

＊

　ハンセン病患者の扱いが古今東西そして，宗教を問わず似ているとすれば，それはハンセン病という病の持つ重さであろう。きわめて象徴的であるのは，中島陽一郎の『病気日本史』の中に梅毒，天然痘など多くの病気が取り上げてあるものの，なぜかハンセン病はない。

　ハンセン病は「病」をはるかに超える存在として扱われてきたのではないか。先に挙げた差別される要因があまりにも揃っているからであろうが，私にはそ

の原因の奥底に「皮膚感覚」に対する人間共通の感性が潜んでいると思えてならない。

　ディディエ・アンジューは「皮膚はわれわれの個性を保護するシステムであると同時に、われわれが他人と交流を行うための第一の道具である」と指摘し、なかでも触覚の重要性を論じている。そしてダニエル・ポメーレの「皮膚の病変の深刻さは、心的な打撃の深刻さに比例している」という仮説を引用している。まさにこの皮膚の感覚の欠如とそれに伴って外観が損なわれることにより、「さわる」「さわられる」という、人にとって基本的な交流である「接触」が出来ないことの深刻さである。触る感覚が欠如した患者、そして触りたくない周囲の人たち。その二重の接触の忌避が、ハンセン病を特異な超「病」に仕立てた。

　ある小学校の児童たちが菊池恵楓園を訪れた。今は治癒している元患者さんに、一人の女の子が「何がしてほしいですか？」と問いかけた。女性元患者が「あなたを抱きしめさせてほしい」と答えたと聞いたことがある。

　「ふたたび彼は母親の手がそっと自分の手を握ったのを感じた。毎朝毎朝、神棚の前。御先祖様の御位牌の前へ幼い足取りの自分をお詣りに連れて行って下さる母親の手を」（「ある保守主義者」から）というこの接触の皮膚感覚こそが、ハーン自身、そしてハンセン病患者さんたちが求めていたものではないか。そっと、しかし、決して忘れたことのない「温もり」の感覚である。

　長く長く患者を苦しめたハンセン病も今は完全に治癒し得る普通の病気となった。しかし、長い間に沁み込んだ偏見による差別は今もなかなか消すことが困難なことは、温泉ホテル宿泊拒否問題が如実に示したところである。人は弱くそして差別する動物である。湯浅洋はこの差別問題の解決には21世紀一杯かかるだろうと指摘している。

＊

　"SHŪNTOKU-MARU"、"OGURI-HANGWAN" の原稿に向かいながら、ハーンはそこに登場してくる Stepmother, Otohime, Terute という女性達を、4歳の時に去って行ったギリシャの母ローザ、イギリスの継母アリシア・ゴブリ

ン，大叔母サラー・ブレナン，マルティニークの女中シシリア，とシンシナティで結婚したマティを，そして小泉セツとをどこかで，どのような形かで，重ね合わせたことだろう。私には，それらとハンセン病患者の「帰省するたびに，村八分を恐れて住所を変える母」，「息子に手紙を送った母」，「亡くなった息子に背広を用意した母」が重なる。その昔の観音信仰のその観音様が重なる。

母のイメージが「失われた幸福のシンボル」となっているハーンにおいても，一方で，優しい女性，優しい母（ドゥドゥー・マンマン）にとって，いつまでも"this wonderful grown-up child of hers"であった。

> 「子どものときに，家族から引き離されているわけでしょう。だから家族や古里の像が，きちんと焼き付いているんだよ。両親の像，友達の像が，ある場合には美化され，ある場合には自分と交わりを断った冷たいものとして，はっきりのこっているんだね。生涯忘れない」

この言葉，ハーンに対してではない。ハンセン病文学，とりわけ幼くして隔離された子どもたちの作品にたいする鶴見俊輔の言葉である。

[注]

1) 癩，白癩，レプラ，ハンセン病：これらの言葉が本稿で混在していることをお許し頂きたい。現在はもちろん「ハンセン病」が唯一の正しい病名である。しかし，その時代の文献の引用に当たって，原文を尊重したこと，その時代背景の中で，偏見・差別用語として用いられ，それを表現するために敢えて他の用語も使用したものである。筆者には差別用語として用いる意志は全くないことを付け加えて，ご理解をお願いしたい。

   なお，「白癩」はおそらく今日の尋常性白斑などが含まれた表現であり，「癩」がかならずしも今日のハンセン病を表現してはいないことを知っておく必要がある。多くの病気，例えば前述した尋常性白斑や，疥癬というダニによる病気で皮膚がぼろぼろ剝け落ちたり，あるいは梅毒で鼻が欠けたりすると，それらは診断がわからないまま「癩」とされていたのである。その意味からも「癩」病をハンセン病に変えた意義は大きい。

2) この万国会議において北里柴三郎は日本のハンセン病患者数が19,898人であると報告（本人は出席せず代理報告）した。しかし，1900年，内務省は12月段階で

全国ハンセン病調査を施行，警察官を動員した調査で正確さを欠いたものであったが，患者 30,359 人，「血統戸数」199,075 戸，「血統家族人口」999,300 人という結果を報告している。遺伝病の概念を捨てきれないままこの万国会議以降ハンセン病に恐ろしい感染症のイメージが加わった。

3) いわゆる「癩予防ニ関スル法律」として明治 40 年法律第 11 号が制定された。その内容は適用範囲を浮浪患者だけに限定されたが，ハンセン病が恐ろしい伝染病であるとの前提にのっとって制定されたものであった。

[文　献]

池上俊一（2001）『身体の中世』筑摩書房
http://murase.hp.infoseek.co.jp/IH-hansenbyosiryo.htm
太田明（2004）宿泊事件のその後，『菊池野』590 号
太田雄三（1994）『ラフカディオ・ハーン―その虚像と実像―』岩波新書
岡村壽正（1988）「吉田松陰の啞弟」,『行末川』出版部
折口信夫（1990）『折口信夫全集　第 17 巻』中央公論社
折口信夫（1999）『死者の書　身毒丸』中公文庫
菊池一郎（1993）本妙寺ハンセン病集落の歴史,『日本医事新報』No. 3623.
菊池恵楓園入所者自治会（2004）『黒川温泉ホテル宿泊拒否事件に関する差別文書綴り』
熊本朝日放送「菊池野；こころの叫び」2004 年 2 月 17 日放映
熊本日日新聞「ハンセン病の語り部　千龍夫さん」2004 年（3 月 1 日）
熊本日日新聞社編（2004）『検証ハンセン病史』河出書房新社
小泉八雲 / 平川祐弘編（1990）『日本の心』講談社
国立療養所菊池恵楓園（1960）『菊池恵楓園 50 年史』
櫻井進（2000）『江戸のノイズ　監獄都市の光と闇』NHK ブックス
潮谷總一郎（1995）本妙寺癩窟,『近代庶民生活誌』20; 532–544（『日本談義』昭和 27 年 10 月号，28 年 10 月号初出）
仙北谷晃一（1998）「心情の人ラフカディオ・ハーン」,『國文学』43(8): 25–31.
田部隆次（1980）『小泉八雲』（第四版）北星堂書店
築島謙三（1997）『増補　ラフカディオ・ハーンの日本観』勁草書房
寺田寅彦（1962）『寺田寅彦全集　第 17 巻』岩波書店
寺田光徳（2002）「レプラのメタファー」, 弘前大学人文学部『人文社会論叢』（人文科学篇）7 号
ディディエ・アンジュー / 福田素子訳（1993）『皮膚―自我』言叢社同人
中島陽一郎（1982）『病気日本史』雄山閣出版
西成彦（1998）『ラフカディオ・ハーンの耳』岩波書店
日弁連法務研究財団ハンセン病問題に関する検証会議（2004）「2003 年ハンセン病問題

検証会議報告書」
原田禹雄（1994）「わが国の中世のらい」,『生活文化研究所年報』第 8 輯: 1–25.
平川祐弘（1998）ギリシャ人の母は日本研究者ハーンにとって何を意味したか,『國文学』43(8); 6–18.
平川祐弘（2004）『ラフカディオ・ハーン　植民地・キリスト教・文明開化』ミネルヴァ書房
藤野豊（2001）『「いのち」の近代史,『民族浄化』の名のもとに迫害されたハンセン病患者』かもがわ出版
前田速夫（2003）『異界歴程』晶文社
村上國男（1997）ハンセン病をとりまく諸問題,『ハンセン病医学　基礎と臨床』大谷藤郎監修, 東海大学出版会, 299–314.
室木弥太郎校注（1977）『新潮日本古典集成　説話集』新潮社
森鷗外（1996）『独逸日記・小倉日記』筑摩書房
山折哲雄（1983）『神と仏　日本人の宗教観』講談社
山根正次（1901）皮膚病学会第 1 回総会祝辞,『皮膚科泌尿器科雑誌』1: 177–181.
湯浅洋（2001）ハンセン病と世界の現状,『感染症』31: 236–240.
Lafcadio Hearn (1998) *KOKORO Hints and Echoes of Japanese Inner Life*, CHARLES E. TUTTLE COMPANY (*Rutland*, 11th printing)
渡辺昭五（1998）熊野信仰と庶民浄土教,『國文学』48(6): 42–55.

第 7 章

ラフカディオ・ハーンの俳句体験
―― 異文化受容の底流，子規とスペンサー ――

松 井 貴 子

　ハーンは，日本文化に見られる特徴的なものの一つとして俳句を理解することを試みている。彼が見出した日本の俳句の特質は，絵画性，連想性であった。
　これらは，明治の俳人正岡子規が，西洋受容の後に，近代俳句の特質として提唱したものである。子規の俳論に取り込まれた絵画性は西洋美術の理論から，連想性はハーバート・スペンサーの「文体論」から得られたものであった。子規は，これら西洋に由来する理論を，日本の文学理論としての写生論に活かし，文学革新を成し遂げた[1]。
　このようにして近代化を経ていた日本の伝統詩である俳句が，西洋人であったハーンの眼にどのように映ったか考察を加えたい。

1. ハーンの俳句理解と子規の俳論

　ハーンは，日本の俳句について論じた「小さな詩」(『霊の日本』1899 年)[2]で，俳句が絵画的であること，暗示的であることを指摘した。俳句を，描写的な特徴を持ったごく短い詩ととらえ，俳句理解を通して，日本の芸術表現の理論や日本人の感情の特質を明らかにできるのではないかと期待している。
　ハーンは，写生を基本とする子規の近代俳論に感動して，日本の俳句を外国に紹介したという[3]。ハーンに俳句関係の資料を提供したのは松江時代の教え子大谷正信(俳号繞石)であった。繞石は子規直系のホトトギス派の俳人である。

ハーンが自身の著作に引用した俳句は,「ホトトギス」あるいは「ホトトギス」系の俳句雑誌に掲載された俳句ではなかったかと推測されている[4]。

　ハーンがとらえた俳句の特質は,次のようなものであった。

　　日本の短詩の作者は,ちょうど日本の画家が,イメージとかムードとか,あるいは感情とか情緒をあらわすのに,ほんのひと筆かふた筆でそれを表そうと苦心するのと同じように,厳選した二,三のことばでもって,画家が意図したものと同じものを表現しようと苦心する。そして,この目的を達するためには,詩人も画家も,ともにひとしく,暗示力——この力だけに頼っている[5]。

　俳句が絵画的な文学作品であることは,「小さな詩」以後も,たびたび言及されている。「蟬」(『明暗』1900年)では,「次に挙げる小品画は,これは日本美術の本質による,迫真の作である。」として,大谷正信の俳句作品「蟬一つ松の夕日をかかへけり」を評している[6]。「トンボ」(『日本雑記』1901年)では,「俳句は言葉で描いた一幅の小さな絵でなければならない。——見たり感じたりしたものの記憶を再生させなければならない。——これが発句の規約だ。」と,俳句を定義づけている。そして,「日本の画匠がほんのわずかの筆かずをつかえば,みんなおもしろい絵になりそうなものばかりである。」という評言とともに,大谷正信の俳句を巻頭に古今の例句を挙げ,それらが絵画的であることを読者も感知することを求めている[7]。

　子規は,西洋の美術理論を応用して,近代俳論としての写生論を構築した。そして,俳句について二十四の特質を考え,「俳句二十四体」(1896年)として例句を挙げて説明している。その一つに「絵画体」があり,子規は次のように述べている。

　　絵画体は明瞭なる印象を生ぜしむる句を言ふ即ち多くの物を並列したる,位置の判然したる,形容の精細なる色彩の分明なる等是なり[8]

　俳句が絵画的であることは,近代俳句の特徴として,子規が提唱したもので

あった。

　ハーンは，絵画的な俳句は，「自然の印象を呼びもどし，旅や巡歴の日の楽しかったできごとをよみがえらせ，美しかった日の思い出を呼び起すことによって，読む人に楽しさを与える」[9] としている。読者が，作者の眼がとらえたものを視覚性豊かに再現でき，作者が味わった感動を追体験できる文学表現は，「叙事文」（1900年）を始めとする子規の写生論において重要なものとして，次のように述べられている。

　　或る景色又は人事を見て面白しと思ひし時に，そを文章に直して読者をして己と同様に面白く感ぜしめんとするには，言葉を飾るべからず，誇張を加ふべからず只ありのま、見たるま、に其事物を模写するを可とす[10]。

　　或る景色又は或る人事を叙するに最も美なる処又は極めて感じたる処を中心として描けば其景其事自ら活動す可し[11]。

　子規の叙事文（後の写生文）は，ハーンの言う素描文（スケッチ）に通じる。ハーンは日本語の華麗な文語表現は素描文に適さないと考えた[12]。子規もやはり，そのことに気づき，写生文に適した文体として平易な言文一致体を模索している[13]。

　俳句に暗示的な特質があることを，子規は，スペンサーの「文体論」（1881年）を読んでいて気づき，それを，初期の随筆「筆まかせ」に記した[14]。

　ハーンが日本の俳句の特質として感じ取った絵画性，暗示性は，ともに，近代の日本では，西洋との関わりを経て論じられていたものであった。

2. ハーンと子規にとってのスペンサー

　ハーンがスペンサーに心酔したのは，1880年代後半である。ハーンがスペンサー受容によって得たのは，自説を述べるときの権威づけであった[15]。

　子規もまた，同じ頃にスペンサーを受容し，次のように述べている。

　　スペンサーの文体論を読みしとき minor image を以て全体を現はす　即チ

一部をあげて全体を現はし　あるはさみしくといはずして自らさみしき様に見せるのが尤詩文の妙味なりといふに至て覚えず机をうつて「古池や」の句の味を知りたるを喜べり[16]

スペンサーは,「文体論」で次のように述べていた。

> To select from the sentiment, scene, or event described, those typical elements which carry many others along with them; and so, by saving a few things but suggesting many, to abridge the description; is the secret of producing a vivid impression.
> 描写される心情, 光景, 出来事から, 他の多くの要素を一緒に伴うような典型的な要素を選ぶこと, そうして, 二, 三のことを言いながら, 多くのことを暗示して, 描写を縮約することが, 生き生きした印象を生み出す秘訣である[17]。

子規は, 後に, 絵画表現と文学表現を結びつけて, スペンサーの a vivid impression を「印象明瞭」として自らの俳論のなかで提示している。

> 印象明瞭とは其句を誦する者をして眼前に実物実景を観るが如く感ぜしむるを謂ふ。故に其人を感ぜしむる処恰も写生的絵画の小幅を見ると略々同じ[18]。

子規は,「最簡短ノ文章ハ最良ノ文章ナリ」[19] という確信を得て, 新時代の日本での俳句の存在価値を見出し, 芭蕉について書いたレポートでも, スペンサーから得た考えを活かしている。

> If the rule that best is the simplest holds good in rhetoric, our Japanese "hotsku" (pronounced "hokku") must be best of literature at that point[20].
> 最上のものは最簡単であるという法則が文章法上有効ならば, 我が日本の発句(「ほっく」と発音される)はその点で文学の最上のものに違いない。

ハーンは, 1893年, チェンバレンに次のように書き送ったという。

> 詩的な散文を四年間勉強した後の今, 私は簡潔さを勉強することを迫られ

第7章　ラフカディオ・ハーンの俳句体験　　91

ています。出来るだけ装飾的であろうと試みてきた結果，自分自身の過ちによって転向させられました。一番肝要な点は簡潔な言葉で人の心を動かすことです[21]。

　簡潔な文章表現に価値を見出したことは，スペンサーの「文体論」を読んだ後の，子規の文章観に通じる。短編作品を効果的に仕上げるために，ハーンは，記録性の高い文章であっても，しばしば夾雑物を排除していたという[22]。
　子規もまた，文学表現において材料を取捨選択することを重視していた。子規は，「美醜錯綜し玉石混淆したる森羅万象の中より美を選り出だし玉を拾ひ分くるは文学者の役目なり」[23]とし，「取捨選択とは面白い処を取りてつまらぬ処を捨つる事」[24]と定義している。
　ハーンも子規も，スペンサーの思想に学び，簡潔な文章表現に価値を見出していた。表現技法としての取捨選択の必要性と文学的効果を認識していたのである。
　そして，ハーンが描いた伯耆大山に刺激されて，志賀直哉は，「暗夜行路」のなかで大山を描いた[25]。一方で，志賀の風景描写を含む創作方法は，子規の小品文（「叙事文」を作品にしたもの），高浜虚子の写生文の影響を受けている。ハーンは写実的な小説を書くためには，「描写すべき情景をよく調査し，注意深く公平な観察によって動機や感情を分析して，倦まず弛まずノートを取らねばならない。」[26]と述べた。虚子は写生文の存在意義として，「画家が一つの花や一本の草を，断へず倦まず写生してゐる如く，文章家もまた些細な事情とか，単純なシーンとかを，断へず倦まず写生して，充分筆力を養ふ必要がある。」[27]と述べている。
　志賀は，「或る朝」を書く以前は，細かいことまで書いてしまうために作品が纏まらなかったが，材料の取捨選択と簡潔な描写ができるようになって，書く要領がわかり，作品が小説らしいものになったと回顧している[28]。
　志賀作品の上で，ハーンと子規，ともに，19世紀に生き，同時代のスペンサーの影響を受けた二人の文学者が重なっているのである。

3. ハーンと子規の眼

　1889年11月,来日するにあたってハーンは,「読者の心に日本で暮らしているような——ただ観察するのではなく,庶民の日常生活の仲間入りをして,彼らの思考で考えているような印象を与えるよう努めます」と述べたという[29]。

　英語教師となったハーンは,日本人学生の作文が非常に画一的であることに驚いた。英作文に日本人の国民的な感情が現れると考えていたハーンであったが,そこに個人的特色や独創的な想像力が全く現れていないこと,どんな物事にも寓意や教訓を見出して述べていることに驚いたのである。自然を眺める眼,自然の美しさや感動を表現するための比喩は,古典文学によって継承され続けてきたものが使われていた。ハーンの印象に残った比喩のパターンは,青空に聳え立つ富士山を空に懸けた半開の白扇に,満開の桜の木を梢にたなびく夏の夕焼雲に,雪の上に散る木の葉を白い紙の上に散らし書きした文字に,雪の上の猫の足跡を梅の花に,下駄の跡を二の字に喩えるものなどであった[30]。前近代の日本画家が粉本によって習練するのと同様に,文章表現も手本に倣って習練されたために,画一性を保っていたのである。この点は,西洋受容以前の子規も例外ではない。スペンサーにも,西洋美術にも触れる以前の子規の文章は,次のようなものであった。

　　家々にかざる松の緑は君が八千代の色をこめ,竹の節の直なるは政のよこしまならぬをしめす。空に舞ふ凧は田鶴の飛ぶにやあらん。軒端に行きちがふ羽子は蝶のうかれ出したるにやと疑わる[31]。

　ハーンが指摘した通りの特徴のある比喩と寓意が現れている。しかし,子規が,スペンサーの「文体論」を読み,西洋美術の理論を知り,それらを応用した写生論が形を成した後には,相応に文章が変化している。

　　夕栄は東の空に残りて,山々紫に暮れんとする時,鴉一むれ二むれ野を横ぎりて帰れば,川上僅かに光りたる水も霞みて見えず。きらきらと夕日受けたる屋根も森も一つに黒うなりて,大道一筋白う暮れ残りたるに,蟻の

第7章　ラフカディオ・ハーンの俳句体験　　93

這ふが如く見ゆるは小荷駄の一列にやあらん[32]。

　子規の視点は高い位置にあり，景色を俯瞰している。言葉によって描かれた景色を，映像として視覚的に再現できる描写になっている。描写の流れに従って，読者は想像をふくらませ，画像を創り上げることができる。
　ハーンはシンシナティのセント・ピーター寺院から眺めた風景を次のように描いた。

　　市庁舎やその周囲の建物は，おもちゃのように小さく，公園の円い噴水池は，大会堂の足元にある水たまりのようだ。ユダヤ人会堂の尖塔も見える。どの方角を見ても，市街はまるで精巧な地図のように整然と広がっている。東西南北それぞれ三，四丁先までは，大通りの中心がよく見え，蠅ほどの大きさの馬車や荷馬車が連なっているのがわかる。十字架をふり仰いでいる，下の人々は，小人のようで，オペラグラスを使っても，顔を見分けることはできない。東から屈曲して流れてくる，プラム・ストリート運河の橋は，すべてはっきり見える。西にはミル川が金色に光り，南にはオハイオ川が青く蛇行している[33]。

　ここに挙げたハーンと子規の文章は，いずれも高い所から眺めた風景を描写している。読者にとっての視覚的再現性という点では両者とも同程度であろう。
　ハーンは，日本では次のような描写をしている。

　　まずはじめに，巨利円覚寺が，われわれを招いて，門前の堀川にかかっている小橋を渡らせる。そこに立っている屋根のある門は，中国風の美しい輪郭をもって，彫刻を施されていない。橋をわたって，長い堂々たる広い石段道の，樹木のうっそうと茂ったあいだを登って行くと，小高い台地に出る。そこに第二の門がある。この門はすばらしいものだ。二階づくりのりっぱな門で，屋根はぐっと大きく反り，大きな切妻のある，古い中国風の豪壮なものである。四百年以上もたったものなのに，見たところ，そんなに長い風霜をへたものとはほとんど思われない。荘重で，複雑をきわめ

た上部の造りは，すべて白木の丸柱と，切り組んだ梁とをむき出しにした下部の造りによって，支えられている。大きな軒先には，鳥の巣がいっぱいあって，屋根の上から聞こえる百囀(ももさえず)りの声が，まるで淙々(そうそう)と水のたぎり流れる音のようだ。じつに大した建築で，そのどっしりとした力強い偉容は，まことにもって堂々たるものである。しかも，そこには，おのずからなるきびしさがある[34]。

子規は，人力車に乗りながら目にしたものを次のように描写している。

音無川に沿ひて行く。八百屋の前を過ぐるにくだ物は何ならんと見るが常なり。川にて男三人ばかり染物を洗ふ。二人は水に立ち居る。傍に無花果(いちじく)の木ありて其下に大根のきれはしは芥と共に漂ひつ，いときたなげなるを，彼男に押し流させたく思はる。

笹の雪の横を野へ出づ。野はづれに小き家の垣に山茶花の一つ二つ赤う咲ける，窓の中に檜木笠を掛けたるもゆかし。

空忽ち開く。村々の木立遠近につらなりて，右には千住の煙突四つ五つ黒き煙をみなぎらし，左は谷中飛鳥の岡つゞきに天王寺の塔聳えたり。雲は木立の上すこし隔りて地平線にそひて長く横になびきたるが，上は山の如く高低ありて，下は截りたる如く一文字に揃ひたる，絶えつ続きつ環をなして吾を囲みつ，見渡す限り眉墨程の山も無ければ，平地の眺めの広き，我国にてはこれ程の処外にはあらじと覚ゆ。胸開き気伸ぶ。

田は半ば刈りて半ば刈らずあり。刈りたるは皆田の縁に竹を組みてそれに掛けたり。我故里にては稲の実る頃に水を落し刈る頃は田の面乾きて水なければ刈穂は尽く地干にするなり。此辺の百姓は落し水の味を知らざるべし。吾にはこの掛稲がいと珍らしく感ぜらる。榛(はん)の木に掛けたるは殊に趣あり。其上より森の梢，塔の九輪など見えたる更に面白し。

道の辺に咲けるは蓼の花ぞもつとも多き。そのくれなゐの色の老いてはげかゝりたる中に，ところどころ野菊の咲きまじる様，ふるひつくばかりにうれし[35]。

この二つの描写には，連続した視点の動きが見られる。作者が見たままに描かれていると感じさせる文章である。主観的な感想も随所に挿み込まれ，作者の実体験と感動を追体験できる表現になっている。

ハーンは，これまでの小説は題材が尽きて衰退し，代って素描文，現実を観察して得られた経験と感動を視覚的に描写する文章が隆盛すると予想した。優れた観察眼をもって書かれた素描文は絵画のような趣を持つとしている[36]。

既存の文学ジャンルに危機感を抱き，視覚性と記録性を持った小品に価値を見出した彼の文学観は，俳句の滅亡を予感して，写生による文学革新を進めた子規の文学観に重なる。

ハーンが小説に代る価値を見出した素描文は，作者が経験した感情を読者が共有できる文章であった[37]。描かれた世界を読者が追体験でき，読者の共感を呼ぶ文章を書こうという志向は，子規の「叙事文」に示された文章観に通じる。

子規は，写生表現によって描きうる材料は，作者の身近で無限に発見できるという確信を，西洋美術から得た。ハーンもまた，真に力量のある素描文作家は，どんな題材でも扱うことができるとしている[38]。

ハーンも，子規も，ともに新聞記者であった。19世紀のジャーナリストには，写真と共同しての迫真描写が求められていた[39]。ハーンは，来日前に仏領西インド諸島のプレー火山を描写し，「言葉の画家(ワード・ペインター)」とも呼ばれた[40]。同時代に生きたハーンと子規には，対象を眺める眼に同じ特質がある。そして，その特質は，それぞれの描写に現れている。それは，両者とも，絵画表現と文章表現の連関に強い関心を持っていたからでもあった。

4. おわりに

ハーンは，1904年9月26日に亡くなった。子規が亡くなったのは，その二年前の9月19日である。二人は，ほぼ同時代を生きた文学者であり，ジャーナリストであった。彼らの文章観，文学観の形成には，同時代の思想家スペンサーが関わっている。近代日本が誕生した19世紀後半に，一人の思想家を介して，日本から西洋へ，西洋から日本へ，両方向に異文化の受容と理解が行われたの

である。そして，ハーンと子規は，それぞれに，志賀直哉に影響を与えている。スペンサーによってつながっていた二人の文学が，日本の近代小説を確立した作家のなかで融合したのである。

　明治の日本で，それぞれに絵画と文学の共通性に着目していたハーンと子規の特質には共通するところがあり，ハーンの俳句理解と子規の俳句革新には，スペンサーの思想が底流している。子規派の近代俳句と俳句観から，スペンサーと西洋美術という西洋的要素を取り除くことは不可能である。ハーンが手にした日本俳句の作品と，その解釈は，この子規派につながる俳人によってもたらされたものである。ハーンの俳句理解が，彼の意に反して，西洋が浸透したものになっていたことは否定できない。

[注]

1) 子規の西洋受容と文学革新については，拙著『写生の変容――フォンタネージから子規，そして直哉へ』(2002・2　明治書院)，拙稿「子規の西洋受容――スペンサーの進化論と階梯意識」(「日本文芸学」39号　2003・2　日本文芸学会 16-29頁)，「子規と写生画と中村不折」(「国文学　解釈と教材の研究」特集　正岡子規・やわらかな思想　2004・3　学燈社　36-43頁)で，詳細に考察した。
2) 小泉八雲『日本雑記他』平井呈一訳　1975・11 (1986・4　第二版) 恒文社 114-131頁
   Lafcadio Hearn, "Bits of Poetry", *In Ghostly Japan*, Tokyo: Charles E. Tuttle Company, Inc, 1971, pp. 149-164.
3) 小暮剛平「俳句の国際化」「HI」55号　2004・5　国際俳句交流協会　2頁
4) 平井呈一「八雲と俳諧」『小泉八雲入門』1976・7　古川書房　91頁
5) 「小さな詩」『日本雑記他』119頁
6) 『日本雑記他』260頁
7) 『日本雑記他』459頁
8) 『子規全集』四巻　1975・11　講談社　436頁
9) 「小さな詩」129頁
10) 「叙事文」『子規全集』十四巻　1976・1　講談社　241頁
11) 「叙事文」248頁
12) 「散文小品」『ラフカディオ・ハーン著作集』平川祐弘他訳　九巻　1988・5　恒文社　20頁
13) 「叙事文」249頁

14) 「○古池の吟」1889 「筆まかせ」『子規全集』十巻 1975・5 講談社 95頁
15) 太田雄三 岩波新書336『ラフカディオ・ハーン――虚像と実像』1994・5 岩波書店 39–43頁
16) 「○古池の吟」95頁
17) Herbert Spencer, *Philosophy of Style: an Essay*, New York: D. Appleton and Company, 1881, pp. 34–35.（抽訳）
18) 「明治二十九年の俳諧（三）」 新聞「日本」1897・1・4日 『子規全集』四巻 503頁
19) 「○スペンサー氏文体論」1890 「筆まかせ」『子規全集』十巻 378頁
20) "Baseo as a Poet" 1892 『子規全集』四巻 16頁（子規の手によらない朱筆部分は省略した。）
21) アール・マイナー「ハーンと日本――一つの解明の試み」平川節子訳 平川祐弘編『世界の中のラフカディオ・ハーン』1994・2 河出書房新社 325頁
22) 森亮『小泉八雲の文学』1980・8 恒文社 18頁
23) 「俳諧反故籠」「ホトトギス」1897・2 3頁
24) 「叙事文」247頁
25) 平川祐弘『破られた友情――ハーンとチェンバレンの日本理解』1987・7 新潮社 153頁
平川祐弘「大山を描いた二人の作家――ハーンと志賀直哉との関係」 平川祐弘, 鶴田欣也編『『暗夜行路』を読む――世界文学としての志賀直哉』1996・8 新曜社 391–427頁
26) 「写実主義小説」「タイムズ・デモクラット」1882・9・10日 『ラフカディオ・ハーン著作集』三巻 1981・8 恒文社 364頁
27) 「写生文の由来とその意義」「文章世界」1907・3 18頁
28) 「創作余談」「改造」1928・7 『志賀直哉全集』八巻 1974・6 3頁 岩波書店
「続創作余談」「改造」1938・6 『志賀直哉全集』八巻 27頁
尾崎一雄との対談「小説について」1955・5・24日 NHK放送 『志賀直哉対話集』1969・2 大和書房 298頁
29) 牧野陽子『ラフカディオ・ハーン 異文化理解の果てに』1992・1 中央公論社 57頁
30) 「英語教師の日記から」『日本瞥見記（下）』1975・9（1988・12 第二版） 恒文社 145–148頁
31) 「龍門」1887頃執筆 「日本及び日本人」1928・9 『子規全集』十三巻 1976・9 講談社 12頁
32) 「花枕」「新小説」1897・4 『子規全集』十三巻 288頁
33) 「尖塔に登って」1876 『ラフカディオ・ハーン著作集』一巻 1980・7 恒文社 195–196頁

34) 「江ノ島行脚」1892 『日本瞥見記(上)』平井呈一訳 1975・9（1988・12 第二版） 恒文社 97–98 頁
35) 「車上所見」「ホトトギス」1898・11 『子規全集』十二巻 1975・10 講談社 240–241 頁
36) 「散文小品」114–119 頁
37) 「散文小品」120 頁
38) 「散文小品」123 頁
39) ハーンは，「写真というものがもっている，どうにも動かすことのできない真実性，それと従軍記者の書く文章の信憑性，これが画工の想像力を助けて，近頃のものは事実の徹底的な生々しさと迫力とをうむようになってきた。」(「日本だより」『怪談・骨董他』平井呈一訳 1975・11 (1988・7 第二版) 恒文社 474 頁)と述べている。子規は，日清戦争で従軍記者となり，子規に西洋美術を教えた中村不折は，従軍画家となって中国大陸に渡った。
40) 平川祐弘『破られた友情——ハーンとチェンバレンの日本理解』153 頁
　　平川祐弘「大山を描いた二人の作家——ハーンと志賀直哉との関係」419 頁

[参考文献]（刊行年順）

築島謙三『増補ラフカディオ・ハーンの日本観』1964・11（1977・10 増補版，1984・3 新装版） 勁草書房
森亮編集・解説「現代のエスプリ 小泉八雲」1975・2 至文堂
　——森亮「概説・ハーン文学の方法と成果」5–22 頁
　——西崎一郎「新聞記者としての小泉八雲——文学者への出発」23–39 頁
　——池野誠「日本研究の姿勢と日本観——松江時代の書簡による」70–74 頁
　——勝部真長「一神教か多神教か——小泉八雲の日本解釈」75–84 頁
　——大西忠雄「小泉八雲と仏教」85–101 頁
　——矢野峰人「文芸批評家としてのハーン」109–120 頁
　——岡田幸一「ヘルンの文学講義をめぐって」121–131 頁
　——渡部昇一「スペンサー・ショックと明治の知性——ハーンの場合」147–154 頁
　——速川和男「ハーンと日本の作家たち」185–199 頁
平川祐弘『小泉八雲——西洋脱出の夢』1981・1 新潮社
田所光男「ハーンの理想社会——スペンサーとフュステル・ド・クーランジュを越えて」「比較文学研究」47 号 1985・4 東大比較文学会 54–73 頁
熊本大学小泉八雲研究会編『ラフカディオ・ハーン再考——百年後の熊本から』1993・10 恒文社
平川祐弘『オリエンタルな夢——小泉八雲と霊の世界』1996・10 筑摩書房
西成彦 同時代ライブラリー340『ラフカディオ・ハーンの耳』1998・4 岩波書店

「国文学　解釈と教材の研究」（特集　横断するラフカディオ・ハーン　小泉八雲）
　1998・7　学燈社
熊本大学小泉八雲研究会編『続ラフカディオ・ハーン再考――熊本ゆかりの作品を中心
　に』1999・6　恒文社
平川祐弘監修『小泉八雲事典』2000・12　恒文社
河島弘美　岩波ジュニア新書405『ラフカディオ・ハーン』2002・7　岩波書店
アラン・ローゼン　"Hearn and Spencer's Advice to Japan"「熊本大学教育学部紀要
　人文科学」51号　2002　85–90頁

第 8 章

「奇妙にごたごたした愉しい混沌」論
―― ラフカディオ・ハーンにおける文字の観相学的考察 ――

藤 原 万 巳

　1890（明治23）年にラフカディオ・ハーンは横浜に到着し，その時の印象を来日後最初の作品集として1894（明治27）年に発表した『知られぬ日本の面影』（*Glimpses of Unfamiliar Japan*）の巻頭作品，「東洋の土を踏んだ日」（"My First Day in the Orient"）に，以下のように表している。

　　これらの街のすばらしい絵のような美しさは，その大半が，他でもない，これらの文字――門柱や障子・ふすまの類まで，あらゆるものを白，黒，青，金色に彩っている漢字とひらがな，カタカナの氾濫に由来するのだと思い当たる。ふと，それら魔術のような文字をアルファベットに置き換えてみたらという思いが湧くかもしれない。だがこれは考えてみただけでも，少しでも審美感を有する者なら，思わず衝撃に身震いを禁じえない妄想だろう。そして，現に私がそうだったように，羅馬字會の強硬な反対者になるだろう――この会は，日本語を書くのにアルファベットを用いることにしようという，醜悪きわまる実利一辺倒の目的のために創立された会なのである[1]。

　国民教育を普及させるためには漢字を廃止し，表音文字を使用する必要があると主張した「漢字御廢止之議」を幕臣前島密が将軍徳川慶喜に建言したのは，1866（慶応2）年のことである。1868（明治元）年に明治政府へと政権が移って以

降も，近代国家の基盤としての国民教育の充実を急務とする考えは引き継がれ，その実現のためには国語を改良する必要があるとする国語国字問題は盛んに議論されていく。ハーンが横浜に降り立ったのはそのような時期であった。また，ハーンが激しく否定している「羅馬字會」は，1884年に外山正一，矢田部良吉，北尾次郎などが中心となって，規則第一条によれば，「日本語ヲ書クニ是迄用ヒ來レル文字ヲ廢シ羅馬字ヲ以テ之ニ代ヘンコトヲ目的」として設立されたものである。会員にはほかに，神田乃武，バジル・チェンバレン，ジェイムズ・C.ヘボンがいた[2]。

　国語国字論者の主張は日本語そのものの廃止を主張するものと，漢字の廃止を主張するものとの二つに大きく分けられる。後者はさらに，かな派とローマ字派に分けられ，またさらに，それぞれは，カタカナとひらがな，英米式と日本式の分派に分かれていた。そのため，分派内での内部抗争に忙しく，結局，日本語における「近代化」を徹底させることは実現できずに現在にまでいたっている。どの分派に属するのであれ，例えば，「簡易便捷なる假名字のあるにも之を専用せす彼の繁雑不便字内無二なる漢字を用ひ」（前島密）[3]「夫れ事物の便利に隨て移り變るは水の低に就くか如しとかや，今羅馬字の我國に行れんとするも實に此の譯柄か」（田中館愛橘）[4] のように，国語国字論者が抱いている言語における「近代化」とは，「簡易」，「便利」など，表現は違っていても，近代社会の競争に耐えうる日本語の明瞭さの実現にあるといえよう。絵のような街の美しさの根源をひらがな・カタカナ・漢字の氾濫にあると感知し，アルファベットをその愛らしい小宇宙を壊しうる新興勢力として対置したハーンの感覚は，明治維新以降の国語国字論者たちのそれとは対極をなすものであった。

　近代国家へと突き進む日本がとりこぼし，失っていこうとしているものに眼差しを注いだ者とハーンを定義しうるならば，ひらがな・カタカナ・漢字の氾濫に美を見出したハーンにとっての文字とは何であったのかを考察することから，近代化を目指した日本のひとつの側面が照射されるのではないだろうか。

第 8 章 「奇妙にごたごたした愉しい混沌」論　　　　103

〈顔〉

　ラフカディオ・ハーンの文学世界には，初期の作品から晩年の作品に到るまで，一貫して，身体部位(に関わる表現)が遍在している。それらは，焼け焦げた脳髄(「皮革製作所殺人事件」"Violent Cremation")，顔のない顔(「むじな」"Mujina")，闇に浮かび上がる耳(「耳なし芳一」"The Story of Mimi-nashi-Hōichi")，と実に多種多様で，かつ，特異である。中でも，顔(のない顔も含めて)に関わる言説は際立って頻繁に登場する。眼も鼻も口もない，顔のない顔を見てしまった幼児期の衝撃的な体験を，ハーンは後に「私の守護天使」("My Guardian Angel")の中で自らの体験として語っている。この体験が一種の強迫観念として彼の身体内で培養され，結果，顔に纏わる言説の増殖を促したのであろうか。例えば，「和解」("The Reconciliation")を再話する際に，ハーンは骨と化した妻の描写に顔がないという表現をあえて挿入している[5]。そこには彼の幼児体験が色濃く影を落としているように思える。しかしながら，顔があるなしにかかわらず，顔を見ること，顔に注意が惹きつけられてしまうことに対するハーンの嗜癖を，彼の生きた時代との関わりにおいても考えられないだろうか。

〈観相学〉

　ハーンの生きた 19 世紀末は，チューリッヒの牧師ラファーターが『観相学断片』(1775-1779) の中で論じている観相学(人相学)が再びもてはやされ，その結果，観相術へと変貌してしまった時代であった。この時代は，犯罪学，(精神)医学(あるいは，街から怪しげな人物を排除するという点において公衆衛生学か?)など，学問の名のもとに，実に多くの顔や身体が蒐集され，分類され，分析されていった時代であった。

　近代精神医学の実質的な開拓者といわれるエスキロールの弟子ジョルジェが，友人のジェリコーに 1822 年頃に描かせた一連の患者肖像画群。表情筋を研究したデュシェンヌ・ド・ブローニュが 1862 年に発表した写真集『人相のメカニズム』に収められた，電気刺激を与えられ強制的に表情を作らされた数々の顔。サルペトリエール病院のジャン・マルタン・シャルコーが写真におさめ，1876 年

以降発表したヒステリー患者のこわばった身体。チェザーレ・ロンブローゾが1876年にその一部を発表し，1896年から1897年にかけて完全出版した『犯罪者論』の口絵に蝟集する夥しい数の顔。シャルル・デ・ピエールが1895年に発表した『犯罪者の頭骨』に並べられた断頭直後の犯罪者の顔。逸脱という称号の下に分節された，数々の身体と顔。学問という名の暴力/欲望装置によって，その各々が属していた文脈から切断された身体/顔が，陳列され，分類され，テキストとして読まれ，そしてそこから更に増殖していく新たなテキスト。これが犯罪学と医学と観相学とが怪しげに交歓していた19世紀の一風景であった。

そのような時代の1879（明治12）年1月26日に，ニューオーリーンズでアイテム紙の記者として活躍していたハーンが記事に選んだ題材は，観相学であった。後に『アメリカ雑録』(*An American Miscellany*) の中に，「顔の研究」("Face Studies") として収録されたこの記事でハーンはまず，骨相学（ハーンはこれを観相学の一支流と考えている）と観相学が，いまやメスメルの催眠術（メスメリズム）のように俗化してしまったことを指摘し，続けて，そのような状況ではあっても，観相学は新しい科学として今後存続していくであろうと主張している。その根拠を「顔は性格を知る為の殆ど確実と言える指針」(The face is an almost certain index of character) なので，私たちが人の顔を見ることによって抱く第一印象は概ね正しいものであり，ラファーターの観相学はその第一印象——人の表層がその人の内面を透かし見せる不思議な現象——に基づいて顔を分析している点において，人間研究の科学たりえるのであると彼は説明している。来日8年目の1898（明治31）年に『異国情緒と回顧』(*Exotics and Retrospectives*) に収録された「第一印象」("First Impression") において，人の顔を見た時に沸き起こる不可思議な感覚(= 第一印象)を考察し，そこから「人間ひとりひとりの顔は，無数の顔の生きている組み合わせだ」と結論づけるにいたるハーンの元型がここに仄見えている。

また，観相学は文学者としてのハーンの活動にも関わっている。例えば，ハーンによるポーの解釈にその点を指摘することができる。

アメリカでの新聞記者時代から日本で過ごした晩年にいたるまで，ハーンはし

ばしばポーについて言及している。中でも,『アッシャー家の崩壊』(*The Fall of the House of Usher*) の中に組み込まれている詩「幽霊宮殿」は, 1879 (明治12) 年10月22日のアイテム紙に発表した「エドガー・アラン・ポーのフランス語訳」("A French Translation of Edgar Poe") と, その約15年後に東大で行われた文学講義(後に「ポーの韻文」("Poe's Verse")と題されて『文学の解釈』(*Interpretation of Literature*)に収められた)において論じられている。

　ハーンは「言葉の表情に対するポーの感覚」に着目し, ポーの作品における言葉の煌びやかな多様性を「言葉の寄木細工」と高く評価している。そのようなハーンが「幽霊宮殿」についてまず指摘しているのは, その詩中に使われた言葉 ghastly の効果である。ハーンによれば ghastly はポーによって新しい意味を帯びて復活した古いサクソン語起源の言葉であるらしいが, ハーンはこの新奇で異質な言葉が他の詩語の中に嵌め込まれることによって, 詩全体に及ぼす影響を考察している。

　また, さらに東大の講義においては,「幽霊宮殿」が「陰翳深いもの, 恐るべきものの領域における, ポーの空想力の独創性」を最もよく表していると続けている。その一例としてハーンは, 詩で詠われている宮殿の窓が人の眼, 扉が口, 赤く点った窓が狂人の血走った眼であることを指摘しながら, ポーの「狂人の頭脳を幽鬼や妖気などの出没する家に喩える空想力」の特異さを強調し, この詩の観相学的な視点を正確にとらえている。

〈群集の顔〉
　都市に溢れる見知らぬ顔, 顔, 顔。倍加していく未知の他人との接触経験。人物のタイプをすばやく特定し分類する方法を人々が求め, その結果として観相学が世俗化し, 人物判断術へと変化していったのは, 19世紀都市文化がもたらした必然であった。まして, 見知らぬ場所を訪ね, 見知らぬ人に接する機会の多いジャーナリストであったハーンが, その処世術のひとつとして, 当時流行していた観相術に興味を持ち, そして, それについて自分なりの考えを持つに至ったとしても, 少しも不思議ではない。

ところで，1900 年に英国へ渡り，倫敦の異邦人として，ことごとく自分に向かって放たれているかのように思われる行き交う人々の視線と容貌に，およそ無関心ではいられなかった夏目漱石も，そのような時代の空気に敏感であった一人である。彼の蔵書には当時の最新科学の論文を集めた，*The Contemporary Science Series* があり，その中に Mantegazza が著した "Physiognomy and Expression" という観相学関係の論文が収められている。そこに書かれた漱石の書き込みから，彼が観相学（術）を科学として認めていたと断言することは難しいが，書き込みの事細かさや詳細なノートを見る限り，少なくとも，漱石がそれに少なからぬ興味をもっていたことは明らかである。

異邦人が味あわされる居心地の悪い都市体験を，ハーンは 1879（明治 12）年 9 月 14 日のアイテム紙に「白装束」（"All in White"）として発表している。

> 彼らは皆全身白尽くめだった。皆通りすぎる際に俺を見るんだ。その目つきが皆なんとも不機嫌そうで，悪意がありそうで，胡散臭げだ。俺はその何千人ものスペイン人の眼からどうにか逃げ出したかった。けれど，そうするには顔を壁の方に擦り付けるしかなかった。そのうちの中の誰一人もその死んでいる娘を見てはいなかったと思う。けれど，彼らの一人一人が俺を見た。そして，俺に彼ら一人一人を見るようしむけたのだ。俺は笑えなかった。その浅黒い顔の誰一人として笑っていなかったしな[6]。

全身白尽くめで，今にも触れんばかりに話者に向かってくるたくさんの顔。そして，壁に押し付けられて身動きの取れない話者。それはまさに，金縛りの中で幽霊を見てしまう悪夢の経験であり，同時に，都市における日常でもある。

ところで，異国の都市での彷徨を回想するという設定は，ハーンが来日後最初に発表した『知られぬ日本の面影』の巻頭作品「東洋の土を踏んだ日」において再び使われている。「白装束」と同様に，異邦人である話者はたくさんの見知らぬ顔を眼にする。

> チャの中で私が心惹かれたものを——この場合のチャは車夫としてでは

第 8 章 「奇妙にごたごたした愉しい混沌」論　　　　107

なく，一個人として考えている——私はこの小さな街を走っていて，こちらに向けられる夥しい数の人々の顔の中に，次々と発見することができるようになった。おそらくこの日の朝の印象がとびきりなのは，人々の眼差しが異常なほどやさしく思われたせいだろう。誰もが珍しそうに眺めるが，その視線に敵意はおろか，不快なものは何もない。たいていは，にっこりと，あるいはかすかに笑っている[7]。

　顔は個体を示す指標である。しかし，「白装束」と「東洋の土を踏んだ日」の両作品に表された，話者へと向かってくる夥しい数の顔は，その個体差は示されることはなく，その群集の均一性・均質性のみをあからさまにしている。だが，そのような共通点がありながら，「白装束」で語られた夥しい数の顔は圧迫されるような不快な感情を話者にひきおこし，「東洋の土を踏んだ日」のそれは話者に幸福感をもたらしている。
　「東洋の土を踏んだ日」の話者の都市体験と「白装束」とのそれを分かつものは，夥しい数にのぼる人々がそれぞれの顔に浮かべていた表情である。ハーンの「顔の研究」によれば，顔の表情は人の内面を透かし見せうるテキストであった。「東洋の土を踏んだ日」において，話者はチャの内面にある好ましいものが，チャ以外の夥しい人々にも等しく見られることを指摘している。つまり，「東洋の土を踏んだ日」における夥しい数の顔は，その均質性が個体性を無効にしてはいるが，かえってそのために，個体差にかかわらず存在するその人々の内面の特徴を，より清澄に透かし見せうるテキストとして機能しているのだ。話者に好ましいものであると感じさせたものは，顔に表情があること，顔が豊かな運動性を示すことによって実現される，その顔の透明性であった。であれば，「白装束」の話者が感じた，どうにもやり過ごせない居心地の悪さは，話者の顔の傍に何度も何度も繰り返しつきつけておきながら，それを読み下そうとする話者の欲望ははねつける夥しい数の顔には顔（テキスト）がなかったからであるといえよう。
　また，建物の印象の違いも，話者の都市体験の質を決定する要因として機能

している。

　　そこは街の作り方をスペイン人はムーア人から学んだのではないかと思わせる，古風な街であった。背の高い建物と建物の裂け目，青空はバルコニーが突き出て視線をさえぎっていて，細い帯のように見える[8]。

　高い建物の立ち並ぶ「白装束」の街は異邦人である話者にその底深くに閉じ込められているかのような閉塞感を与えている。それは，夏目漱石が『永日小品』の中の一編「暖かい夢」の中で，「自分はのそのそ歩きながら，何となく此の都に居づらい感じがした。上を見ると，大きな空は，何時の世からか，仕切られて，切岸の如く聳える左右の棟に餘された細い帯だけが東から西へかけて長く渡つている」と，描写した情景と同じである。
　一方，俥の上から街を見下ろしている「東洋の土を踏んだ日」の話者が眼にする情景は，高い建物の谷底にいる「白装束」の話者とは対照的である。

　　俥の上から見下ろすと，眼の届く限り，幟がはためき，濃紺ののれんが揺れ，どれにもみなひらがなやカタカナや漢字が書いてあるので，美しい神秘の感を与えるが，奇妙にごたごたした愉しい混沌というのが，何といっても偽らぬ最初の印象である。造りにも飾りにもすぐにそれと認められるような法則がない。どの建物もとりどりの一風変わった愛らしさを持っているようで，一軒として同じ家がなく，それがみな途方もなく目新しい。(中略) これら，背が低く，軽そうで，奇妙な破風のついた木造の家は，殆ど何も塗っていないままで，一階はすっかり往来の方に開け放たれている[9]。

　たなびく幟や暖簾，軽い材料で作られた背の低い，通りに向かって開け放たれた建物が持つ開放性と，「すぐにそれとは分からない」法則を持った「一風変わった」建物の繁雑さが醸し出す閉鎖性。この相反するものの両立が「奇妙にごたごたした愉しい混沌」を話者に感じさせている。そして，この「奇妙にごたごたした愉しい混沌」を生み出す要素に，日本語の三種類の文字——ひらがな・カタカナ・漢字——の混在が挙げられている点は看過できない。ひらが

な・カタカナ・漢字の混在を「神秘」と表現するハーンの感性と，この混用を，猥雑で，分かり辛いと断じる国語国字改革論者の感性とは，そう隔ってはいない。しかし，それを「愉しい」と言い放てる点において，ハーンはしたたかであった。

〈文字の顔〉

　ハーンは 1883（明治 16）年に発表した「日本の詩瞥見」（"A Peep at Japanese Poetry"）の中で，日本の文字に感じた第一印象を次のように記している[10]。（（　）内の書き込みは引用者による）

> 「詩歌撰集」は日本の小さな本の題名である。卵殻の薄皮のようにやわらかな紙でできている。どのページにも花や葉や蝶々や小鳥達が描かれている。（中略）そして夢幻の風景——花，蝶，金色の雨——を横切って，見慣れぬ黒い文字（strange black characters）の長い列が，大風に吹かれて散る黒い葉のように，捩じれながら舞うように急ぎ行く。ひとつひとつの文字が生きた言葉である。その文字のひとつひとつが思いを表している。そして，文字列が醸し出す調和が，文字の形に劣らず優雅であり，幻想的な黒が浮き上がる背景の色調に劣らず繊細である[11]。

　「詩歌撰集」に向かうハーンの視線は，テキストの奥底に隠されているであろう何かを求めてテキストの深層へと下降するのではなく，テキストの表層にとどまり，そこで戯れている。様々な意匠が刷り込まれた視覚や触覚を刺激する紙。そして，ハーンにとって，意味を判別することはもちろん，音を再生することもできないものでありながら，その豊かな運動性で視線を惹きつけてやまぬ文字の連なり。これらのものがこの快楽をもたらしている。つまり，この「見慣れぬ黒い文字」は，意味伝達媒介ではなく，強烈な視覚刺激として，ハーンの眼に映っているのだ。

　日本での最初の土地，横浜の街を彷徨するハーンは「日本の詩瞥見」で足慣らしをした者特有の感覚で，日本の街に溢れている文字に全身で浸る快楽を語っ

ている。

　　表意文字が日本人の頭脳に生起させる印象と，生気に乏しい音声記号である西洋の文字あるいは，文字列が西洋人の頭脳に生み出す印象とは全く違う。日本人の頭脳にとって，表意文字は生命感に溢れる一幅の絵なのだ。それは生きており，物を言い，身振りまでする。そして日本の街はいたるところにこうした生きた文字を充満させている。——その文字の様々な形が街を行く人々の眼に呼びかけ，文字列が人間の顔のようににっこりと笑いかけたり，しかめっつらをしたりする[12]。

　街に充満している文字——ひらがな・カタカナ・漢字——は，ハーンにとって「日本の詩瞥見」の「見慣れぬ黒い文字」と同様に，読み解きうる言語記号ではない。それらはその豊かな運動性が見る者の注意を強烈に惹き付ける視覚刺激である。一方，ハーンにとっての言語記号であるアルファベットは，生気の乏しいものとして彼の眼に映っている。街中の文字——ひらがな・カタカナ・漢字——の持つ動きを，ハーンは人間の顔の動き，表情に相当するものとして表現している。「顔の研究」において確認した「顔は性格（character）を知る為の殆ど確実と言える指針である」を，ハーンは「顔は文字（character）を知る為の殆ど確実な指針である」へと鮮やかに読み替えているのだ。ハーンの文学世界においては〈顔＝character＝文字〉なのである。

〈文字の観相学的美しさ——外国語混用論争〉
　熊本時代のハーンは東京にいるバジル・ホール・チェンバレンと盛んに手紙で，文学談義や哲学談義をたたかわせていた。外国語混用論争もそのような手紙のやり取りの中で起こったものである。それはハーンが『知られぬ日本の面影』の中で使用した，日本語のローマ字表記，例えばgwaikokujinのような「醜い」ものを，英文の中に混入することに対する，チェンバレンの批判に端を発する論争である。チェンバレンは羅馬字會の会員であったが，彼がここで問題にしているのは，日本語をローマ字に表記することの是非ではなく[13]，英文の中

第 8 章　「奇妙にごたごたした愉しい混沌」論　　　　　　　　　111

にローマ字で表記した日本語——チェンバレンによれば，意味が，あるいは，音が正しく伝わらない単語——を混入することである。彼の言う「醜い」とは，英語圏読者に分かりづらい単語を内包したその英文の雑多さを指している。チェンバレンが「醜い」と断じた眼差しの先にあるものが，ハーンにとって「奇妙にごたごたした愉しい混沌」であったことが論争をひきおこしたのである。

　ところで，難解な漢字が繁雑に登場する日夏耿之介の詩に対する萩原朔太郎の反発は，ハーンのローマ字使用に対するチェンバレンの反応に類似している。

　　併しながら日夏氏の詩に見るやうな(中略)「心淨まり」を「心性淨化り」と書く類のものは，(中略)漢字に對する衒學的の惡趣味を衒つたやうな者で，何等の必然性もない一種の道樂にすぎないと思ふ。のみならず，かうした漢字や漢語の過度の使用のために，その詩の言葉やリズムまでも甚だしく窮屈な不自然なものにしてゐる(中略)私の理想から言へば，日本言葉から外來語や漢語や漢文字を全廢させてしまふことである。（日本の和歌は古來から假名ばかりで書くものにきまつてゐた。）少なくとも假名又はローマ綴りで書いた文章から快い音樂を感ずるやうにならなければ，日本言葉のほんとの純なリズムは出て來ないと思ふ[14]。

　朔太郎の言葉の背景には，日清戦争の勝利以降，国語国字問題がしばしば国民精神や国家的自覚などと関連付けられて考えられていった経緯がある。例えば，「日本語の美的堕落を防ぎ，大和言葉固有の精神を高調せんと思ふものは，必然的に漢語漢字の排斥論者とならざるを得ない」[15]には，そのことがより顕著に表されている。そして，「不自然」などの使用に見られる，チェンバレンと朔太郎との修辞の類似性は，彼らが共に，言語における猥雑さに対して禁欲的であり，言語において純血さが志向しうるものであると考えていることを示している。

　「私の理想から言へば，日本言葉から外來語や漢語や漢文字を全廢させてしまふことである」と朔太郎が書き記しているのは，彼が漢字を軽視しているからではなく，その逆で，漢字の持つ視覚的印象の絶大さに彼が非常に自覚的であっ

たからである。漢字の有する視覚刺激の強さのために、隅に追いやられてしまった日本語の音を復権させることが、ローマ字表記あるいは仮名表記を主張する彼の目的である。「UGUISU NO TAMAGO」における土岐善麿による漢詩邦訳のローマ字表記も、同様の意図によるものであるといえよう[16]。仮名あるいはアルファベットの視覚性は、見る者の視覚に訴える力が小さいので、音を表現する際に邪魔にならないという彼らの主張は、「東洋の土を踏んだ日」において、アルファベットを「生気に乏しい」と見なしたハーンの主張と類似しているように思える。

　しかし、ハーンの文字に対する感覚は、チェンバレンとの論争を通じて、より自由で放恣なものへと変化していく。ハーンは1893（明治26）年6月15日の手紙の中で次のように語っている。

　　私は"gwaikokujin"という文字を削除して葬りました。おっしゃるとおり、これは姿の醜い文字です。実際、私は論説全文を修正しました。しかし、文字の醜さというものをお認めになるならば、貴方は文字の観相学的な美しさもまたお認めにならねばなりません。（中略）私にとって、文字は色彩、姿、品性を持っているのです。文字には顔があり、立ち居振舞いがあり、態度や身振りがあるのです。文字はそのときどきの気分、気性、奇癖を持っているのです――色合い、音色、人柄をもっているのです。その文字が了解不能であるからといって、そうしたことはどうということもないのです。異国人に言葉が通じようと通じまいと、彼の外見から――彼の服装――彼の雰囲気――彼のその風変わりな様子から、時には人は感銘を受けてしまうのです。（中略）彼が我々にとって興味津々なのは、彼が我々にとって了解不能であるからこそなのです[17]。

　ハーンが主張する反論のキーワードは「文字の観相学的な美しさ」である。人の顔が何らかの印象を人に与えうるように、文字にも顔があり、何らかの印象を人に与えうるとハーンは考えているのである。そもそも、論争のきっかけとなった「東洋の土を踏んだ日」は、この「文字の観相学的な美しさ」に対する

第 8 章 「奇妙にごたごたした愉しい混沌」論　　113

オマージュであった。「東洋の土を踏んだ日」の話者は表意文字が表音文字には持ち得ない美しさを持つことに感銘を受け，それらの文字を読み下すことからではなく，その文字の蠢きやざわめきを身体に感じること，つまり，自らの身体をその文字と共鳴させることによってそれを味わっているのであるから。ここでハーンは「東洋の土を踏んだ日」においてそうであったように，文字と顔，群集と文字の連なりを対比している。しかし，「東洋の土を踏んだ日」では，群集がひらがな・カタカナ・漢字であったのに対し，この反論の手紙では群集はアルファベットであり，異国人はアルファベットで表記された日本語（ローマ字）である。アルファベットを生気に乏しいと断じていたハーンが，チェンバレンとの論争を通じて，日本の文字と同様にアルファベットにも顔や表情があり，そして，それにもまた観相学的な美しさがありうるのだということに思い至っているのである（図1）[18]。

図1　松屋売出し土岐善麿意匠の波模様ローマ字浴衣

　さらに，アルファベットが日本の文字と同様に魅力的な表情をもつ要因として，それが了解不能であること，つまり，全体の中での異質な存在，断片（ノイズ）であることを挙げていることは，ハーンの文学世界を捉える上で非常に示唆的である。というのも，その後のハーンの作品にはしばしば了解不能な断片が散見しているからである[19]。また，言葉の持つ第一印象の強烈さは，その異質さに多くを負っているという主張は，ghastly など異質な言葉を文脈に組み込むポーの言語芸術に対するハーンの評価とも通底している。

　猥雑さに意味を見出さないチェンバレンとの外国語混用論争は平行線をたどり，やがてハーンも彼の賛同を得ることに興味を失っていく。しかし，その後，1895 年の手紙の中で，ハーンはもう一度外国語混用問題に触れている。しかし，

彼の目的は論争の再燃ではなく，単語レベルの異物を文字列に挿入することに端を発した外国語混用問題から導き出された，言葉における断片の問題の応用である。

　　おそらくどんな本も，完全に一つの主調音で書かれていては，多くの主調音をもって書かれた書物ほどには読者に十分な喜びをもたらさないでしょう。(中略)芸術としての仕事は，単に「配合」なのです。

断片と断片を「配合」することから醸し出される混沌さが，単語レベルにとどまらない様々な位相において応用しうるのだということに，ハーンが意識的であったことがうかがえよう。例えば，1898（明治31）年に出版された『異国情緒と回顧』の中の一編「第一印象」において，ハーンは次のように語っている。

　　人間一人一人の顔は，無数の顔の生きている組み合わせだ。(中略)ところで，合成写真を作る為に混成した映像をバラバラにして，順序をあべこべにして，新しい合成写真を作成することができたら，そうした過程の中に，見も知らぬ顔の映像が復原されるときに(中略)偶然現れるものが，――生きている者の網膜から，遺伝された記憶の神秘的なものに至るまで――おぼろげながらもそこに再現されるだろう[20]。

まるで，ウィリアム・バロウズが彼の特異な手法，カット・アップを説明しているかのようではないか。彼は言葉を任意に切り刻んで断片化し，それを任意に配合することによって，彼の主張する，私たちを縛めている言葉の亡霊から自らを解き放つことを目指していた。一方，ハーンは雑多な断片を集積・配合したごたごたした混沌から，奇妙に愉しいもの，つまり，顔の中の群集を見出す可能性を語っている。また，このハーンの眼差しは，顔を「無限の群集」として見るアンリ・ミショーのそれとも奇妙に重なり合う。異種混交に対して放恣であり，「奇妙にごたごたした愉しい混沌」に淫すること，そこに本質的に奔放で自由な者である芸術家としての本義を見出していったハーンの想念は，時や国境を易々と越えうる軽やかなものであった。そして，その頃国語国字論者

第8章 「奇妙にごたごたした愉しい混沌」論　　115

が他の近代国家と肩を並べうる国際性を実現させるために，簡易で整備した言語を作り上げることに汲汲としていたのであった。共に，三種の日本文字の混在を，神秘（猥雑）と認めた出発点から両者はかくも隔ってしまっている。そこに日本が目指した近代の歪みを考える足がかりがあるのではないだろうか。

[注]

*本文中のハーンの著作からの引用は邦訳を参照しながら論旨にあわせ変更を加えた。

1) Lafcadio Hearn, "My First Day in the Orient" in *Glimpses of Unfamiliar Japan* (Boston and New York: Houghton, Mifflin and Co. 1894). 邦訳「東洋の土を踏んだ日」『神々の国の首都』平川祐弘編，講談社，1990年
2) この運動はその後，1905年に発会した「ローマ字ひろめ会」へと受け継がれる。会員には新公論社の櫻井義肇，巌谷小波，上田萬年などがいた。
3) 平井昌夫『国語国字問題の歴史』三元社，1998年2月25日
4) 福田恆存『国語問題論争史』新潮社，1962年12月21日
5) 「和解」の原話は『今昔物語』「凶妻霊値鷹夫語」である。また，「和解」にはボードレールの「吸血鬼の変貌」やゴーチェの「アルベルチュス」の影響も考えられる。しかし，これら両作品にも，原話にも顔についての記述はない。
6) Lafcadio Hearn, "All in White" in *Fantastics and Other Fancies*, ed. by C. W. Hutson (Boston and New York: Houghton, Mifflin and Co. 1914). 邦訳「白装束」『飛花落葉集他』平井呈一訳，恒文社，1976年
7) Lafcadio Hearn, "My First Day in the Orient" in *Glimpses of Unfamiliar Japan* (Boston and New York: Houghton, Mifflin and Co. 1894)
8) Lafcadio Hearn, "All in White" in *Fantastics and Other Fancies*, ed. by C. W. Hutson (Boston and New York: Houghton, Mifflin and Co. 1914)
9) Lafcadio Hearn, "My First Day in the Orient" in *Glimpses of Unfamiliar Japan* (Boston and New York: Houghton, Mifflin and Co. 1894)
10) ニューオーリーンズの万国博覧会は，この記事が発表された年の翌年，1884年12月16日に開催された。ハーンはここで眼にした日本の文物についての記事をまとめて発表している。
11) Lafcadio Hearn, "A Peep at Japanese Poetry" (May 27, 1883) in *Essay in European and Oriental Literature / Arranged and edited by Albert Mordell* (New York: Dodd, Mead and Company 1923). 邦訳「日本の詩瞥見」『ラフカディオ・ハーン著作集　第5巻』斎藤正二他訳，恒文社，1988年
12) Lafcadio Hearn, "My First Day in the Orient" in *Glimpses of Unfamiliar Japan* (Boston and New York: Houghton, Mifflin and Co. 1894)

13) チェンバレンは1887（明治20）年3月の羅馬字會第2回総会で，ローマ字表記を実現するために言文一致が必要であることを述べている。
14) 萩原朔太郎「『轉身の頌』を論じ併せて自家の態度を表明す」『詩歌』第八巻第二号，大正七年二月号
15) 萩原朔太郎「假名と漢字」『詩と音楽』第二巻第四号，大正十二年四月号
16) 土岐善麿「漢詩邦訳について」評論家随筆家協会編『支那文化を中心に』大阪屋号書店，昭和六年九月十五日
17) Lafcadio Hearn "Letters to Basil Hall Chamberlain" in *Life and Letters of Lafcadio Hearn including The Japanese Letters vol. 3*（Boston and New York: Houghton, Mifflin and Co. 1923）. 邦訳「ハーン＝チェンバレン往復書簡」『ラフカディオ・ハーン著作集　第15巻』斎藤正二他訳，恒文社，1988年
18) 土岐善麿が作った波模様ローマ字浴衣は，ローマ字の普及を目指して作られたものである。ローマ字の視覚刺激に無頓着であった彼が，意に反して，ローマ字の視覚性を十分に証明しうる場を提供しており，興味深い。
19) 例えば，「天狗の話」（"Story of a Tengu"）にふんだんに盛り込まれた，英語表記のサンスクリットで表された仏の名前などは，了解不能な断片といえるであろう。また，ハーンの文学世界における断片の問題については『人文学研究』第4輯所収の拙論「断片化する身体――「因果話」試論――」を参照されたい。
20) Lafcadio Hearn "First Impressions" in *Exotics and Retrospectives*（Boston: Little, Brown & Co. 1898）. 邦訳「第一印象」『仏の畑の落穂他』平井呈一訳，恒文社，1975年

第 9 章

ラフカディオ・ハーンの
シンシナティ・ニューオーリーンズ時代
——才筆開花の軌跡とその検証——

里 見 繁 美

1. 序 文

　Lafcadio Hearn (1850–1904) はその生涯において，膨大な記事と秀逸な著作を残した。彼のそうした執筆がどのような意味を持っていたかについては，例えば，Hearn が来日して *Glimpses of Unfamiliar Japan* (1894)，*Out of the East* (1895)，*Kokoro* (1896) 等の日本論や日本人論を瞬く間に仕上げることにより，東京帝国大学文科大学長外山正一より直々に同大学の英文学外国人教師として招聘されたことにその一端は窺える。ところが Hearn の学歴は，余儀ない結果であったとはいえ，厳密に言えば高校中退であった。だが，外山正一は Hearn の採用を決定する際に，そのことは念頭に置かず，彼の実績を以って，当時の日本の最高学府の教職ポジションに抜擢したのである。これは言うまでもなく，Hearn の著作の成せる技であり，またその著作の持つ重要性を象徴していると言えるのである。更に驚くべきことに，東京帝国大学に奉職してからも Hearn の執筆活動は勢いを増して益々盛んになり，年一冊のペースで *Gleanings in Buddha-Fields* (1897)，*Exotics and Retrospectives* (1898)，*In Ghostly Japan* (1899)，*Shadowings* (1900)，*A Japanese Miscellany* (1901)，*Fantastics and Other Fancies* (1902)，*Kotto* (1902)，そして亡くなる数ヵ月前に *Kwaidan* (1904) を，亡くなる9月に，日本論の集大成である *Japan: An Attempt at Interpretation* を出版していくことになる。アメリカ滞在中にも，長編小説 *Chita:*

A Memory of Last Island（1889），*Youma*（1890）や西インド諸島に関する紀行本 *Two Years in the French West Indies*（1890）等を含めて多くの著書を執筆していたが，Hearn の真骨頂と言えば，日本において著されたものということが通説となっている。だが，その創作的土台はアメリカにおいて着実に築かれ，アメリカでの体験と実践があればこそ，その後の日本における一気呵成の創作活動が可能になったと考えられる[1]。本論においては，Hearn の日本における膨大で卓越した著作の輩出に先立ち，彼の文学的基盤がアメリカ時代に如何にして強固に構築されたかを浮き彫りにすることに主眼を置く。

Hearn の生涯は大きく分けて，ヨーロッパ時代（1850–68），アメリカ時代（1869–87, 89–90），マルティニーク時代（1887–89），日本時代（1890–1904）に分けられるが，アメリカ時代は更にシンシナティ時代（1869–77），ニューオーリーンズ時代（1877–87），そして短期間滞在したフィラデルフィア・ニューヨーク時代（1889–90）に分けられる。本論では，Hearn にとって，その文才を磨く上で取り分け重要だったアメリカのシンシナティ時代とニューオーリーンズ時代にスポットライトを当て，才筆開花の軌跡を追い，検証していくことにする。

2. シンシナティ時代

Hearn が，大叔母 Sarah Brenane 夫人からの学費援助が中断してセント・カスバート校を退学せざるを得なくなったのが 17 歳の時である。やがてその後の短期間の流浪生活を経てアメリカに渡り，Henry Watkin の所に仮寓しやや安定した生活を確保できたことにより，文才の芽は伸びていく。その軌跡を追う前に先ずここで見ておきたいことは，Hearn の学問的実績のことである。というのも，彼には数学の才能は欠けていても，母国語とフランス語の才能あるいはそれらへの志向が萌芽として備わっていたことがそこに窺えるからである。その優れた言語的才能の萌芽がアメリカという土壌の中で開花していくことになるが，その前に，中途退学を余儀なくされたセント・カスバート校在学中の成績順位に関する公的記録を一瞥しておきたい[2]。

第9章 ラフカディオ・ハーンのシンシナティ・ニューオーリーンズ時代　　119

	Latin	French	English	Arithmetic	Greek
1863（Christmas）	25/31	4/31	1/31	24/31	
1864（Easter）	29/31	21/31	1/31	22/31	
1864（Summer）	27/32	12/32	3/31	22/32	
1864（Christmas）	6/15	5/14	1/15	11/15	
1865（Easter）	10/15	8/15	9/15	13/15	
1865（Summer）	8/14	2/14	1/14	10/14	
1865（Christmas）	6/18	3/18	1/18	16/18	12/15
1866（Easter）	9/18	4/18	1/18	18/18	11/16
1866（Summer）	9/20	12/20	1/20	15/20	16/17
1866（Christmas）	15/15	9/15	1/15	13/14	12/16
1867（Easter）	9/15		1/15	15/15	12/15
1867（Summer）	5/15	7/15	2/15	15/15	7/15

　Hearn が 1893（明治 26）年 1 月 10 日付で熊本から出した異母妹 Minnie Atkinson への書簡の中で，アメリカ初期を回想して，"I never could be an accountant — naturally defective in mathematical capacity, and even in ordinary calculation-power."と触れ[3]，数学に対するコンプレックスを吐露している。案の定，セント・カスバート校在学中の数学の成績は芳しくなく，絶えず最後尾か，あるいはそれに近かった。従って，その自意識もあって，アメリカに渡った頃，限られた職種しか得られない状況に追い込まれているにもかかわらず，計算が必要な職種は努めて避けたという Hearn のささやかな努力は微笑ましい。また日本の第五高等中学校で教えることになるラテン語もこの時代にその礎を築いたが，成績は格段によいというわけではない。ところがそれとは対照的に，絶えず上位を維持したのが母国語の英語である。セント・カスバート校は優秀な学校であったが，英語の成績はその中でも上位を確保した。*Young Hearn* の著者 Orcutt W. Frost も，この時代の Hearn の母国語に対する生得的志向に注

目している[4]。更に，Hearn はフランス語に対しても好成績を残した。こうした成績の中に垣間見える Hearn の才能の萌芽がやがてアメリカにおいて確実に開花し，一流のジャーナリストとして，また秀でた文芸批評家兼翻訳家として彼を牽引し，膨大な著作を生み出させ，一躍アメリカにおける著名人へと彼を導いていくことになる。Hearn のその潜在的文才は，苦境に満ちたヨーロッパ時代を脱してシンシナティに落ち着くや否や，水を得た魚のごとく瞬時に開花していくので，次にその軌跡を追うことにする。

　Hearn にとってのヨーロッパ時代は，一言で言えば「地獄」であり隠忍自重の日々の連続であったが，シンシナティに来た直後もほぼその延長線上にいた。路頭に迷い生きるか死ぬかの瀬戸際に立たされ，最下層のあらゆる仕事を体験した時の記憶は，"Soon after I was turned out of the boarding-house, owing to the change of owner-ship. I slept two nights in the street, — for which the police scolded me: then I found the refuge in a mews where some English coachmen allowed me to sleep in the hayloft at night, and fed me by stealth with victuals stolen from the house. At last even that had to stop." のごとく，やはり 1893（明治26）年1月10日付の書簡で Hearn 自身が鮮明に回顧しているように，生きていくことそのものが苦難の連続で，文筆活動を行う余裕など微塵もなかった。ところが J. M. McDermott を介して Watkin と知り合い，彼の元に寄宿して粗末ながらも食事を確保できるようになると，ここからが Hearn にとっての一陽来復であり，途端に知識欲が活動し始め，まるで活字に飢えた読書家のごとく，近くにあったシンシナティ公立図書館に通い詰めては本を貪り読み，月刊文芸誌に熱中する様子は以下の通りである。

> I had a dear old friend in America, who taught me printing. He had a great big silent office, and *every evening for two years, it was our delight to have such reading*. I read nearly all the old *Atlantic* stories to him — at that time, you know, the *Atlantic* was the medium of Emerson, of Holmes, of every man distinguished in American letters. The old man was something of a Fourierist. In his office I made acquaintance first with hosts of fantastic

heterodoxies, — Fourier himself, Hepworth Dixon ("Spiritual Wives"), the Spiritualists, the Freelovers, and the Mormons, — the founders of phalansteries and the founders of freelove societies.[5] (italics mine)

1857 年に創刊されたボストンの月刊誌 *Atlantic Monthly* に載った小説を Hearn は次から次へと読破し，それを咀嚼嚥下して Watkin に話して聞かせるという習慣を寄宿中の 2 年間継続した。飢餓の中から這い上がった直後の人間が突如この種の行動に出ること自体驚くべきことであり，また底知れぬ読書欲を窺わせる。この月刊誌の購読はこれ以降も継続されていくが，Hearn が指摘するように，当時この月刊誌には超絶主義者の R. W. Emerson や O. W. Holmes を始めとし，アメリカの名立たる作家の作品が掲載されていた。また 1871 年から 81 年にかけては Mark Twain や Henry James と極めて繋がりの強い W. D. Howells が主筆となり，彼らの作品を積極的に取り上げ掲載していくのである[6]。Hearn はこの月刊誌の熟読により，当時の現役作家の作品の多くをまさに連載中に，他者に先駆けて読み鑑賞し，自己の文学的感覚を磨いていったのである。また足繁く通った公立図書館では，フランスの作家 Charles Baudelaire, Gustave Flaubert, Théophile Gautier の作品を精力的に読み漁った。このようにして蓄積した知識がやがてジャーナリストとなるや否や活かされ，新聞の文芸欄で彼らの作品を鋭意取り上げて書評し，またその翻訳をも手がけるという方向性に繋がっていくのである[7]。

　Hearn のこうした一連の文才開花のプロセスの端緒を提供したのは Watkin であったが，客観的に見ると，Hearn の Watkin の元での生活は決して恵まれてはいなかった。だが，ヨーロッパにおいて精神的にも肉体的にも過酷な生活を体験していた Hearn にすれば，どんな状況下でも可能性を秘めたものは上昇気運を意味しており，後はそれを捉えて這い上がるだけであった。つまり Hearn の文学的才能は多少過酷な状況にあっても伸びていく可能性を秘め，また強靭さを保持していたということなのである。Hearn は *Atlantic Monthly* との関わりを維持しながら，次に当然の流れとして，経済的な自己確立を目指すべく，得意とする文才を活かして新聞や雑誌への投稿を積極的に試みていく。

1870（明治3）年の半ば頃から Hearn はボストンの週刊誌 Boston *Investigator* にしばしば投稿し始める[8]。内容は，セント・カスバート校における厳格なカトリック的要素がまだ脳裏に焼き付いていたのか，宗教的なものが多かった。また牧師の Thomas Vickers と知り合い，フランス語の翻訳を頼まれて，これにも取り組み，フランス語磨きに拍車がかかる。この種の投稿や翻訳に専念する過程で，やがて大きな転機が Hearn に訪れるのである。Boston *Investigator* への投稿は 1871（明治4）年上旬頃まで続いたが，その後地元の出版組織――例えば，Cincinnati *Trade List*――に関係するようになり，地元出版機関への投稿を考えるようになる。そして 1872（明治5）年10月に彼の人生を 180 度好転させる注目すべき出来事が起こるのである。しかもそれは彼の文才と文学的志向を発揮してのものであった。

Hearn は当時出版されたばかりの Alfred Tennyson の *Idylls of the King* の内の最新作 *Gareth and Lynette*（1872）を目敏く読み，自分なりにその新作の長所と短所を批評して纏めたものを，Cincinnati *Enquirer* の主筆 John A. Cockerill の元へ持参したのである。注目すべきは，その時の Cockerill の反応である。

> One day there came to the office a quaint, dark-skinned little fellow, strangely diffident, wearing glasses of great magnifying power, and bearing with him evidence that Fortune and he were scarce on nodding terms.
>
> In a soft, shrinking voice he asked if I ever paid for outside contributions. I informed him that I was somewhat restricted in the matter of expenditures, but that I would give consideration to whatever he had to offer. He drew from under his coat a manuscript, and tremblingly laid it upon my table. Then he stole away like a distorted brownie, leaving behind him an impression that was uncanny and indescribable.
>
> Later in the day I looked over the contribution which he had left. *I was astonished to find it charmingly written in the purest and strongest English, and full of ideas that were bright and forceful.*[9]（italics mine）

Hearn が最初に Enquirer 社を訪れた時，Cockerill は見かけからして彼を如何にも胡散臭い人物と捉えていた。小柄で茶褐色の肌をし，度の強い眼鏡をかけ

た人物が金銭をせびりに来た，と考えたのである。しかしながら，Hearn が置いていった投稿文を Cockerill がやがて目にした時，その印象は払拭される。魅力的な文体と透徹した思想がその中に実に見事に表現されている。その文章に魅了された Cockerill は，早速編集室に Hearn 用の机を設けて原稿を書くように勧めるのである。Hearn の *Idylls of the King* に関する書評は，彼が Enquirer 社に最初に赴いた時から 1 ヵ月と経たない 11 月 24 日の日曜版に掲載される。好評故に，その続編が 1 週間後の 12 月 1 日（日），更に 1 週間後の 12 月 9 日（月）に掲載されるのである。Albert Mordell によれば，この記事は，Hearn が *Enquirer* に対して書いた最初のもので，またこれ以降長く続いていくことになる文芸記事の最初のものということになる[10]。入社のきっかけになったものが文学の記事であったというのは如何にも Hearn らしいが，では Tennyson を批評した批評家としての Hearn の資質はどうであったかと言えば，当時 22 歳の若さにもかかわらず，それなりの慧眼を示していたと言ってよい。例えば，Hearn は様々な観点からこの作品を分析した後で，結論として "it is thinner and weaker, more fantastic, and has less point or design, and fewer good features in every respect than any of the *Idylls of the King*."[11] とこの最新作を講評したが，Mordell は彼のこの批評を評価して，"many modern critics agree with the young Hearn."[12] とコメントする。出版されたばかりの書物の本質を，このように鋭く見抜く才能を Hearn は開花させつつあった。もっともセント・カスバート校の頃から Hearn は Tennyson を愛読し，英語あるいは英語表現そのものを多く学んでいたが[13]，しかしそれは過去に出版された *Idylls of the King* に対するもので，今回のように新作に対する批評は初めてであった。にもかかわらず，その種の作品に対して正鵠を射た切り込みを見せたのである。その甲斐あって，編集室に専用の机が設けられて執筆を許され，次から次へと原稿を書き，正式に常勤スタッフとして迎え入れられる 1874（明治 7）年初頭までに実に 78 編の記事が *Enquirer* に掲載される。そして同社を辞す 1875（明治 8）年 7 月までに更に 175 編の記事を書き連ねていくことになるのである[14]。記事の内容は，文学関係の書評から始まり，黒人社会や下層市民の生活に関するルポルタージュが多かっ

たが，ここでその中の一つに注目してみたい。Hearn のジャーナリストとしての名声を一気に高め，Enquirer 社きってのセンセーショナル・リポーターに伸し上がっていくきっかけを作った記事である。その記事は通称 "Tan-yard Murder Story" と呼ばれ，1874（明治 7）年 11 月 9 日（月）の *Enquirer* 紙に掲載されたものである。長い記事なので，特筆すべき部分のみを引用する。

VIOLENT CREMATION.

Saturday Night's Horrible Crime.

A Man Murdered and Burned in a Furnace.

The Terrible Vengeance of a Father

Arrest of the Supposed Murderers.

Links of Circumstantial Evidence.

The Pitiful Testimony of a Trembling Horse.

Shocking Details of the Diabolism

Statements and Carte de Visite of the Accused.

"One woe doth tread upon another's heel," so fast they follow. Scarcely have we done recording the particulars of one of the greatest conflagrations that has occurred in our city for years than we are called upon to describe the foulest murder that has ever darkened the escutcheon of our State. A murder so atrocious and so horrible that the soul sickens at its revolting details — a murder that was probably hastened by the fire; for, though vengeance could be the only prompter of two of the accused murderers, . . . The

SKULL HAD BURST LIKE A SHELL

In the fierce furnace-heat: and the whole upper portion seemed as though it had been *blown out* by the steam from the boiling and bubbling brains. Only the posterior portion of the occipital and parietal bones, the inferior and superior maxillary, and some of the face-bones remained — the upper portions of the skull bones being jagged, burnt brown in some spots, and in others charred to black ashes. The brain had all boiled away, save a small wasted lump at the base of the skull about the size of a lemon. It was crisped and still warm to the touch. On pushing the finger through the crisp, the interior felt about consistency of banana fruit, and the yellow fibers seemed to writhe like worms in the Coroner's hands. The eyes were cooked to bubbled crisps, in the blackened sockets, and the bones of the nose were gone, leaving a hideous hole.[15]

この記事において Hearn が新聞の歴史上新たに試みたことが幾つかある。かつて *Enquirer* 紙の記者であった Owen Findsen によれば，それはアメリカの新聞紙面における画期的な改革だったと指摘する[16]。先ず，記事内容に先だって大胆なボールド体のヘッドラインを設けて見出しを極めて印象的にしたことである。これにより記事の内容が購読者に一目でわかるように工夫した。しかも，これこそ Hearn の独創性であり着目しなければならない点なのであるが，残念ながらこれまで A. Mordell を始め，またこの個所を日本語へ翻訳した日本の訳者たちが悉く無視してきた重要な点，つまり九つのヘッドラインの活字の大きさを拡大状態から一つまた一つと縮小化してゆき本文の中へ速やかに読者の眼を誘導していくという，視覚的工夫の才である。この着想の妙は実に独創的

である。この種の萌芽的工夫は以前にも試みていたが，ここにおいて大胆に展開したのである。更に，この記事には木版画による関係者のイラストが添えられていた。以前は，すべてが活字のみの文章構成でイラストなどは有り得なかった。また，この種の事件記事は *Enquirer* においては通常第8面で取り上げられることになっていたが，その慣行を破って第1面を飾り，しかも通常のこうした記事の長さを遥かに超えて延々と続くのであった。Hearn が今までの新聞作成上の基本ルールを悉く破って作った，いわゆる新ルールが今日の世界中の新聞作成の基本になった，と Findsen は指摘する。

ではそれはそれとして，Hearn のその奇抜な発想は一体どこから生成されたのかと言えば，これは突如生まれたものではなく，その種のものを生み出す下地は既に出来あがっていたと指摘したい。というのも，フランスに生まれて6歳で家族と共にアメリカに渡ってきた，Hearn より3歳年上の挿し絵画家 Henry F. Farny と共同で週刊雑誌 *Ye Giglampz* を1874（明治7）年6月21日に立ち上げて，イラストを入れヘッドラインを設けて，誰からの執筆的拘束も受けずに自由に風刺的出版物を出すという，ある意味での重要な実験を行っていたのである[17]。ただ，この企画の内容は彼らが独自に思い付いたというわけではなく，ヨーロッパの先行雑誌を参考にしてはいた。フランス生まれの Farny は1841年創刊のイギリスの週刊風刺画誌 *Punch* を踏まえて，また Hearn はむしろ1832年創刊のフランスの日刊風刺画紙 *Le Charivari* を念頭においての発案となった。Hearn が *Le Charivari* を念頭に置いた点には，いかに彼がフランス志向であったかが鮮明に読み取れると同時に[18]，またこの日刊紙の風刺ジャーナリズム史上における位置付けや重要性についても熟知していたことが窺える。*Ye Giglampz* の発行は決して順調ではなく，Farny との意見の対立や経済的な問題，あるいは発行部数の伸び悩み等が浮上して悪戦苦闘の連続となった。第9号を出した8月16日を最後にして僅か2ヵ月間で廃刊となる。だがそうした経緯はともかくも，その経験から獲得した成果こそが，"Tan-yard Murder Story" を執筆する上で，極めて重要なものとなったことは明確に押さえておかなければならない。つまり Hearn が *Ye Giglampz* 発刊に関わることによって新たに

Enquirer に取り入れた，大胆で徹底したヘッドラインの設定やイラストの導入，そしてとりわけ過度のセンセーショナリズムの導入は，まさにこの体験から生まれ出た申し子だったのである。*Enquirer* 紙はこれまで程々のセンセーショナリズムは時代の流れと共に導入してはいたものの，それを一挙に過激なまでに変えたのが Hearn であった。*Ye Giglampz* 出版という実験がなければ過度のセンセーショナリズムの導入という発想も決して生まれてはこなかったのである。ニューオーリーンズへ移動した後も，New Orleans *Item* 紙立て直しの上でこの経験が生かされていくという意味からも極めて重要な出来事となった。

　この経験から産声を上げた 1874（明治7）年 11 月 9 日付 *Enquirer* 紙上の記事 "Tan-yard Murder Story" はある意味で Hearn にとって乾坤一擲だったが，一目で注意を引くレイアウトに加えて読者を慄かせながら微に入り細を穿つ描写が強烈なセンセーションを巻き起こす。引用部分の後半がその描写であるが，Hearn による，焼却炉の中で焼け爛れている頭蓋骨の描写は，実物以上にリアルでグロテスクな様相を呈している。この種のセンセーショナリズムは *Ye Giglampz* 編集時代に参考にした *Le Charivari* の記事から Hearn がヒントを得たが，あまりの好評さにこの続編が 10 日，11 日（被害者 Hermann Schilling のイラスト掲載）[19]，12 日，13 日，14 日そして関連記事が 15 日にと，その週全体に亘って掲載される。それほどの人気を得たのである。こうした Hearn の独創的な着目と辣腕編集長 Cockerill との組み合わせにより，新聞の発行部数が飛躍的に伸び，Hearn の週給も採用時の 10 ドルから 25 ドルへと僅か 10 ヵ月余りで 2.5 倍となる。まさに驚異的な前進となった。Elizabeth Stevenson が指摘するように，Hearn は "the *Enquirer*'s particular sensational reporter"[20] に伸し上がったのである。その背景には *Ye Giglampz* 発行という，結果的には短命に終わったものの，しかし貴重な体験があったことを明確にしておかなければならない。

　これ以降 *Enquirer* に対して多種多様な記事を執筆した後，個人的な問題から同社を辞して，次に Cincinnati *Commercial* に移り，1878（明治11）年 4 月までに実に 164 編の記事を書き[21]，シンシナティにおいて一流のジャーナリス

トへの仲間入りを果していくのである。それは僅か4,5年の歳月によって生み出された大きな成果であった。アメリカの作家には，若かりし頃新聞社に勤めて文才を磨き，本格的に文筆活動に専念していく者が少なくない。Hearn よりも後に活躍することになる自然主義文学者の Stephen Crane (1871–1900) や Theodore Dreiser (1871–1945)，更には20世紀のアメリカ文学を代表する Ernest Hemingway (1899–1961) はその典型である。こうしたジャーナリスト体験を持つアメリカ作家たちの先陣を Hearn が切ったと言える。シンシナティという場所はそうした意味で彼の人生の方向性を決定付けた重要な場所であった。ジャーナリストとしての土台を強固に築いた Hearn はいよいよニューオーリーンズにおいて，押しも押されぬアメリカを代表するジャーナリストとして活躍し，更に他領域にも挑戦していくことになる。

3. ニューオーリーンズ時代

ジャーナリストとしての活動もさることながら，ニューオーリーンズ時代から来日直前の1890年までの間に，いよいよ Hearn はその他の領域にも果敢に挑んでいく。執筆された書物を概観すると，フランス作家の作品の翻訳として *One of Cleopatra's Nights and Other Fantastic Romances* (1882)，*The Crime of Sylvestre Bonnard* (1890)，本格的な長編小説として *Chita: A Memory of Last Island* (1889)，*Youma* (1890)，また再話物語の走りである *Stray Leaves from Strange Literature and Other Stories* (1884)，*Some Chinese Ghosts and Other Stories* (1887)，更にニューオーリーンズに関連したものとして *Gombo Zhèbes* (1885)，*La Cuisine Creole* (1885)，*Historical Sketch Book and Guide to New Orleans and Environs* (1885)，そして紀行文 *Two Years in the West Indies* (1890) と続く。シンシナティ時代から蓄積されてきたものがニューオーリーンズにおいて筆という媒介を通して見事に溢れ出し，書物に結実していく。日本で執筆されていく著作物と比較すると，長編小説や再話物語は習作の域を出ないという印象は拭えないが，しかし翻訳に関しては目を見張るものがあり，終生 Hearn はその精度を自負していた。ニューオーリーンズ時代は，ジャーナ

第9章　ラフカディオ・ハーンのシンシナティ・ニューオーリーンズ時代　　　129

リストとしての実績と同時に翻訳家兼批評家としての側面が際立っているので，これに焦点を当て分析してみることにする。

　シンシナティにおいて Alethea Foley との関係が悪化し，ニューオーリーンズに逃れて来た Hearn が最初に職を得たのは The Daily City Item 社であった。この新聞社は，Hearn がニューオーリーンズに来るおよそ5ヵ月前の1877年6月に創設された，新しい新聞社であった。新生の新聞社であったからと言うべきか，既存の Times 社や Democrat 社に押されて苦戦を強いられていた。その危機を見事に救ったのが Hearn である。ではどのようにして救ったかと言えば，Cincinnati *Enquirer* の発行部数を急激に伸ばした時の手法とまさに同じく，*Ye Giglampz* 発行で培ったノウハウを駆使したのである。記事の内容にしろ体裁にしろ，これまで地味で退屈だった *Item* の紙面を抜本的に変えることから始めた。とりわけ人目を引いたものが，木版画の挿し絵を記事に沿えて視覚に訴えたことである[22]。挿し絵はやはり第1面に配置した。これにより読者層が格段に広がり，Item 社の危機を救ったのである。記事の内容は勿論のこと，それを更に魅力的なものにする術を Hearn は知っており，経営拡大の戦略にも長けていた。Hearn はこうした手腕とその文才が買われて，1881（明治14）年12月に Times 社と Democrat 社が合併して新たに出来た大手の New Orleans *Times-Democrat* の文芸部長として引き抜かれ，そこで更に健筆を振るうことになるのである。

　このような形で Hearn の天賦の才が引き続き実践されていくのがニューオーリーンズ時代であるが，ここで Hearn の記事を具体的に取り上げ分析することにしたい。先ず注目すべきは，1879（明治12）年10月22日付 *Item* 紙上に掲載された "A French Translation of Edgar Poe" という文芸記事である。Item 社に就職してほぼ1年が経過した頃に執筆されたものであるが，この記事はおよそ10年間に亘るニューオーリーンズ滞在の初期に書かれたものにしては，Hearn のすばらしい資質を極めて鮮明に浮き彫りにしてくれる。Hearn の Edgar Allan Poe の作品に対する造詣の深さや，フランス語と英語という異言語間に横たわる微妙なニュアンスの違いに対する感覚，そして何よりも Hearn の言葉に対す

る鋭い感性が見事にこの記事に凝縮されているのである。この記事は Poe の作品の特徴の解説から入り，また Poe の作品をフランス語に翻訳した Charles Baudelaire（1821–67）の力量を点検していくものでもある。Hearn は先ず，以下のように Poe 作品の特徴を列挙する。

> Poe was a writer who understood the color-power of words and the most delicate subtleties of language as very few English or American writers have ever done; and much of the startling effect produced by his stories is due to a skillful use of words which have no equivalent in French. To translate Macaulay or Gibbon or Addison into French, preserving the spirit of the original, were much easier than to translate such a writer as Poe, who perhaps never had a superior in that literary mosaic-work which depends for success wholly upon a knowledge of the intrinsic properties of words in their effect upon the imagination.[23]

Poe の作品の特徴として，「色彩豊かで豊富な語彙」と「実に繊細なニュアンスを持つ言葉」を Hearn は指摘する。それ故，Poe の作品を他言語に翻訳する際に翻訳者は極めて困難な問題に直面するであろう，と指摘する。セント・カスバート校時代に多くの言語を履修してその言語間の相違を知り，かつ母国語に秀でていた Hearn ならではの言葉に対する鋭い着目と指摘である。その Poe の特徴を十二分に心得ていて，かつフランス語を熟知していた Hearn であるからこそ，同じく Poe に傾倒し彼の作品を翻訳した Baudelaire を，的確にまた手厳しく講評できるのである。Hearn は，Poe の作品に減り張りをつけ，かつ Poe が最も愛した言葉として，"ghastly" に注目する。だが，この言葉にぴたりと当てはまるフランス語は存在しないと指摘した上で，Baudelaire がその言葉を時には "sinistre" に，また時には別の言葉で置き換えて対応した点は，"This word in English has a very different effect when applied to the water-lilies, and when applied to the rock; and the translator has shown excellent judgment in using another term in his own tongue to express it."（65）と述べて高く評価した。ところが長所のみならず短所に関しても，言葉を嗅ぎ分ける Hearn の嗅覚は鋭く，例えば Baudelaire による Poe の短編 "Shadow" の翻訳の中に重大な誤訳を見

出す。

> Further on, the word 'duskily,' so admirably used by Poe, is translated by 'confusément' — and this translation could hardly be improved; but the insertion of the words 'en imitant' in the last line of the story falls unpleasantly upon an English ear. Poe does not say that the tones of the voice *imitated* those of the dead; but implies in a very weird manner that they actually *were* those of the dead. The translator, not quite comprehending Poe, translates the last line in a way which would be equivalent to the following in English:
> '... fell confusedly upon our ears, *imitating* (or mocking) the well remembered and familiar accents,' etc.
> No doubt Baudelaire uses 'imiter' to convey the sense of a weird mockery or mimicry, which is a powerful fancy; but in attempting to supply this interpretation to the mysterious narrative he has exceeded the duties of a translator, and greatly weakened the power of the original fantasy. (68–69)

誤訳を指摘する Hearn の批評は鋭い。Baudelaire が "en imitant" や "imiter" を使って表現した Poe の短編の最後の重要な個所は，英語の原文と比較すると極めて珍妙な表現になっており，また原文にない解釈を加え，翻訳者としての責務を逸脱している，と厳しく指摘する。Hearn は当初 "We doubt whether any other French author could have succeeded in rendering Poe with one half the success of Baudelaire." (64) のように，Baudelaire を Poe 作品の良き鑑賞者兼翻訳者として最大限に評価していたが，その翻訳を次から次へと読むにつれて誤訳の多さに辟易したのである。裏を返せば，Hearn がそれほど Poe 作品に通じていたということの表れであり，また英語にしてもフランス語に関しても極めて微妙なニュアンスにさえも精通していたということなのである。つまり来日以降に接する日本語も含めて，言葉に対する鋭い感覚を Hearn は生得的に持ち合わせていたと言うことができるのである[24]。

　ここで，翻訳に対する Hearn の根本姿勢を見ておきたい。それが如何に旗幟鮮明で徹底されたものであるかが明確になるからである。1882（明治15）年9月

24日付 New Orleans *Times-Democrat* に掲載された "For the Sum of $25" という記事の中で，Hearn は翻訳の定義を以下のように規定する。

> When we attempt to make anything like a fair estimate of the labor needed to effect a faithful and meritorious translation of the great masters of the French language, we cannot imagine it possible to translate more than five or six pages a day (long primer, leaded, 16 mo). For it is by no means sufficient to reproduce the general meaning of a sentence — it is equally necessary to obtain a just equivalent for each word, in regard to force, color, and form — and to preserve, as far as possible, the original construction of the phrase, the peculiarity of the rhetoric, the music of the style. And there is a music in every master style — a measured flow of words in every sentence; — there are alliterations and rhythms; — there are onomatopoeias; there are tints, sonorities, luminosities, resonances. Each word in a phrase is a study in itself, and a study in its relation to other words in the phrase; and the phrase in its relation to the sentence, and the sentence in its relation to the paragraph, and the paragraph in its relation to other paragraphs. Then besides precise shades of meaning, must be studied harmonies of tones and their relation to other tones, and their general interrelation with the music of the entire idea. A most laborious, cautious, ingenious, delicate, supple work — a work demanding perhaps even a greater knowledge of one's own tongue than of the French tongue — a work to be aided, not by French dictionaries, but by English dictionaries of synonyms and derivations and antonyms and technicalities and idioms and rhymes. A work requiring intense application, wearisome research, and varied linguistic powers. A work of giants indeed — easily flowing as its result may seem to careless eyes thereafter — eyes unable to analyze the secret of the art that pleases them. There is no more difficult and scholarly task than to translate perfectly a masterpiece from one tongue into another.[25]

Hearn によれば，翻訳とはただ単にある言語を他の言語に意味を変えずに移し変える，といった単純な作業ではない。一つ一つの単語が持つ強さ，色合い，形をそのまま維持すると同時に，句の構成，レトリックの独自性，文体の持つ音

楽性をもすべて他言語に移行しなければならない。従って，何よりも重要なことは，外国語に対する知識よりもむしろ母国語に対する知識なのであるとした上で，翻訳ほど難解で学術的な仕事は他にないと主張する。言葉に対する Hearn の拘りは，後年の 1893（明治 26）年 6 月 5 日付 Chamberlain 宛ての書簡の内容 "For me words have colour, form, character; they have faces, ports, manners, gesticulations; they have moods, humours, eccentricities; — they have tints, tones, personalities." を見てもわかる通り，10 年後の日本滞在時においてさえも全く変わらず同じ基準を維持し続けている[26]。この種の姿勢を Hearn 自らが持ち実践していたからこそ，Baudelaire の翻訳に対して厳しい視線を向け鋭く批評したということが言える。

上記の引用のごとく，Hearn にとってこれは英語文学の他言語への翻訳のみならず，他言語で書かれた作品の英語への翻訳にも通底することであった。当時アメリカにおいては，フランス文学作品の英語への翻訳が盛んに行われており，フランス語を得意とし，かつ自らも鋭意実践していた Hearn にとってはそれが不愉快な存在なのであった。しかもその出版物のほとんどが誤訳だらけの「擬い物」である。いかにも俄か作りの作品と映った。そうした悪しき流れに対し，Hearn は新聞紙上でこの問題を度々取り上げ糾弾している。代表的な記事として，1880（明治 13）年 4 月 11 日付 *Item* 紙上に載った "Captain Fracasse" が挙げられるが[27]，翻訳を取り上げた記事はいずれも攻撃的で語気の荒い論調となっている。アメリカにおいて Hearn はそれほど卓越したフランス文学の翻訳者になっていたことの証左である。このようにして同時代の作家を中心に Daudet, Goncourt, Zola, Flaubert, Maupassant そして Loti の作品の翻訳を手掛けてその紹介に努めていくことになる。中でも 1878（明治 11）年 9 月 28 日付 *Item* 紙上に発表した Hearn による Zola 作品の翻訳は，英語版 Zola のアメリカへの初めての紹介となった。また翻訳のみならず彼らの小説論に関しても新聞紙上で取り上げており，特に 1883（明治 16）年 9 月 23 日付 *Times-Democrat* 紙に載せた "A New Romantic" は，英語で書かれた初めての Pierre Loti 論と言われている[28]。Hearn の Loti 論に関しては，他の所で触れているのでここ

で詳しくは論及しないが[29]，Hearn はこの種の分析活動を通じて，後に構築していくことになる自己の執筆世界のための理論形成にも専念していたのである。その理論形成のプロセスの中で，生涯を通じて Hearn に計り知れない影響を与えた人物こそ，ニューオーリーンズ時代に出合った Herbert Spencer であった。Spencer 哲学との出合いは Hearn にとって極めて重大な意味を持ち，これ以降の Hearn の執筆記事と Spencer との繋がりは緊密になってゆくので，次にこの点にスポットライトを当てることにする。

　先ず，Hearn は Spencer の書物に接して感銘を受けた時の喜びを，W. D. O'Connor を始めとして多くの友人に伝えているが，1886（明治 19）年（日付は不詳）に H. E. Krehbiel に宛てて書かれた，次の書簡に注目してみたい。

> Talking of change in opinions, I am really astonished at myself. You know what my fantastic metaphysics were. A friend disciplined me to read Herbert Spencer. I suddenly discovered what a waste of time all my Oriental metaphysics had been. I also discovered, for the first time, how to apply the little general knowledge I possessed. I also learned what an absurd thing positive skepticism is. I also found unspeakable comfort in the sudden and, for me, eternal reopening of the Great Doubt, which renders pessimism ridiculous, and teaches a new reverence for all forms of faith. In short, from the day when I finished the "First Principles," — a totally new intellectual life opened for me; and I hope during the next two years to devour the rest of this oceanic philosophy.[30]

Hearn は『第一原理』（*First Principles*）を読み終えた時点で，"a totally new intellectual life opened for me." と述べ，これまで東洋思想の研究に注ぎ込んできた時間は無駄であったと大胆に告白する。Hearn は少なからず仏教にも関心を抱き，例えば "What Buddhism Is"（1884 年 1 月 13 日付 *Times-Democrat*）や "Recent Buddhist Literature"（1885 年 3 月 1 日付 *Times-Democrat*）等の記事を書き，仏教を詳細に研究してそこから啓示を受けていた[31]。上記の文言には Hearn 特有の強調も含まれているであろうが，しかしつい数ヵ月前に書いた記事をも否定したいほどの衝撃を Spencer から受けたことの証であった。Spencer から

の啓蒙は更に他の書物を読破してゆく過程でより一層増大していく。その典型的な例をここで見ておきたい。

　Hearn は Cincinnati *Enquirer* に記者としてのポストを確保するために，愛読書とする Tennyson の *Idylls of the King* の最新作に関する書評を書き Enquirer 社に持参した，ということは既に取り上げた。その Tennyson の更なる作品が 1886 年に出版され，いわば新作の批評家 Hearn は早速これに注目して批評を展開する。作品名は *Locksley Hall Sixty Years After* である。1887（明治 20）年 1 月 9 日付の *Times-Democrat* 紙にその書評が掲載される。ところが前回の *Idylls of the King* を批評した時の趣とは打って変わり，今度はその記事のおよそ三分の一が Spencer 理論の解説に割り当てられており，むしろこちらに重心が移っていると言ってよい。Hearn は Spencer の著作において唱えられている重要項目を手掛かりに *Locksley Hall Sixty Years After* を分析していく。分析のキーワードは "evolution" と "pressure of population" である。Spencer 思想の骨格を成す重要な言葉であるが，Hearn はこれらの言葉を上記作品に見出して注目し Spencer 理論を適用する。先ず，*Locksley Hall Sixty Years After* の中の詩行 "Is there evil but on earth? or pain in every peopled sphere? Well be grateful for the sounding watchword '*Evolution*' here. *Evolution* ever climbing after some ideal good, and Reversion ever dragging *Evolution* in the mud."[32] (italics mine) に着目し，これに対して，Tennyson は「進化」という言葉を好意的に捉え，かつ当時の科学の問題やその発展に彼は多大な関心を寄せていた，とのコメントを添える。またこの作品で，人口と戦争に触れた Locksley Hall の領主の言葉 "Warless? when her tens are thousands, and her thousands millions, then ― All her harvest all too narrow ― who can fancy warless men?" (244) に対して，この領主の予言とは裏腹に，"as human intelligence develops, human fertility will decrease and *the pressure of population* become a thing of the past." (245, italics mine) という Spencer の言葉を引用して Hearn は，今後は人口問題は速やかに解決の方向に向かう，という Tennyson への反論とも取れる論を展開する。しかもそれを論証するかのごとく，以下のように Spencer の言

葉を大々的に引用するのである。

> "It is manifest that in the end *pressure of population and its accompanying evils will disappear,* and will leave a state of things requiring from each individual no more than a normal and pleasurable activity.... Excess of fertility has itself rendered the process of civilization inevitable; and the process of civilization must inevitably diminish fertility, and at last destroy its excess. *From the beginning pressure of population has been the proximate cause of progress.* It produced the original diffusion of the race. It compelled men to abandon predatory habits and take to agriculture. It led to the clearing of the Earth's surface. It forced men into the social state; made social organization inevitable; and has developed the social sentiments. It has stimulated to progressive improvements in production, and to increased skill and intelligence. It is daily thrusting us into closer contact and more mutually-depended relationships. And after having caused, as it ultimately must, the due peopling of the globe, and the raising of all its habitable parts into the highest state of culture, — after having brought all processes for the satisfaction of human wants to perfection, — after having, at the same time, developed the intellect into complete competency for its work, and the feelings into complete fitness for social life, — after having done all this, *the pressure of population, as it gradually finishes its work, must gradually bring itself to an end."* — SYNTHETIC PHILOSOPHY: *Principles of Biology,* Vol. II, §376. (245–6, italics mine)

Hearn は，Spencer のこの理論を信奉して，人口の圧力が加わることによりむしろ技術や知性が刺激されて事態はよりよい方向に向かう，と捉える。ところが Tennyson は先の引用に加えて "Warless? war will die out late then. Will it ever? late or soon? Can it, till this outworn earth be dead as yon dead world the moon?" (244) のごとく，極めて暗い予言をしていた。科学を知る Tennyson ならば，この個所はより明るい展望を示すことも可能ではなかったかと Hearn は疑問を投げかける。以前の Hearn であれば，書かれているものはそのまま尊重し，特に Tennyson の作品とあらば，その長所の指摘と好意的な評価に終始していたはずである。ただし，日本の帝国大学における講義の中の言葉 "Even today we must confess that, in a general way, the greatest literary figure of the nineteenth century is Tennyson."[33] が象徴するように，Tennyson 文学全体に対する畏敬の念は終生揺るぎなかったが，しかし Spencer 哲学を知ってからというもの，強調して言えば，何を読むに付け，Spencer が主で他が副という序列に思考が固定化してしまったのである[34]。それほど Hearn は Spencer に「洗脳」されたと言ってよい。いやむしろ，すべてを理論的に裁断する新たな指針を獲得したと言った方が相応しい。Spencer という指針は誠に強烈で，Hearn の再話物語や紀行文を除いたエッセイや文学論の類には必ずと言ってよいほど顔を出す。例えば，来日して執筆した数々の新聞記事にしてもまた著作にしてもしかりで，特に最晩年の 1904（明治 37）年 9 月に出版された日本研究の集大成である *Japan: An Attempt at Interpretation* は，元々コーネル大学での講演用に書き始められたものであったが，この作品の随所に Spencer 理論が顔を出し，それが楔のごとく強烈に打ち込まれているのである。この著作の中で，Hearn は依然として "I venture to call myself a student of Herbert Spencer; and it was because of my acquaintance with the Synthetic Philosophy that I came to find in Buddhist philosophy a more than romantic interest." と記し，Spencer 学徒を自認し，また Spencer により仏教哲学にも更なる広がりを見て取ることができたと指摘している個所を見れば，その影響の度合いが自ずとわかるというものである[35]。また同書の中で，"the wisest man in the world" (511) のごとく，Spencer に最大限の賛辞を贈っている個所にも注目したい。もっともアメリカにおいては，南北戦争後の 1870 年から 1890 年にかけていわゆる Spencer ブームが起こり，Hearn のみならず，例えば文学関係においては，先に触れた Theodore Dreiser や Jack London (1876–1916)，Hamlin Garland (1860–1940) というアメリカ文学史上の重要な作家も青年時代に同様に Spencer の影響を強く受けた作家達ではあったが[36]，それにしても，1880 年代半ばにおける Spencer との出合いという重大な出来事により，Hearn の執筆内容は大きな変革を蒙ることになるのである。

　Hearn はニューオーリーンズにおける以上のような貴重な実践と体験の後,

1887年5月に Times-Democrat 社を辞して，一旦アメリカを離れ，西インド諸島にあるマルティニーク島へ向かうことになる。Harper's Magazine の編集長 Henry M. Alden との間に取り決めた紀行文執筆のためであった。アメリカにおいて培った文学的才能を駆使しての，およそ2年間に亘るマルティニーク島に関する紀行文執筆のためであった。その成功により，Hearn は更に次の目的地を模索する。マルティニーク島滞在中に読んだ Pierre Loti の日本に関する作品や，またフィラデルフィア滞在中に読んだ Percival Lowell の The Soul of the Far East 等に強く影響されて，最終的にその目的地を日本に決定する[37]。そして1890年から Hearn が亡くなる1904年にかけて収集される日本に関する稀有で貴重な情報は，磨きのかかった文体で構成される書物によって世界に発信されていくことになるのである[38]。

4. 結　語

　Hearn の人生において，シンシナティとニューオーリーンズを中心とするアメリカ時代は極めて重要な位置を占めていたが，それは54年という Hearn の人生の中核部分の20年間をアメリカが構成するという，滞在期間の長さのみの理由によるのではない。アメリカにおいて体験したことに重大な意味があったのである。通説に従って，Hearn の功績の中で最も優れたものが仮に「書物による日本紹介」であるとすれば，そのための才能開花と広範な知識蓄積の場としての役割を果したのがアメリカなのである。アメリカでの試行錯誤に満ちた文筆活動がなければ，日本を含めたその後の足跡は確実に異なったものになっていたことは間違いない。

　セント・カスバート校の成績が示す通り，元々文学的あるいは語学的素質のあった Hearn が，Watkin との出会いをきっかけに流浪生活から脱却し，安定した生活を確保することができたのはシンシナティであった。Atlantic Monthly に載った，当時一流のアメリカ作家の小説を貪るかのように読んで味わい，その面白さを咀嚼して Watkin に語るという「再話」を行った。更に，自己確立を目指して記事を書き，Boston Investigator や Cincinnati Trade List そして

第9章　ラフカディオ・ハーンのシンシナティ・ニューオーリーンズ時代　　139

Cincinnati *Enquirer* に矢継ぎ早に投稿し始める。その活動は Hearn の心底から強烈に湧き出る文学的渇望の成せる技であった。そしてその過程で，*Idylls of the King* に関する Hearn の画期的な書評が仕上がり，Cincinnati Enquirer 社の正社員としてのポジションを射止める。1869（明治 2）年に放浪者としてアメリカに渡り，どん底生活からの僅か 2, 3 年という短期間で人生の方向性を決定付けた。更に Hearn は，当時の微細な活字で埋め尽くされたアメリカの新聞紙に対して画期的な変革をもたらしていく。その変革は Farny と共同で行った週刊雑誌 *Ye Giglampz* の出版体験によって培われたものであったが，その成果が先ず発揮されたのが，Hearn のジャーナリストとしての名声を一層高めることにもなる "Tan-yard Murder Story" の記事を載せた Enquirer 社に対してである。従来からの論調を大胆に変えた記事の描写の迫真性もさることながら，その記事を飾るイラストの数々，また奇抜で視覚に訴えるヘッドラインを設けて一早く読者に内容をキャッチさせる工夫等で，これまでの新聞には見られない抜本的な新聞改革を行った。もっとも Hearn には改革という意識はなかったが，しかし発行部数を伸ばそうという考えは雑誌発行を含めて Hearn には常に付き纏う重要な課題であった。この体験はニューオーリーンズに移ってからの Item 社の躍進にも活かされることになる。

　新生 Item 社の苦戦を救ったのはやはり Hearn であった。老舗の Times 社や Democrat 社に押されがちな Item 社を，Enquirer 社において取ったと同じ手法で立て直し，発行部数を伸ばしていく。その手腕が買われて，新たに合併して出来た Times-Democrat 社の文芸部長に抜擢される。迎えられたその *Times-Democrat* 紙上において Hearn は様々な注目すべき記事を執筆していくが，中でも外国文学の翻訳や書評への取り組みは精力的で目を見張るものがあった。とりわけ同時代のフランス作家のアメリカへの紹介は，他者を常にリードし卓越した論を展開した。またフランス作家の作品の英訳に関しても鋭意取り組み，優れた翻訳集を出し，アメリカだけでなく日本においても，夏目漱石や芥川龍之介，永井荷風等の文人が Hearn の翻訳を読み大いなる感化を受けていくことになるのである[39]。更に Hearn のニューオーリーンズ時代において特筆すべき出

来事は Herbert Spencer 哲学との遭遇であった。Hearn の思想的枠組みをより強固で広範なものにしたのは Spencer である。その一端は Tennyson の *Locksley Hall Sixty Years After* 論の分析に如実に表れ，また日本において執筆されていく日本論の集大成 *Japan: An Attempt at Interpretation* を典型例とする数々の著作の中で援用され，執筆上 Hearn にとって Spencer は不可欠な思想体系となっていったのである。最晩年の 1904 年 8 月付 Ernest Crosby 宛ての書簡において，Spencer との出合いを振り返り "A namesake of yours, a young lieutenant in the United States Army, first taught me, about twenty years ago, how to study Herbert Spencer. To that Crosby I shall always feel a very reverence of gratitude; and I shall always find myself inclined to seek the good opinion of any man bearing the name of Crosby."[40] と言及している個所は，まさにすべてを言い表している。このように，その後の執筆的世界を決定すると言ってもよい貴重な体験に遭遇したのがニューオーリーンズであった。

さて，シンシナティ及びニューオーリーンズを中心としたアメリカ時代と Hearn との関係を考察する時，アメリカという国は彼にその文学的才能を育てる豊かな土壌を提供し，その土壌の中で Hearn はやがて著名なジャーナリストに伸し上がり，結果的にアメリカの新聞界に極めて大きな財産を贈与した。かつて Cincinnati *Enquirer* の記者時代の Hearn の上司であり，New York *Herald* 紙の通信員として 1895 年に来日した Cockerill は，*Herald* 紙に "I met here in Japan recently a man who, in his way, is as remarkable in literature as Goldsmith, Keats or Shelly. Every reader of magazines in our country knows something of him and his splendid literary work, though they know little of the man himself. I refer to Lafcadio Hearn."[41] と掲載した。また Hearn 研究家でもあるシンシナティ大学教授 John C. Hughes は，Hearn "gained an international reputation as one of America's most gifted writers of romantic prose."[42] と指摘する。共に，Hearn に対する最大限の賛辞である。これらの言葉はアメリカ時代の Hearn を端的に物語っている。それを実証する一例として，アメリカ滞在中に数多く手掛けた翻訳は国内だけに限らず，太平洋を超えて明治・大正期の

日本の文人に途轍もなく大きな影響を与えた。来日して執筆される著作は，更に地球規模のレヴェルで数多の人々に影響を与えていくことになる。だがその前に，Hearn の才筆構築と更なるその強化には，以上検証してきたように，シンシナティとニューオーリーンズが極めて大きく関わっていたことをここで明確にしておかなければならないのである。

[注]

1) アメリカにおける Hearn の執筆活動は，拙論「文学者ハーンとアメリカ」（熊本大学小泉八雲研究会編『ラフカディオ・ハーン再考』恒文社，1993 年 10 月）において，「修行時代」と表現したが，日本での精力的な著作活動を考えると，極めて有意義な修行の時代であったのである。
2) Sean G. Ronan, ed., *Irish Writing on Lafcadio Hearn and Japan* (Kent: Global Books LTD, 1997), p. 338.
3) *Irish Writing on Lafcadio Hearn and Japan*, p. 261.
4) O. W. Frost, *Young Hearn* (Tokyo: The Hokuseido Press, 1958), p. 61.
5) Elizabeth Bisland, ed., *The Japanese Letters of Lafcadio Hearn* (London: Constable & CO. LTD, 1911), pp. 371–2.
6) Hearn が *Atlantic Monthly* を購読し始めてから数年が経ち，また丁度 Howells がこの月刊誌の主筆になった 1871 年には，Henry James の最初の長編 *Watch and Ward* が 8 月号から 12 月号にかけて連載され，Hearn はこの作品に目を通している。もっとも James の署名入りの最初の短編 "The Story of a Year" が 1865 年に同誌には既に掲載されていた。この頃 Hearn はセント・カスバート校在学中であったため，この作品を見る由もなかった。その後 James の短編 "The Last of the Valerii" がこの月刊誌に掲載されることになるが，Hearn はその時は Cincinnati *Enquirer* の正社員となっていたため，1873 年 12 月 21 日付の新聞紙上で早速，"The January Magazines" という月評記事でこの作品を取り上げて，新進気鋭の James を高く評価している。この辺りの経緯や Hearn と James との関係に関しては，拙論「ラフカディオ・ハーンの捉えたジェイムズ像」（別府恵子・里見繁美編著『ヘンリー・ジェイムズの華麗な仲間たち――ジェイムズの創作世界』英宝社，2004 年 10 月）で詳しく論じているので参照のこと。
7) 坂東浩司氏は，「ハーンは 19 世紀のフランス文学をアメリカに紹介した最初の人」と指摘する。坂東浩司『詳述年表ラフカディオ・ハーン伝』（英潮社，1998 年 3 月），42 頁注を参照。
8) Boston *Investigator* の当時の出版者は Josiah P. Mendum（1838 年 12 月 14 日–

1876 年 12 月 27 日）であり，編集長は Horace Seaver（1839 年 12 月 25 日–1876 年 12 月 27 日）で，Hearn がシンシナティ在住中の 1876 年 12 月 27 日号をもって廃刊となる。因みに，これ以前の出版者は，J. Q. Adams（1835–36），G. A. Chapman（1837 年 3 月 24 日–1838 年 10 月 12 日）で，編集長は，Abner Kneeland（1834–36），Kneeland & F. W. Darusmont（1837 年 3 月 24 日–1838 年 8 月 3 日），Abner Kneeland（1838 年 10 月 5 日–1839 年 12 月 18 日）であった。

9) 元々このCockerillの記事は，"Lafcadio Hearn: The Author of Kokoro" と題して，Hearn の *Kokoro* の出版を機に New York *Herald* 紙に掲載されたが，*Current Literature* Vol. 19（1896 年 5 月号）476 頁にもこの記事は転載されており，そこから引用した。なお，*Current Literature*（New York）は 1888 年 7 月から 1912 年 12 月までの刊行で，計 53 巻が出ている。また同記事は Nina H. Kennard, *Lafcadio Hearn*（London: Eveleigh Nash, 1911), pp. 93–4 にも一部引用されている。

10) Lafcadio Hearn, *An American Miscellany* Vol. I, collected by Albert Mordell (New York: Dodd, Mead & Company, 1924), p. xxiv.

11) Lafcadio Hearn, *Occidental Gleanings*, collected by Albert Mordell (New York: Dodd, Mead & Company, 1925), p. 23.

12) *An American Miscellany* Vol. I, p. xxiv.

13) Hearn は日本での英文学の講義の中で，"I may say that I myself, as a boy, learned more English from Tennyson than I learned in any other way; and even now I cannot read him over again without constantly learning something new." と，若かりし頃から Tennyson の作品により数々の英語表現を学び続けてきたと述べている。Lafcadio Hearn, *Appreciations of Poetry*, ed. by John Erskine (New York: Dodd, Mead & Company, 1924), p. 35 を参照。もっとも今回のこの新刊書に関しても，Hearn の言葉に対する鋭い感覚は依然として見られ，例えば，Tennyson が使用した "showerful" と "spate" に対して Hearn は見事な分析を試みている。*Occidental Gleanings*, p. 16 を参照。

14) 『詳述年表ラフカディオ・ハーン伝』50 頁注を参照。

15) *An American Miscellany* Vol. I, pp. 29–35. ただし，Albert Mordell が編集したこの本の中の Hearn の記事はヘッドライン部分が均一な活字の大きさになっているが，実際に Hearn が考案したものはこのように，ヘッドラインの活字の大きさを徐々に縮小して，最終的に読者の視線を本文の中に吸い込ませるような工夫がなされているのである。実に驚くべき工夫と言える。また，この記事の中に鏤められたイラストの幾つかを列挙しておきたい。

第 9 章　ラフカディオ・ハーンのシンシナティ・ニューオーリーンズ時代　　143

Andreas Egner.　　Fred Egner.　　George Rufer.

The Remains of Schilling at the Undertakers.

16)　『へるん』第 39 号（八雲会，2002 年 6 月）69 頁。また John C. Hartsock は，1890 年代から隆盛を極める，いわゆる "narrative literary journalism" の先駆者としての Hearn を取り挙げ，"In the 1870s Hearn anticipated the narrative literary journalism of the 1890s. Yet he was not a failed mainstream journalist. Like many narrative literary journalists he was also adept at writing mainstream news." と指摘して，ジャーナリズム界に残した Hearn のすばらしい功績を称えている。John C. Hartsock, *A History of American Literary Journalism: The Emergence of a Modern Narrative Form* (Amherst: Univ. of Massachusetts Press, 2000), p. 26 を参照。更に Frost は，Hearn のこの奇抜な発想にアメリカ中の日刊紙が注目したことに触れている。*Young Hearn*, p. 113 を参照。

17)　*Ye Giglampz* は，1874 年 10 月 4 日付 *Enquirer* にその発刊から廃刊までの経緯が掲載されているように，E. H. Austerlitz と C. B. Honthum によるドイツ語の週刊文芸雑誌 *Kladderadatsch* が不振故に，その英語版を出す企画が持ち上がり，やはり Austerlitz が財政支援をして発行に至ったものであった。当初 Farny はイギリスの *Punch* を念頭に，また Hearn はフランスの *Le Charivari* を念頭において，そのアメリカ版を作ろうとの検討が二人の間でなされたが，結局編集長になる Hearn の独創性に委ねるということに落ち着いたのである。しかしながら，第 1 号が売れ行きが良くなかったために，立て直し策として Hearn は *Le Charivari* で取り上げられているフランスのセンセーショナリズムを第 2 号から極力導入して市民に提供し，巻き返しを図ろうと努めたのであった。従って，*Le Charivari* を始めとしたフランスの風刺紙は，Hearn が以後 "Tan-yard Murder Story" を含めて過度にセンセーショナルな記事を執筆していく上で，極めて大きな影響を彼に与えたと言える。*An American Miscellany* Vol. I, pp. 13–28 を参照。また *Punch* や *Le Charivari* に関する補足的な説明については，松村昌家編

『「パンチ」素描集──19世紀のロンドン』（岩波書店，1994年）242頁を参照のこと。更に，フランスにおいて1832年12月1日に *Le Charivari* が発刊されるに至った経緯については，『ラ・カリカチュール，王に挑んだ新聞』（町田市立国際版画美術館，2003年4月）12頁に詳しく記載されているので参照のこと。*Ye Giglampz* は基本的に *Le Charivari* のアメリカ版を意図して作られたもので，更に言えば，Charles Philipon という同じ経営者による先行週刊風刺画紙 *La Caricature*（1830年11月4日創刊─1835年8月27日最終号）の模倣であった。4頁の文章構成からなり中央部分にイラストを配置したスタイルは *Ye Giglampz* とほぼ同じである。因みに，*Punch* は *London Charivari* と銘打たれたが，創刊号が14頁で，第2号からは10頁構成となっているところに相違点がある。

18) *Ye Giglampz* の第1号において，Hearn はインドでの飢餓の問題を取り上げて論じるが，それと比較するかのように，ロンドンのスラム街の様子を "it (famine) haunts London streets after dark in myriad forms ― in the thousands of homeless and hungry wretches, who nightly seek slumber on the pavements; in the hundreds of despairing beings who yearly seek a grave in the Thames; in the tens of thousands of haggard girls compelled to choose between infamy and starvation." のごとく赤裸々に浮き彫りにした。この記事を執筆する僅か数年前までは，Hearn 自身も同じような境遇にあり，それを思い出しての生々しい記事となったと思われるが，London におけるこの種の苦い経験が，Hearn を更にフランス寄りにしているとも考えられるのである。Lafcadio Hearn & Henry Farny, *Ye Giglampz* No.1, intro. by John Christopher Hughes（Cincinnati: The Public Library of Cincinnati and Hamilton County, 1983), p. 6 を参照。

19) 11日に掲載された Hermann Schilling のイラストを以下に掲示しておく。

20) Elizabeth Stevenson, *Lafcadio Hearn*（New York: The Macmillan Company, 1961), p. 45. Hearn は "Sensation, ... was the only species of literature that the public would appreciate and pay for." という認識を絶えず持ち，記事を執筆していたのである。それは *Ye Giglampz* の記事を執筆している頃から既にあり，特に "French sensation" を一般大衆に提供することを心掛けていて，公立図書館で読んでいたフランス文学や雑誌からの影響を窺わせる。*An American Miscel-*

lany Vol. I, p. 21 を参照。
21) 『詳述年表ラフカディオ・ハーン伝』71 頁。
22) Hearn が *Item* に掲載した挿し絵の幾つかを以下に掲示しておく。Frost は，Hearn のこの試みはアメリカ南部の日刊紙に登場した最初の新聞漫画であったことを指摘している。*Young Hearn*, p. 192 を参照。

23) Charles W. Hutson, ed., *Editorials By Lafcadio Hearn* (Boston: Houghton Mifflin and Company, 1926), p. 63.
24) 日本において，セツ夫人の声を通して聴取したストーリーを，Hearn が自分なりの再話文学に仕上げていく過程で，一つ一つの言葉やその語感に拘ったのは，こうした Hearn の言葉に対する鋭い感覚があるからである。
25) *Editorial By Lafcadio Hearn*, pp. 184–5.
26) *The Japanese Letters of Lafcadio Hearn*, p. 105.
27) Hearn が Théophile Gautier の *Le Capitaine Fracasse* をめぐって，Henry James の見解に異を唱えたと思われた一件は，実はアメリカで横行する悪質な翻訳にその原因があったことは拙論「ハーンとジェイムズ」(『熊本大学教養部紀要　外国語・外国文学編』第 27 号，1992 年 1 月)で分析している。
28) 『詳述年表ラフカディオ・ハーン伝』173 頁。Mordell が 1923 年の時点で "Hearn is becoming known today as a great literary critic." と述べ，更に "Hearn was a pioneer in translating and writing about the famous French writers who were then appearing, Zola, Maupassant, Loti, Bourget, etc." と指摘しているのは，正鵠を射た表現と言える。Lafcadio Hearn, *Essays in European and Oriental Literature*, ed., by A. Mordell (New York: Dodd, Mead and Company, 1923), pp. vi–vii. また Frost も，Hearn は当時流行していたフランス文学に関する最初のアメリカにおける翻訳家だと指摘している。*Young Hearn*, p. 193 を参照。
29) 拙論「Hearn と James——Loti をめぐって」(*Kanazawa English Studies* 22, 1996 年 6 月)を参照。この論文においては，Loti に対する Hearn と Henry James の見解を取り上げて分析すると同時に，Herbert Spencer 哲学の Hearn への影響についても触れている。
30) Elizabeth Bisland, *The Life and Letters of Lafcadio Hearn*, Vol. I (Boston: Houghton Mifflin and Company, 1906), pp. 374–5.

31) Hearn は，*First Principles* を読破した直後のコメントとして "I suddenly discovered what a waste of time all my Oriental metaphysics had been." と述べたが，彼の "Oriental metaphysics" とは何かと言えば，例えば "What Buddhism Is" の中で，"A large number of metaphysical works have also been translated; and from these especially it has been learned upon what philosophical foundation the Buddhistic dogmas rest." と説明した後，

> The Buddhist tells us that the first things we learn are the "Four Noble Truths." These are —
> 1. The Existence of Pain. To live is to suffer.
> 2. The Cause of suffering is Desire.
> 3. The Cessation of pain is to be gained by the suppression of Desire.
> 4. Suppression of Desire is to be obtained by following the Good Law, as taught by Buddha, — through which observance Nirvana, or annihilation, is reached.

と解説している個所に見られる。*Essays in European and Oriental Literature,* pp. 279–80 を参照。

32) "Tennyson's *Locksley Hall*," *Essays in European and Oriental Literature*, pp. 241–2. 以下この作品からの引用は，頁数のみを本文中に記すことにする。

33) *Appreciations of Poetry*, p. 32.

34) Hearn のこうした，いわゆる偏向は，Tennyson のみならず，他の件でもよく見られたことなのである。例えば，Loti をめぐって，Hearn と James との間に見られた議論も正しくそうであった。拙論「Hearn と James——Loti をめぐって」を参照。

35) Lafcadio Hearn, *Japan: An Attempt at Interpretation* (London: Macmillan & CO. LTD, 1904), p. 232.

36) 当時のアメリカにおける Spencer 猛威の影響に関しては，Richard Hofstadter, *Social Darwinism in American Thought* (Boston: Beacon Press, 1955) を参照のこと。また Hearn と Spencer に関する詳細については，拙論「Lafcadio Hearn と Herbert Spencer——"The Future of the Far East" を中心に——」(『熊本大学文学部論叢』第 59 号，1998 年 3 月) で取り上げている。

37) Hearn が何故日本に興味を持ち，日本行きを選択したのかについては諸説あるが，その大きな要因と考えられるものに関しては，拙論「ハーンの長崎への旅」(『比較文学』第 39 号，1996 年 3 月) 及び「Lafcadio Hearn と Percival Lowell」(『熊本大学文学部論叢』第 63 号，1999 年 3 月) の中で論じている。

38) 1922 年 11 月に来日した物理学者 Albert Einstein が Hearn の著作に言及したり，*Noguchi* を書いた Gustav Eckstein がその著作の中で，Hearn の描写する日本人の行儀に触れていることなどから，Hearn による日本に関する情報の世界

発信の反響が読み取れるのである。
39) 例えば，井上洋子氏は，「ハーンの翻訳は名訳として知られるが，それを通して世紀末芸術家の精髄に芥川が触れ得たことも忘れてはならない。ハーンの英訳をもとに芥川がゴーチェの『クラリモンド』を訳したのは大正4年。また実験的なイメージ表現が多くの影響をあたえたフローベール『聖アントワーヌの誘惑』も，芥川のテキストはハーンの英訳本であった」と述べて，Hearn の翻訳本の芥川龍之介への影響を指摘している。平川祐弘監修『小泉八雲事典』（恒文社，2000年12月）9頁を参照。
40) *The Life and Letters of Lafcadio Hearn*, Vol. II, p. 509.
41) "Lafcadio Hearn: The Author of Kokoro," *Current Literature* Vol. 19（1896），p. 476.
42) *Ye Giglampz,* intro. by John C. Hughes, p. 8. O. W. Frost や A. Mordell も同様に Hearn を高く評価しているが，ただし Hearn の才筆はアメリカ時代に完全に開花して完成され，日本は何ら Hearn の文筆磨きに寄与するところはなかったという彼らの指摘は大いに問題にすべきところである。*Young Hearn*, p. 217 を参照。

第 10 章

ガラス乾板によるハーン添削の英作文の紹介と分析

西 川 盛 雄

はじめに

　ラフカディオ・ハーン(小泉八雲)は一方で夢想豊かな作家であり，他方で事実の記録と報告をよくこなす有能なジャーナリストであったが，加えて教壇に立つ人間としてすぐれた教育者でもあった。ジャーナリストは目と耳で取材したものを文字(言語)を使って伝えるというスタンスをもつ。ハーンはこの立場をもちながらも，他方で日本の教育現場に立ってこれを直接取材し，ここから得たものを英語という文字を通してリポートするのである。ハーン作品のうち，松江での「英語教師の日記から」("From the Diary of an English Teacher")，熊本での「九州の学生とともに」("With Kyushu Students")はその代表的なものである。

　立場の弱い者，周縁部にある者，差別されている者などに共感する心をもっていたハーンは教育者としてもすぐれた資質を備えていた。シンシナティ時代は市の公立図書館に通いつめて苦学・独学に励んだ。フランス文学の英語への翻訳もこのころ手がけられている。ニューオーリーンズではクレオール文化と接触し，土地のクレオール料理の本を著し，カリブの西インド諸島各地からの俚諺を集め，これにクレオール語，フランス語，英語という三層の解説を加えた『ゴンボ・ゼーブ』(*Gombo Zhèbes*)という小さいながらも画期的な辞書を作成している。

　ハーパーズ・マガジン社からの特派員として来日する前にはすでにチェンバレンの『古事記』の英訳を読んで来ており，来日してからも教えんがために自

ら学んだ日本についての知識は豊かで，すぐれた記憶力と分かり易く説明する能力を備えもち，良き教師たる資質に恵まれていた。

　教育とは「教え育てる」ことである。また英語の educate の語源は潜在的な力を「引き出し，導くこと」である。ハーンは学歴や教員としての官製の免許状はなかったが，学生たちと共にあって気持を分かち合う共感の能力をよくもっていた。そして西洋人でありながら日本をその心で深く理解しようと思っていた。その心は学生たちにも十分伝わり，彼らもまたハーンのこの心によく応えたのである。

　田部隆次著の『小泉八雲』の第七章「横浜から松江」の章には，ハーンは暇さえあれば松江市中をあさって骨董や浮世絵を買い，市中や近郊の神社仏閣名所旧跡を訪ねていたことに加えて，尋常中学の生徒には「牡丹」「狐」「蚊」「幽

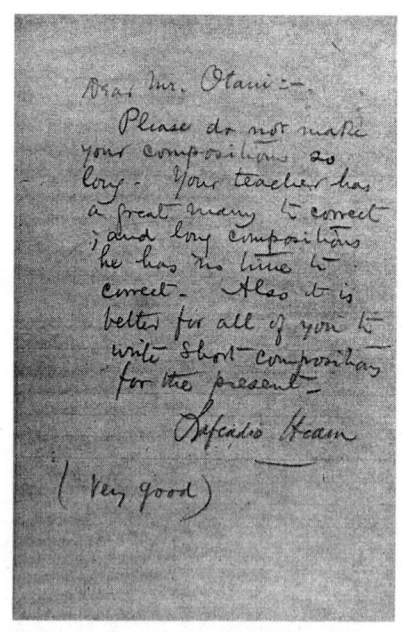

図1 ハーンが生徒，大谷正信の書いた英語に対して与えた添削コメント

霊」「亀」「蛍」「ホトトギス」の如き題を与えて英作文を作らせ孜々として日本研究を怠らなかった，とある。生徒にとっては英作文の授業ではあるが，先生のハーンにとっては格好の日本研究の材料であったというわけである。このことを裏付ける資料が大量に出てきた。ハーンが授業で出題し，添削して学生に返却した英作文の断片がガラス乾板というかたちで熊本県立図書館に所蔵されていたのである。

　このガラス乾板はもともと劇作家木下順二氏が持っていたものであるが，これを県立図書館の職員が持ち帰り，そのまま同図書館に眠っていたものであった。当時生徒であった大谷正信 (名前は M. Otani とある) と田辺勝太郎 (名前は K. Tanabe とある) のものでハーンの添削コメントがある。しかしこのガラス乾板のもとになる原版そのものの所在は分からない。先の大戦で焼失してしまっている可能性が高い。しかし乾板に書かれてある文字の内容はかなりの程度まで判別できる。京都外国語大学に断片的にしろハーン添削の原物が少し保管されているが，これと比較してもこの新たに見つかったガラス乾板に見られるハーンの筆跡は印象深いものである。

　ハーンは教師として自らの授業の英語の添削や授業スタイルには親切心の限りをつくしていた。西野影四郎 (2000) はハーンが Sir と呼ばれるのを嫌がり，「教師と生徒は兄弟の関係だった」と言っていたことについて触れている。興味深いことは，英語の加筆修正に加えて内容にもかなり詳しいコメントを書き込んであるものも少なくない。

　本稿ではこのように最近発見された英作文の授業において学生が書いた英作文をハーンが添削したものの乾板について，その内容の紹介と分析を少しでも行いたいと思う。[これは 2004 (平成 16) 年 10 月 3 日，「小泉八雲 Lafcadio Hearn 没後百年記念連続国際シンポジウム」が熊本市で開かれた際に研究発表したものに加筆修正を加えたものである。]

1. 添削にみるハーン

　ハーンは 1890 (明治 23) 年 8 月 30 日に松江に入り冨田屋旅館に投宿。ここ

で島根県尋常中学校教頭西田千太郎と会い，互いに心を通わせる。そして9月から授業を始めている。前任はカナダ人教師タットル氏であった。ハーンは前任者の形式主義，序列主義を嫌った。タットル氏の授業がリーディング中心だったのに対して「ヘルンは発音や書き取り，英作文など語学の各方面から指導に苦心を払った」と西野影四郎（2000）は述べている。ハーンの授業はつねに学生への配慮を欠かさず，教師自らの知識と意見を説明のなかで活かしていくというタイプのものであった。

　ハーンは『知られぬ日本の面影』の中の「英語教師の日記から」の章において，「日本の生徒を教えることは，かねがね想像していたにもまして，なかなかおもしろい仕事であることがわかった」（平井呈一訳，以下同様）と述べている。〈おもしろい〉というその中身は学生が書く文そのものの傾向である。そして英語に関しては日本語との大きな違いを乗り越えて学ばねばならぬ点を次のように指摘している。「英語は日本語と大いに違っているから，ごく簡単な日本語の句でも，ただ単語の逐語訳や思想の形を直訳しただけでは，英語にわかるように翻訳できないのである」と。

　さて，具体的な英作文の添削を行いながら，ハーンは「日本の学生にとって，英語という語学がひじょうにむずかしいことを考えると，わたくしの受け持っている幾人かの生徒の思想の表現力は驚くべきものがある」といっている。この思想とは当時彼らが受けていた教育の中身を反映している。それは明治新政府による国家主義的な教育内容を反映するだけでなく，伝統とアニミズム的共同体をよしとする東洋的集団主義的な発想を旨とするものであった。近代西洋思想の根幹にある個人主義的なリアリズムの傾向は非アニミズム的な合理主義に由来する。ハーンは西洋人でありながらも個人主義の行き着いたところにある孤独と孤立が独断と独善を生み出す可能性を示唆して，教育の場においても根本的な〈人間の絆の復権〉を模索し，問いつづけていたのである。

　ハーンはやがて彼らの英作文のなかに次のようなことを発見する。「かれらの作文は，たんに個人的な性格のあらわれとしてではなく，国民的な感情，いいかえれば，ある種の綜合的感情のあらわれとして，私にはまた別趣の興味があ

るのである」。ここでいう国民的感情とは日本という国家レベルでの共同体的な伝統主義のなかで育まれていったものである。「日本の学生の英作文を見て、わたくしにもっとも不思議に思われることは、そういう作文に個人的特色というものがまったくない、ということだ。二十篇の英作文の筆跡までが不思議に同族的な似よりをもっているのを発見する」と看破している。

ハーンが松江の学生の中に発見したものは非西洋的な感性であり、いわば伝統的・集団的な共同幻想の世界であった。ハーンは言う、「日本の学生は想像力という点ではあまり独創性を示さない。かれらの想像力は、もう何百年も前から、一部は中国、一部は日本で、すでにかれらのためにつくられてあるのである」。これは平安時代に遡る伝統的な花鳥風月の世界においても、室町時代に遡る侘び・寂びの意識にしてもある種の紋切り型の美意識や人生観に通じている。これはほとんど文化的DNAといってもいいほどの共有と伝承・継承の力を強くもったものなのである。

2. 英作文の出題テーマ

ハーンは基本的に職業的ジャーナリスト魂をもつ人として教壇に立っていたが、その際日本人の文化、歴史、伝統などについてよく理解(解釈)し、これを西洋に向けてリポートしていた。それが一連のハーン作品となっていたのである。言い換えれば、日本という〈東の国から〉西洋という〈西の国に〉向って言葉を発していたのである。言語はハーンの母国語である英語である。教育現場では個人個人の印象を通して総じて日本人の一般的特徴を抽出しようとしていた。これにはニューオーリーンズで友人のオスカー・クロスビーを介して出合った思想家ハーバート・スペンサーの社会進化論的発想が影響を与えている。これは『ラフカディオ・ハーン著作集 第四巻』(恒文社)のあとがき・解説の中で千石英世氏が「ハーンは……最も広い意味における人種、つまり個人としての人間を見るのではなく、類として、また種として、すなわち、何らかの集団的特徴へと自身の人間観察を還元していく傾向があるように思われる」と言っていることに通じている。

さて種としての人間は生物学的にはともかく、文化的・社会的には相対的なものである。文明開化していく日本という国をその心で解釈・理解し、これを取材報告することを、ハーンを東洋（日本）に派遣する労をとってくれたハーパーズ・マガジン社の美術担当記者ウィリアム・パットンとの約束において果さなければならないハーンはその契機を教育の場においては生徒たちの作る英作文の中に見て取ろうとしていた。角田洋三（1996）によれば、「作文は自由英作文で、題は松江の名所や生活に直接結びついた題材を除くと生徒の感想を書かせ、文法の誤りを訂正し、いちいち批評を書き添えた」とある。また洗川暢男（1991）も言うように英作文教育においては「自然の観察を重んじているためにできるだけ科学的テーマで自由に作文を書かせる」という面もあったのである。

　見つかった乾板に見られる生徒の名は大谷正信と田辺勝太郎であるが、ハーンがどのようなものを生徒に課題として与えていたかについてのリストを以下に記載しておきたい。学年は授業を受けていたときの生徒の学年次で、作文に名前と共に記載されていたものである。学年の不明のものについては？印を付けておいた。〈タイトルなし〉は本文中のキーワードから取ってリストにしておいた。

［大谷正信］
○ The Hototogisu［ホトトギス］（4年生）
○ Fencing［剣道］（4年生）
○ The Greatest Japanese［最も偉大な日本人］（4年生）
○ The Greatest Japanese Part II［最も偉大な日本人　そのII］（4年生）
○ The Firefly［蛍］（4年生）
○ Hinamatsuri［雛祭り］（5年生）
○ The mountain called Dai-sen［大山と呼ばれる山］（4年生）
○ The Botan［牡丹］（4年生）
○ About the little insects which fly to the lamps at night and burn themselves to death［夜、飛んで灯に入る小さな虫について］（4年生）

○ How did you spend this summer vacation?［この夏休みをどう過ごしたか？］（5年生）
○ The fashions of Old Japan Part I -The House［旧き日本の様式　そのI，住居］（4年生）
○ The Tortoise［亀］（4年生）
○ The Owl［梟］（4年生）
○ About Kasuga at Matsue［松江の春日（神社）について］（5年生）
○ What is the most awful thing?［世に一番怖いものは何か？］（4年生）
○ Lake Shinji［宍道湖］（4年生）
○ Boating on the Lake of Shinji［宍道湖をボートで行く］（4年生）
○ Ghosts［幽霊］（?年生）
○ The Birthday of His Majesty［天皇誕生日］（4年生）
○ The fashions of Old Japan Part II -The Clothing［旧き日本の様式　そのII，服装］（4年生）
○ 無題〈Creator（創造者）〉（?年生）
○ The Centipede［百足］（4年生）
○ Composition «A letter to Hearn-sensei»［ハーン先生への手紙］（4年生）明治24年6月20日（日付有り）
○ The Japanese Monkey［日本猿］（4年生）（10日）
○ About Gymnastic Contest of Last Saturday［先週土曜日の運動会について］（4年生）
○ Composition «Kamakiri: An Autumn Walk»［かまきり，〈秋の散策〉］（5年生）

〈計26テーマ〉

［田辺勝太郎］
○ Rice［米］（?年生）
○ The Seven Deities of Good Fortune［七福神］（5年生）

○ The Frog［蛙］（5年生）
○ Fire-men［消防士］（5年生）
○ The Most Wonderful Thing［一番すばらしいもの］（5年生）
○ The Uguisu — The name of a Japanese singing-bird —［鶯—日本の鳴鳥の名前］（5年生）
○ Wrestling［相撲］（5年生）
○ Letter about Matsue to a friend［友への松江便り］（？学年）
○ Why should we venerate our Ancestors?［祖先を崇拝する理由は何か？］（5年生）
○ 無題〈Emperor（天皇）〉（5年生）
○ The weather of the 15th of January［1月15日の天候］（5年生）
○ The Japanese spider［日本の蜘蛛］（5年生）
○ The Tortoise［亀］（？年生）
○ To a Bookseller — asking for a book —［書店に本を注文する］（？年生）〈明治23年12月11日　松江〉
○ To My Father［父へ］〈明治23年3月24日〉（5年生）
○ The fox who borrowed the tiger's power［虎の威を借る狐］（5年生）
○ Lacquer Ware［漆器］（5年生）
○ Tea［茶］（5年生）
○ The Owl［梟］（5年生）
○ Swimming［水泳］（5年生）
○ About what I dislike［ぼくの嫌いなもの］（5年生）
○ The Kite［鳶］（5年生）
○ The Lotus［蓮］（5年生）
○ To answer the question "What are you going to do after you have finished your studies in Chiugakkō?"［「中学を卒業した後どうするか？」という質問に答えて］（5年生）

〈計24テーマ〉

3. 分　類

　これを見てみると興味深いことが分かる。上記の二人分の 50 タイトルを以下のように分類することができる。なお「梟」と「亀」の二つの課題は大谷，田辺両者ともに書いていたためタイトルとしては同一のものと考えたので上記の合計は 48 タイトルとなっている。

　　△生き物(鳥)：［ホトトギス］［梟］［鷲］［鳶］
　　△生き物(虫)：［蛍］［百足］［蛙］［日本の蜘蛛］［夜，飛んで灯に入る小さな虫について］［かまきり，〈秋の散策〉］
　　△生き物(動物)：［日本猿］［亀］
　　△植物(花)：［牡丹］［蓮］
　　△スポーツ：［剣道］［相撲］［水泳］
　　△神々と神社：［松江の春日(神社)について］［七福神］［無題〈天皇〉］
　　△霊的なもの：［無題〈創造者〉］［幽霊］［祖先を崇拝する理由は何か？］
　　△祭日：［雛祭り］［天皇誕生日］
　　△伝統的民芸：［漆器］
　　△自然風景：［大山と呼ばれる山］［宍道湖］［宍道湖をボートで行く］
　　△趣向：［一番すばらしいもの］［ぼくの嫌いなもの］［世に一番怖いものは何か？］
　　△人事：［消防士］［最も偉大な日本人］［最も偉大な日本人　その II］
　　△様式(ファッション)：［旧き日本の様式　その I，住居］［旧き日本の様式　その II，服装］
　　△生活：［米］［茶］
　　△実用性：［書店に本を注文する］［父へ］［友への松江便り］［ハーン先生への手紙］
　　△その他：［この夏休みをどう過ごしたか？］［1月15日の天候］［先週土曜日の運動会について］［虎の威を借る狐］［「中学校を卒業した後どうするか？」という質問に答えて］

これを見てもハーンが松江の生徒たちにどのような課題を与えていたかが概ね推測できる。そしてここにはハーン自身の好みも強く反映されていることがわかる。生き物はすべからく小さい虫で昆虫や爬虫類，節足動物でどちらかと言えば一般には気味悪さを感じさせるものである。花は東洋の美意識や仏教を感じさせるものである。スポーツは日本の国技として伝統的・一般的な［剣道］や［相撲］に加えてハーン自身が得意で大好きな［水泳］が入っているところは興味深い。

「神々と神社」「霊的なもの」「祭日」に関するものとしては日本精神の根底に流れるアニミズムあるいは日本の古層にある祖霊信仰と神道的精神風土に繋がるものを提示している。「伝統的民芸」を表す品目として［漆器］や「祭日」の［雛祭り］は当時から身近であり，生活の中での［米］や［茶］の大切さはいうまでもないところである。自然風景としては［大山］や［宍道湖］は日常的な生活の舞台であり，松江の生徒たちを育くむ原風景であった。これらはおそらくハーンの心の原風景にある自然風景の水や山と重なるところがあったにちがいない。

ハーンは，しかし，実生活においては厳格なリアリストであった。子供が将来困らないように実生活上の知恵と知識を授けておくという姿勢はつねにハーンの中にあり，彼の子育てのなかでもそれは見られる。興味深いことにこの姿勢が授業の英作文の課題提供という場面でもみられる。例えば作文を通して生徒が実際に手紙を書くこともあることを反映して，本屋に本を注文するときに書く手紙や，学費や生活に困ったときに父親にお金を送ってもらうときに書く手紙の書き方等を課題として与えている。そしてどの英作文に対してもそれぞれに丁寧な添削を与えているのである。

4. コメントの分析

資料はハーンが島根県尋常中学校で英語の教師として赴任している間に生徒に課した英作文に添削を加え，かつ内容についてのコメントを加えたものである。彼が教えた生徒は当時旧制中学でかなりの知的能力をもっていたと考えられるが，彼の添削コメントは紋切り型ではなく自在さのなかにも多様性と一貫

性をもたせている。

　コメントの相手が旧制尋常中学の生徒ということで軽くみるようなことはなく，むしろ相手を尊重し，敬意をもって添削にあたっている。その内容は英語の文法的，語法的な面に加えて，文明論，宗教論，聖書の紹介，創造者のこと，結婚論，生物学的知識，文化文明論，語源など多岐に渡り，内容もすこぶる高度なものである。ハーンが特にスペースを割いて生徒の英作文の余白にコメントしている話題が多いがそのうち八つ選んで以下に紹介し，これを分析してみたい。紹介したトピックは「科学」「語源」「適者生存の原理」「キリスト教」「神道と仏教」「信仰と礼儀」「創造者」「文明と宗教」である（以下それぞれの英文の訳出は筆者）。

【1】　科学

Biology is the Science of Life — how plants and animals grow and propagate, and why they have special shapes, colors, or habits — and the chemistry of digestion, blood making, etc.（生物学とは生命の科学です。――植物や動物たちがどのように育ち，繁茂するか，またなぜ特異な形や色や習性――それに消化作用，造血等のような習性――をもっているのか。）［下線部は原テキストのまま，以後同様］

＊ハーバート・スペンサーの影響を受けたハーンは生物学的進化論を社会発展の説明原理として適応しようとする。特に生命科学への関心は強く，自然淘汰に生き残るための自然のつくりだした不思議な能力や特徴について注目する。それは彼がアニミスティックなものに畏敬と深い関心をもっていたからであると考えられる。

【2】　語源

The generally accepted meaning of Tsuchigumo is "Earth-spider"; and in old Japanese books these cave dwellers are pictured as enormous spiders, — Still, some say, the word is a corruption of Tsuchi-gomori, which would mean

"Earth-hiders." Such is the opinion of the translation of the Ko-ji-ki.(土蜘蛛の一般的な意味は「土—蜘蛛（earth-spider）」である。日本の昔の書物ではこれら洞穴動物は巨大な蜘蛛として描かれている。この語は「土に隠れるもの」（Earth-hiders）を意味する土篭りが変質して出来たものと考えている人もいる。『古事記』の翻訳の考え方はこのようなものである。）

＊ハーンは語源の重要さをよく知っていた。すでにニューオーリーンズの『タイムズ・デモクラット』（1884（明治7）年11月16日）の記事「頭の中の辞書」（"Mental Lexicon"）の中で「語の歴史をたずねての語源研究は大いに役立つだろう。いったんその語の歴史を知るとその語は記憶から去ることがけっしてないからである」と述べている。当時影響力の強かったフランスの斬新な言語学者ミシェル・ブレアルの言語理論を紹介した上でのコメントとしてこのことを言っている。尋常中学校の生徒の英作文ではあるが、若者の語源への興味を喚起する意味で特筆すべきコメントと思われる。

【3】 適者生存の原理

Not necessarily. You mean, of course, the doctrine of the "Survival of the fittest," which is no longer only a doctrine, but a positive truth. I have, however, great faith in the force of the Japanese race.（必ずしもそうではない。君はここで「適者生存」の原理を言っているのだろうが、これはただの原理というよりもっと積極的な意味で真理というべきだ。しかし私は日本民族の力に大きな信頼をおいている。）

＊これはヨーロッパ人が慈悲心のない西洋文明の力と経済競争力をもって日本に入ってきてインドや太平洋上の島々のように日本を植民地化してしまうのではないかといった生徒の作文内容に対してハーンがコメントしたものである。ここでハーンも「適者生存」の進化論的原理を真理として受け入れていたことがわかる。欧米諸国の力は認めつつも日本もそれだけの力があると言っているところ、ハーバート・スペンサーの信奉者としてのハー

ンをはっきりと垣間見ることができる。

　ここで重要なことはヨーロッパ列強の植民地にならないようにしながらも，ヨーロッパをお手本として植民地拡大政策を取りつづけてきた当時の明治政府は日本を西洋化する方向で発展させてきたのである。その結果として日本は東洋の「先進国」としてアジアにおいてヨーロッパ列強と同じように植民地政策を行使する国になっていった。このことはやがて後に世界大戦を誘発させ，日本軍備の台頭を促すことになるのである。

【4】　キリスト教

Christianity will never be accepted in Japan, except by vulgar or weakminded people. — I trust —. If the Buddhist schools would teach modern science, no Christian missionaries could proselytize the people. Out of 43,000,000 Japanese, the Christians themselves only claim to have about 60,000; and the probable truth is there are not more than 1 and 10 of these Christians in real belief. Here are the texts, you referred to:

　— "A man shall leave his father and mother, and shall cleave unto his wife"
　　Matthews 19 chap. 5th verse.
　　Also — Mark 10 "7"
　　Also — Genesis 2 "24"
These are the 3 texts of the Bible.
In Europe, a wife does not wish to live with her husband's parents. Once married, the son abandons his parents, — and helps them only in extreme cases. There is not in Europe, any of what is called filial piety in Japan, — except what the hearts of naturally good men make them do. (私は確信をもって言うのだが，キリスト教は無作法者かおろかな人間以外日本で受け入れられることはない。もし仏教諸宗派が近代科学を教えていたら，キリスト教宣教師たちはだれも日本人を改宗させることはできなかったであろう。4,300万人の日本人のうちクリスチャンといえるのは6万人程度である。そしてこれ

らクリスチャンたちのうち実際の信仰を持つ者は十分の一にもならないであろう。君が触れた聖書のテキストには「人はその父と母を離れ，妻と結ばれる」とある(マタイ19章5節)，(マルコ10章7節)，(創世記2章24節)。これら三つのテキストは聖書からのものです。

　ヨーロッパでは妻は夫の両親とともに生活したいと思わない。一度結婚したら，息子は親を見捨てる——助けるとしたらよっぽどの時だけである。ヨーロッパではいわゆる日本のように親への孝行心がないのが一般だが，心根の優しい人が例外的に孝行を行うだけだ。)

＊ここには宣教的キリスト教嫌いのハーンの心根が出ている。聖書の知識は豊かにあることはすでに彼がギリシャ正教で幼児洗礼を受けていたこと，また彼がダラム市郊外アショーのセント・カスバート神学校にいたことを考えれば十分考えられることであるが，彼は生涯の最後まで宗教的あるいは求道的精神態度をもちながらも西洋優位の宣教的キリスト教を好意的に思うことはなかった。確かに歴史を通してキリスト教が日本において根付きにくかったことは事実である。そしてハーンはギリシャ，アイルランドという周縁部のヨーロッパ人としてこのことをよく理解していたようである。しかし，ヨーロッパでは子供は結婚したら両親を顧みないというのは公平さを欠いたコメントであろう。聖書の別のところで，両親を大切にすることの重要性は記載されている。つまりハーンは生徒の文章に対するコメントという機会を借りて軸足を神道・仏教の日本の方に置き，キリスト教の西洋に対してはいささか公平さを欠いた姿勢が見られるように思える。

【5】　神道と仏教

The Karashishi are of Buddhist origin, although adopted by Shinto, since the time of Ryobu Shinto. (唐獅子はもともと仏教から来ているが両部神道の時からは神道に取り入れられた。)

＊仏や菩薩がわが国の神祇となって現れたとする本地垂迹説の根底をなす神

第 10 章　ガラス乾板によるハーン添削の英作文の紹介と分析　　163

仏調和の神道が両部神道であるが，ここでハーンは生徒に，唐獅子の由来から仏教に思いを馳せ，それが神道に入ってきたことを説き，日本の思想・宗教史的視点を踏まえて生徒にその由来を説明している。来日以降，日本の精神的な根底に触れて「取材」する姿勢をもっていたハーンはこのようにすでに日本独自の神仏混交の歴史のことをよく知っていたのである。

【6】　信仰と礼儀

Such a man is a hypocrite and an ignoramus. In his own country, he would not dare to enter the room of Her Majesty's Consuls, without taking off his hat. And a Consul is only an humble official of the Queen.（このような男は偽善者で無知蒙昧な人間である。自国では女王陛下の執事の部屋ですら帽子を取らずに入ったりはしない筈だ。しかも執事はただ女王様に仕える役人でしかないのだ。）

＊ここでは原文は「世に一番怖いものは何か？」というテーマで生徒はクリスチャンと書き，クリスチャンは天皇のご真影に礼をしないと書いている。その個所についてハーンはこのコメントを書き記しているのである。クリスチャンは信仰の問題として偶像崇拝を排する。ハーンはこのことを礼儀の問題にすりかえている。イギリスで執事にすら帽子を取って部屋に入るくらいだから女王には勿論，同じ立場といえる天皇の写真には礼をすべきだ，としているのである。時代的・歴史的背景がそうさせているにしても，クリスチャンの信仰の証の問題を社会規範の礼儀とすりかえているところにハーンの限界があるように思われる。天皇にしても，女王陛下にしても基本的には歴史的，社会的な制度であって神格化されてはならないとするキリスト者のもつ立場はハーンにはなかったようだ。しかし次世代の育成という大きな影響力のある教育の現場にあって発しているこのコメントは西洋人であるハーン独特のスタンスを示していて興味深い。

【7】 創造者

This argument (called by Christians Paley's Argument) is absurdly false. Because a book is made by a bookmaker, or a watch by a watchmaker, it does not follow at all that Suns and Worlds are made by an intelligent designer. We only know of books and watches as human productions. Even the substance of a book or a watch we do not know the nature of. What we do know logically is that Matter is eternal, and also the Power which shapes it and changes it. (クリスチャンたちにペイリーの理と言われているこの議論は全くでたらめである。その理由は本は製本職人が，時計は時計職人が作るからといって太陽やこの世が一人の知的に優れた設計者がデザインしたということにはならない。本や時計は人間が作り出したものである。しかし本や時計というものの本性は我々には分からない。我々に論理的に分かっていることは物質とは永遠であり，それに形を与え，その形を変えることのできる大きな力の存在もまた永遠であるとする論理である。)

＊本は製本職人が，時計は時計職人がつくるようにこの世界は一人のすぐれた設計者(デザイナー)によって創られたとする考え方がある。この考えはいかに愚かなものであるかをハーンは指摘する。前者は人間の所業であるが，後者はそうではないというのである。この指摘にはハーンの科学的合理主義を尊重する立場が垣間見られる。物質とそれを形作り，ある変容を与える大きな力の存在は永遠のものである，という指摘は彼のなかに万物生成の根本原理の存在への予感を感じさせてくれるものであるが，ここでは友人の天文学者，パーシバル・ローウェルから受けた影響があったにちがいない。

【8】 文明と宗教

At one time the Greeks and the Egyptians, both highly civilized people, believed in different gods. Later, the Romans and Greeks, although highly civilized, accepted a foreign belief. Later still, these civilized peoples were conquered by races of a different faith. The religion of Mahomet was at one time that of the highest civilization. It is very doubtful whether the civilization of a people has connection whatever with their religion. — In Christian countries, moreover, the most learned men do not believe in Christianity; and the Christian religion is divided into countless sects, which detest each other. No European scientist of note — no philosopher of high rank — no 'really' great man is a Christian in belief —. (かつて高い文明を誇っていたギリシャ人やエジプト人両者ともさまざまな神を信じていた。後にローマ人やギリシャ人は高度な文明をもっていたが外来の信仰を受け入れた。さらにそれより後，この高度な文明人たちは他の信仰をもった民族に征服された。マホメット教は一時最も高い文明を誇っていた宗教であった。それがどのようなものであれ，文明が宗教と何らかの関係があるかどうかは疑わしい。──さらにキリスト教圏の国々では最高度の教養人はキリスト教は信じてはいない。そしてキリスト教は無数の宗派に分かれ，互いに争っている。優れたヨーロッパの科学者──高名な哲学者も──誰一人として，また「真に」偉大な人物は誰一人としてキリスト教の信者ではない。──)

＊ここでハーンはギリシャやエジプト文明下では多神教が一般であったことを指摘する。ローマはキリスト教を国教にし，ラテン語を公用語にして政教一致で国家の基礎を固めた。しかしこの帝国は5世紀後半にゲルマン民族によって分裂させられた。ゲルマン民族は低地ドイツからきた素朴な多神教徒たちであった。そしてハーンの言う通り，キリスト教は多くのセクトに分かれて時に激しい宗教戦争を引き起こした。ここからハーンは文明と宗教の必然的なつながりについては疑問を呈している。しかし「優れた科学者」「高名な哲学者」「真に偉大な人物」は誰一人としてキリスト教の信者ではなかった，とコメントしている点はそのまま鵜呑みにはできないであろう。ここにもハーンのキリスト教に対する公平さを欠く視点があるといえる。問題はむしろハーンの中にあってここまでキリスト教嫌いにさ

せた理由にこそ思いを馳せなければならないと思われる。

5. まとめ

　ハーンが来日後松江の島根県尋常中学校の英語の教師として教壇に立ち，生徒たちの英作文に添削を加え，返却したものが時を経て乾板という形にしろ見ることができることはひとつの驚きであり，喜びである。生徒たちの書いた英語自体への加筆・修正のコメントは言うまでもなく多くあるが，それ以外に生徒が書いたことの内容に触れてさまざまな評（コメント）や助言（アドバイス）を惜しまず与えていることは注目に値する。本稿は熊本県立図書館で今回新たに見つかったハーンの松江時代の英語の授業で二人の生徒（大谷正信，田辺勝太郎）に対してコメント・アドバイスしたガラス乾板を基に分析してみた。第一に課題としてハーンが生徒に課した課題をできるだけ詳しく紹介した。第二に実際のハーンによるやや長いめのコメント・アドバイスの具体例を示しながらそれぞれについて筆者のコメントを付け加えた。ここではハーンが特にスペースを割いてコメントしている話題のうち際立ったものを紹介した。今回紹介・分析した内容は「科学」「語源」「適者生存の原理」「キリスト教」「神道と仏教」「信仰と礼儀」「創造者」「文明と宗教」の八つのジャンルであった。

　ハーンは教育の現場において学生の書いた英作文からも日本のことを学び，同時に自ら学び，知っていたことは丁寧に学生に伝え，アドバイスしていた。その内容を明らかにするものとして今回のガラス乾板の発見のもつ意味は大きい。同時に書かれてあるコメントを通してハーンが一人一人の学生に対してどのような姿勢で臨んでいたかがよく分かる資料でもある。この資料を通してハーンは一貫して学生に対しては同じ目線に立ち，共感と励ましの姿勢があったことが窺える。ジャーナリスト，ハーンに加えて教育者ハーン像を垣間見るのに今回の発見はまことに説得力のある貴重なものであったといえよう。

[**参考文献**]

洗川暢郎（1991）「ラフカディオ・ハーンと理科教育観」『へるん』28 号，pp. 17–19.
太田雄三（1994）『ラフカディオ・ハーン——虚像と実像——』岩波新書
角田洋三（1996）「教師としてのハーン」『へるん』33 号，pp. 7–9.
小泉　凡（1995）『民俗学者・小泉八雲』恒文社
梶谷泰之（1990）「ハーンを怒らせた学生」『へるん』27 号，pp. 34–36.
千石英世（1987）『ラフカディオ・ハーン著作集　第四巻』恒文社
高木大幹（1978）『小泉八雲と日本の心』古川書房
西野影四郎（2000）「教師ヘルン（二）」『へるん』37 号，pp. 36–38.
根岸磐井（1933）『出雲における小泉八雲』松江八雲会発行（再改訂増補版）
萩原順子（1991）「ラフカディオ・ハーンと語学教育」『へるん』28 号，pp. 14–16.
平川祐弘（1988）『小泉八雲とカミガミの世界』文藝春秋
平川祐弘（2004）『ラフカディオ・ハーン』ミネルヴァ書房
丸山　学（1936）『小泉八雲新考』北星堂書店

第 II 部

ラフカディオ・ハーン顕彰
没後 100 年記念講演

没後100年に思う，ハーンの未来性

小　泉　　凡

　皆さん，こんにちは。ご紹介いただきました小泉凡と申します。
　今日は，このシンポジウムに先駆けまして，本学石原先生作の素晴らしいレリーフの除幕がございましたけれども，あのレリーフを見ておりますと，ハーンがその辺にいるような気がしました。本当にああいう人だったのだろうということを直感致しました。

1.　各地で再評価される小泉八雲

　実はハーンの墓は，東京は雑司ヶ谷の都立霊園の中にあり，墓をつくった時に，ハーンの好きだった椎の木を植えたんですね。それが百年経ってずいぶん太くなりまして，ついにこの夏，これ以上放っておくと根が張ってきて，小泉八雲の墓が倒れてしまう，あるいはひびが入ってしまうという状況にまでなりまして，泣く泣く椎の木を切ったのです。そうしたら何だか寂しい感じがしました。百年も生きてきた椎の木で，ハーンの魂が宿っているようにさえ感じていたものですから。そういう寂しさの中で，今日のレリーフの建立はハーンに新しい生命が吹き込まれたような思いがしまして，大変嬉しく，また旧制五高の中の一等地に立てていただきましたことを，子孫としまして光栄に思っております。
　今日は「ハーンの未来性」というテーマで，お話しさせていただきますが，まず最近の愛好者組織の動向について感じていることをお話いたします。それ

はハーンとの直接のゆかりがうすい場所，直接住んでない所で，今世紀に入ってから愛好者の団体が出来上がっているということなんですね。子孫にとっては，これは大変嬉しいことです。たとえば京都には「洛北盛年団」，また広島には「広島小泉八雲研究会」というのが出来ました。北陸の富山でも「富山八雲会」が立ち上がり，大変熱心に活動をなさっています。富山は縁がないといったら怒られます。ハーンの蔵書，2,435冊が富山大学にあるのですが，ただ，今まであまり活用されてこなかった経緯があります。しかし，今世紀になってから，そういう組織が出来上がって，富山大の蔵書とも有機的につながりながら，非常に活発な活動をされています。また，まったく縁のなかった東北地方の宮城県にも「みちのく八雲会」という小さな会が，一昨年誕生しました。

うかがいますと，この熊本でも新たに今夜，「熊本八雲会」の発足式があるということで，子孫としては嬉しい気持ちでいっぱいです。愛好者の会が組織されるということは同時に，小泉八雲に今日的意味が認められるようになり再評価されている，そういう動きと連動しているのかなという気がするからです。

2. ハーンとボナー・フェラーズ

ハーンが戦後の日本に与えた影響というのを，最初に申し上げたいと思います。というのは，これは自己紹介を兼ねておりまして，私の凡という変わった名前と関係があるからです。ボナー・フェラーズ（Bonner Fellers）という人物がいます。ダグラス・マッカーサーの最も信頼する部下でした。実はこの人が，ラフカディオ・ハーンの大変な愛読者だったのです。戦後日本の青写真を作ったのもフェラーズ氏と言われておりますが，そこにハーンが介在していたのです。

ボナー・フェラーズは，アメリカ・インディアナ州のリッチモンドにあるアーラム・カレッジという小さな大学に1914年から1916年までの2年間在学していました。アメリカの大学は今でもチューター制度というのがあり，新入生が大学に慣れるまでの間，勉強の仕方，授業の取り方を先輩が教えてくれる制度ですが，ボナー・フェラーズのチューターとして，和服を着た日本人女性が来

たのです。フェラーズはびっくりしてしまいます。

　それが今まで日本側の資料では，逆に「ボナー・フェラーズが日本女性をチューターとして指導していた」と言われていたのですが，ちょうど2001年のテロ事件のあった年に，交換教員があたりまして，私はアメリカに7ヵ月住んでおりました。その間にこのアーラム・カレッジから連絡があり，「もしアメリカにいるのだったら是非レクチャーしに来ないか」と言われまして，行って来ました。その際，*Earlhamite*（1998年冬号）という冊子を1冊もらったのですけれども，その中でリチャード・ホールデンという人が，"Saving the Throne"という題で，ボナー・フェラーズのことを詳しく書いていたのです。

　これを読んで驚いたのは，「渡辺ゆりという日本人女性がフェラーズを指導した」と書いてあったのです。最初嘘じゃないかと思ったのですが，ちょうどそこにホールデンさんご本人もいらしたので確かめて，私自身もアーカイブで資料を見たら，確かにそうなのです。ボナー・フェラーズが渡辺ゆりから，いかに強いインパクトを受けたかが想像できます。後に，フェラーズの娘のナンシーさんは「父はゆりを通して日本に恋をした」と回想しておられます。それがフェラーズと日本の出合いでした。

　その後，フェラーズは職業軍人になるためにウエスト・ポイント士官学校に移ります。軍人になってから，初めて1922年に日本を訪れます。そして久しぶりに渡辺ゆりと出会います。その時に，「自分はもっと日本という国を知りたい，日本の文化を知りたいけれども，たとえばどんな本を読んだらいいか」とゆりに相談します。するとゆりが「ラフカディオ・ハーンを読みなさい」というふうに答えたそうです。最初に『日本──一つの解明─』という本を読んで，すっかり感激してしまい，その後ハーンの著作集を買い漁って，全部数年間の間に読んでしまったという人なのです。

　明治の教育者に河井道（かわいみち）さんという方がおられます。恵泉女学園の創設者で，新渡戸稲造さんの信頼が厚かった人ですけれども，その河井道さんの最も信頼した生徒が，渡辺ゆりさんです。だから非常に早い時期にアメリカに留学し，そしてフェラーズとの出会いがあったわけです。

その後，ボナー・フェラーズは1932年頃から小泉家を度々訪問されるようになり，最初においでになった時は，小泉セツと小泉一雄(八雲の長男，凡の祖父)が対応しました。その後，小泉家とも大変親しくしておりました。

　そういう中で戦争が始まりまして，不幸な関係が生じたのですけれども，今度は終戦後，ボナー・フェラーズは，マッカーサーの腹心として日本にやってくるのです。まず焼け野原になった東京で，ハーンの遺族はどこにいるかを探し出して，GHQ本部に呼び寄せたのです。その時，私の祖父の小泉一雄は大変感激いたしまして，こういう印象を語っております。

　「実に礼儀正しい紳士であった。先妣(注：小泉セツ)生存中，氏が中尉時代からの交友で，戦時中若しやマニラ辺りで捕虜となり，苦しんで居られはせぬかと案じていた其人であった。氏は終戦と共に日本へ飛来，同時に私共一家の安否を気遣われ，八方手を尽くして探された。遂に第一相互ビル6階で面会した時には，緑眼に涙を浮かべて老生を抱擁され，『妻子はどうした？』が第一声であった。日本はアメリカに戦争で負けた。科学で負けた。が今，私は人情でも氏に負けた。論語巻頭の『朋あり遠方より来る亦楽しからずや』の一語がこの時頻りと脳裏に浮んだ。」(『父小泉八雲』小山書店，1950)

　大変感激したことがうかがわれます。

3. ハーンの天皇論

　その後ボナー・フェラーズは，戦後の皇室問題を担当し，「天皇に関する覚書」というメモ帳を作成します。この覚書を作るにあたって，ハーンの『日本—一つの解明—』という本がずい分参考にされたと言われております。そこで実際，「天皇に関する覚書」の一部をここにご紹介したいと思います。

　「日本人の天皇に対する態度は一般的には理解されていない。キリスト教徒と異り，日本人は霊的に交わるゴッドをもっていない。日本の天皇は日本

人の祖先の美徳が，その御一身の中にあるとする，民族の生きた象徴である。(中略)この天皇を戦争犯罪人として裁判にかけることは単に冒瀆不敬であるばかりか日本国民の精神の自由をも否定するものである。」(平川祐弘『平和の海と戦いの海』新潮社，1983)

　こういうふうな結論を出して，結局昭和天皇を東京裁判にかけてはいけないということを強く主張しました。その結果，このような戦後が実現したわけです。
　では，ハーンの『日本――一つの解明――』というのはどんな本かと言いますと，ハーンの卒業論文と言われまして，日本の精神史をハーンなりにまとめ直したものです。最近，平川祐弘先生の研究によって，フュステル・ド・クーランジュの著書『古代都市』の影響をずい分受けているということが分かってきましたが，結局，八雲はクーランジュが言っているように，「地中海世界と日本は，同じように多神教世界である。しかし違うところはキリスト教の感化を受けずに，今でも祖先崇拝が濃厚に残っていて，日本の国の宗教というのは，言ってみれば祖先崇拝だ」ということを言っています。
　祖先というのは，死者の魂は超自然的な力を持つという意味では，時には神になることもある。それからさらに，祖先崇拝の基盤というのは家庭の祭りにある。ハーンが熊本で手取本町の家を借りる時に，神棚がなくて，神棚を作ったという話は有名ですけれども，祖先崇拝は神棚や仏壇を毎朝毎晩拝むという家庭の祭りから始まっているという理解なのです。さらにそれが，ちょっとレベルアップすると氏神様の祭りというのがある。氏神というのは先祖の霊の統合体みたいなものだというのです。さらにその上に大きな神社，氏神を統合するような一の宮の祭りがある。そのピラミッドの頂点に，伊勢神宮の祭りというのがある。
　伊勢神宮は天皇家の祖先を祀っているのだから，国民は当然，天皇をも敬うのだ。天皇はいわば神の権化のような存在だという考えを日本人はもっていることを紹介しております。このあたりに，ボナー・フェラーズは共感したのだ

と思われます。

　それから，岡本嗣郎さんが2001年に，ボナー・フェラーズと河井道の伝記を出版されました。その中に非常に珍しいインタビューが紹介されています。それは，1973年にボナー・フェラーズがアメリカでテレビのインタビューにこたえたもので，そのテープが，コロンビア大学に残されていたらしいのです。その中身をご紹介しますと，「GHQの内で，天皇訴追を支持するマッカーサーの側近はいたか」「いた」「それはだれか」「そうだなあ，実質的には全員だ。だれと名前をいうのは差し控えたい」「だれかその問題に関して君に意見をいった人間はいるか」「いや，だれもいない。私は天皇の訴追を望む人間とは親しくなかった。マッカーサーのスタッフの多くが，天皇訴追に賛成していたのは間違いない」「多くのスタッフとは，司令部内の若い層をいっているのか。それとも上層部のことをいっているのか」「上層部のことだ。私の考えと彼らの考えは，まったく正反対だった。私の知るかぎり，天皇を裁いてはならないと考えていたのは私一人だった。私は本当に天皇を理解している数少ないアメリカ人の一人だった」「その理解の基礎は何か」「ラフカディオ・ハーンだ。私はハーンのあらゆる著作を持っている。すべて読んだ。140冊ほどあると思う」。ちょっとおおげさだと思いますが(笑)，「彼が私に日本を教えてくれた」「ハーン以外の作家は？」「ない。彼一人で十分だ。ほかにだれも必要じゃなかった」(岡本嗣郎『陛下をお救いなさいまし～河井道とボナー・フェラーズ』)。こういうふうに，インタビューに応えています。したがって，フェラーズが日本の戦後を描く際に，ラフカディオ・ハーンの日本理解の影響を受けたことは間違いないと思われます。

4. フェラーズと小泉家との交流

　ボナー・フェラーズから小泉一雄にあてた手紙をご紹介します。これは1945年11月17日に，アメリカ大使館でパーティーが開かれたらしいのですが，その時にフェラーズが一雄に寄せたメッセージです。小泉一雄はこの熊本で1893(明治26)年の11月17日に生れておりますので，この日はちょうど52歳の誕生日です。その最後の3行ほどに，"in deep appreciation of your marvelous parents"と書いてあります。つまり「あなたの素晴らしいご両親に深い感謝の念を持って」，"Bonner Fellers Brig. Gen. U.S.A（アメリカ陸軍准将ボナー・フェラーズ）"というサインをすらすらと書かれて，書いたパーカーの万年筆を一雄にプレゼントされた。一雄は生涯，この万年筆を大切な宝物にしまして，1950年に出版する父の思い出の本，『父小泉八雲』も，この万年筆で執筆したということです。

　"deep appreciation"は必ずしも世辞ではなくて，ボナー・フェラーズ氏の心からの感謝の気持ちであったように思われます。とにかくその人柄に惚れて，一雄は初孫である私が生れた時に，「凡」という名前をつけました。また，私の父，小泉時に在日米軍指令部報道部の仕事を紹介されたのもフェラーズ氏でした。

　はからずも戦後日本の統治のあり方に，ハーンの日本の見方が反映されたというわけですが，これについてはいろいろな価値判断ができると思うのですけれども，今日，注目しておきたいのは，ハーンが祖先崇拝という日本の精神文化を深く理解して，それも民衆の視線で見ていたということですね。平田篤胤の翻訳本を読んだだけの神道理解というのではなく，毎日，神棚や仏壇に手を合わせる日本人の家族と共に過ごして，まさに民衆の祖先崇拝の気持ちを体得していたということですね。ということは，ハーンという人は昔から弱者の視線と言いますか，民衆の文化を愛していました。そして，「かそけきものの声音」に耳を傾ける人だったと思います。

5. かそけきものの声音

　「かそけきものの声音」という言葉は，平成2年の暮れ，熊本日日新聞の新春企画の対談で石牟礼道子さんとお話しした際に，石牟礼さんが使われた言葉です。大変いい言葉だと思いまして，今日，ご紹介させていただきました。

　同時にそれは，周縁性ということにもつながるのかと思います。ハーンはいつも中心よりは端の方を見ている人でしたし，自分自身もギリシャ系アイルランド人というマイノリティの血筋を自認していました。今，周縁部に光が当てられる時代になってきて，また再評価されているのではないかということを感

じています。

それに関して、1996年に松江で大江健三郎さんとお目にかかったときに、大江さんが突然こんなことを言われました。「私がノーベル文学賞をもらったことと、ラフカディオ・ハーンが今、再評価されていることは関係がある」「それはどういう意味ですか？」とたずねると、「それは一言で言えば周縁性ですよ。私の前にもらった人はセント・ルシアというカリブ海の島出身のデレク・ウォルコットという人で、それから私がもらって、次にもらったのは北アイルランド出身のシェイマス・ヒーニー。文化で言うとクレオール、日本、ケルト。これは八雲さんの人生におけるもっとも重要な異文化体験と重なっています。まさに19世紀20世紀の歴史認識にはほとんどなかったような、少なくとも表舞台には出てこなかった文化で、今そういうところに光が当たり始めたので、自分も陽の目を見た」というようなことをおっしゃった。そういう意味でも、ハーンの今日的意味というのがあるのかと思います。とにかくハーンは、他者である日本を西洋中心主義に陥ることなく認識したわけですが、その未来的な価値観が、再評価の理由にもなっていると思います。そういうハーンの今日的な意味を、今日は「共生」ということに着眼して考えてみたいと思います。

6. 異文化の共生──ハーンによるクレオール評価

ハーンは来日前に、アメリカのニューオーリンズに10年、カリブ海のマルティニーク島に20ヵ月ほどいまして、ここでクレオール文化に強い関心を寄せ、自らクレオール文化の中に入り込んでいます。

このクレオール文化というのは、簡単に言えばアフリカ系文化とヨーロッパ系文化の混合の文化です。そして従来、植民地主義とか、キリスト教を肯定する立場から言うと、この混合の文化というのは正当ではない、ちょっと劣っているという見方をされていたのですが、ハーンはそういう時代にあって、クレオール文化に初めてプラスの評価を与えた人だと言われています。そして、クレオール文化の魅力を紀行文や小説、あるいは料理のレシピ集、ことわざ辞典などいろいろな形で紹介しています。

とくに料理に関して言いますと、ハーンがニューオーリーンズ時代に書いた『クレオール料理』(1885)がこのジャンルの料理におけるはじめてのレシピ集ということで再評価されております。たとえば、日本では1980年代に東京の都ホテルでこの料理の本から再現したメニューが出されましたし、松江のワシントンホテルでもハーンの本から料理が再現され提供されていました。それから1999年には群馬県の調理師学校から連絡がありまして、「『クレオール料理』をテーマに文化祭をやりますので、ぜひ講演に来てください」というので行ったのですが、驚いたことに、ハーンの『クレオール料理』から数十種類のメニューを生徒が復元したものが、展示されておりました。同時に、クレオール料理講習会やクレオール文化のパネル展示等もされていて、非常に立派な文化祭でした。あるいは、これは昨年の話ですが、アメリカ・ルイジアナ州のゴンザレスにある The John Folse Culinary Institute (ニコラス・ステイト大学の料理研究所)から、「今年から全米で最優秀の調理人に『ラフカディオ・ハーン賞』を出すことにしたから(笑)、その授賞式に来てください」という連絡を受けて驚きました。しかし、残念ながら勤務先の短大の入試の日と重なってしまい行くことができませんでした。

それから2000年には熊本アイルランド協会の皆さんとマルティニーク旅行にご一緒させていただきましたが、その時に嬉しく思ったのは、フォール・ド・フランスという島最大の都市の中心部に広場があって、その名前が「ラフカディオ・ハーン広場」といい、そこの駐車場が「ラフカディオ・ハーン駐車場」という名前になっていたことでした(笑)。同時に近くにジョゼフィーヌ(マルティニーク出身、ナポレオンの妻)の美しい胸像があることは1989年に放映されたテレビ番組で知っていたのですが、2000年に行った時には、首がもぎ取られて落書きがされていたのです。何とも無残な姿になっていました。

これはまったくの主観ですが、今まではマルティニーク出身の最大の英雄はジョゼフィーヌだったのですが、しかしポストコロニアリズムの時代になり、歴史認識の仕方が変わってくると、フランスに渡って貴族化した人よりも、クレオール文化の魅力をポジティブにえがいた作家の方が再評価される、そういう

時代になったのか，という実感を覚えました。

　ハーンは，異文化が接触し，融合したり共生したりすることを肯定し評価したのです。実際マルティニーク島は，1946年からフランスの海外県になっていますが，ミッテラン氏が大統領に就任するまでは，フランス語とアフリカ語が接触してできたクレオール語という，島の人が一般に使うピジン的な言語を学校内でしゃべると，方言札をかけられ廊下に立たされた，そういう時代があったわけです。そして肌の白い人たちはルーツをフランスにもとめ，肌の色の黒い人は，ルーツは神秘的なアフリカに仰ぎみるといった具合に，島に住んでいる人同士が二項対立的にルーツをとらえ，人種的に共生できていない状態があったのです。

　それが80年代になってからは，むしろ「ラ・クレオリテ」という新しい発想で，「我々はカリブ海に住んでいてみんな混血しているのだから，それでいいじゃないか。それをむしろ，ポジティヴにアイデンティティとしてもっていけば，もっと豊かになれるのではないか」と考え始めています。ヨーロッパ中心主義でもなく，アフリカ対ヨーロッパ，カリブ諸国対ヨーロッパといった二項対立の認識を超越したマルチアイデンティティの概念です。ハーンは，「ラ・クレオリテ」につながるようなポジティブな評価を，すでに百年前に，クレオールに対して与えていました。そういう認識がいま再評価されているのではないかと感じます。

7. 自然との共生

　さらにハーンは，「自然と一緒にやっていけない人間はだめだ」ということをよく言っております。これは，特に日本に来てからそう感じるようになったのではないかと思います。

　松江にハーンの旧宅（ヘルン旧居）が保存されていますが，北側にある小さな借景庭園をハーンは好みました。そこには小さな池があって蛙が棲んでいる。蛙が鳴くと蛇が蛙を捕ろうと出てくるのです。そうするとハーンは肉片を投げてやり，蛇の空腹を救い，その間に蛙も池に飛び込んで命が救われるわけです。ど

ちらか一方ではなく両方救うんですね。そしてよく庭を観察すると，土蔵の下に1匹のイタチが，池には亀が棲みついていることが分かる。朝になると鳥たちがやってくるが，とくに山鳩がお気に入りでした。トンボや蝶もやってくる。夜になると虫たちがきれいな声で鳴いてくれる。本当に自然の中で生き物がお互いに共生していて，人間も自然の一部として生きている，そういう感覚を持つんですね。そして日本人の自然観というものは素晴らしいと，観察から感じ取ったようです。

『日本の庭』から一部をご紹介しますと，「樹木には——少なくとも，日本の国の樹木には魂があるという考え，これは日本のウメの木やサクラの木を見たことがある人なら，さして不自然な想像とは思わないだろう。げんに，出雲やその他の地方では，この考えは一般庶民の信仰になっている。(中略)樹木というものを『人間の効用のために創造されたもの』と考えていた，昔の西洋の正統な考え方などよりも，かえってこの方が，はるかに宇宙的真理に近いものとして首肯できるともいえよう」(平井呈一訳)。日本のアニミズムの思想を，また日本人の自然観を高く評価しています。

この考えは1894年に熊本の五高で行った有名な講演である「極東の将来」の一節にもはっきりと出てきます。「生存すべき最適者は自然ともっともよく共生でき，わずかで満足できる人々である。宇宙の法則とはこのようなものである」(中島最吉訳)と。まさに21世紀の現在，「自然との共生」というのは地球規模の課題だと思いますけれども，ハーンは百年前にすでにそのことを感じていたことが分かります。

ちなみに，この講演については，レリーフもキャンパス内に作っていただいていますし，また中島先生はじめ多くの方々の翻訳も出ています。最近ではこの講演をインターネットで見られるようになりました。翻訳したのは鳥取県米子市にある米子高専の桃井祐一先生ですが，これが熊本の国府高校のホームページにリンクしているのです。それを見たジャーナリストの岩見隆夫さんが心動かされ，すぐコピーをして小泉首相に持っていったということが，一昨年の1月の「サンデー毎日」(2001年1月6日・13日合併号)に載っておりました。ちょっ

とだけご紹介しようかと思います。

「『簡易・善良・素朴』という日本人本来の特性に立ち返ることこそ，この危機的な空腹を埋める唯一の道ではないかという思いが強かった。2001年末，小泉純一郎首相にお会いした折も，翻訳本をお渡しして，『たまたま同姓の小泉八雲が，百年以上も前に貴重な言葉を語り残していますよ。今に生かせるのではありませんか』と言ってみた。『そおねえ，浪費を憎むなんて言うと，また小泉は貧乏神だなんて言われそうだねえ……』と小泉さんは多くを語らなかった……。」

そういった現代のジャーナリストの心にも訴える力を持っていたのかということを嬉しく思います。

最近，大変人気のある宮崎駿さんのアニメーションを見てみると，同じような見方を感じるのです。たとえば『平成狸合戦ぽんぽこ』『もののけ姫』などがありますが，宮崎駿さんのアニメには，必ず人間を離れたところから見よう，違う世界から人間を見ようという視点が現れていると思います。

『平成狸合戦ぽんぽこ』というのは，私が育った多摩丘陵の先住民である狸の側から，人間の多摩ニュータウン開発を描いたものです。それから『もののけ姫』は，たたら製鉄という日本の伝統的な産業が描かれながらも，同時にたたら製鉄をするために大量の木炭で砂鉄を溶解した。その時にどれだけ木を伐ったか。すでに山地には，精霊たちが住んでいた。その精霊たちから見ると，森林破壊，公害というか，自分たちの住処を失うような，そういうことでもあったというメッセージが込められているのを感じます。

あるいは有明海の干拓については，梅原猛さんが『スーパー狂言ムツゴロウ』というのを作られた，そういう経緯もありますけれども，やはり人間を少し離れたところから見て相対的にみつめよう，という思潮の時代なのです。そういう意味でもハーンの未来性が評価されているのかと思います。

8. 異界との共生

さらに，自然だけではなくて，超自然的な世界，異界とも共生しなければ人間は豊かになれないということを，八雲はいつも感じていました。

たとえば，東大講義の「詩論」の中に次のような文章があります。これはおそらくアイルランド時代のことを回想していると思われます。

> 「過ぎしいにしえのとき，森や川には目に見えないものたちが住んでいた。彼のかたわらを天使や悪魔が歩いていた。森には妖精が，山には小鬼がおり，辺境地方には飛び交う精霊がいた。死者は時々戻ってきて，伝言を伝え，あるいは誤りを譴責するのだった。踏みしめる大地，草花の生い茂る野，ふり仰ぐ雲，天なる光，いずれも神秘と霊に満ちあふれているのだった。」（村井文雄訳）

子どもの頃のハーンは，いつもケルトの霊の世界に接していたわけではありません。ダブリンにいて厳格なカトリック信者の大叔母サラの目が光っている時には，なかなかそういうことはできなかったのですが，夏場にはしばしばトラモアやコングなど辺境地帯に行って，妖精の輪を探して遊んだり，ケルトの昔話を乳母のキャサリン・コステロに聞くような，そういうチャンスに恵まれたのです。それが日本の霊的世界を理解するのにずいぶん役立ったということは，言うまでもありません。

実際，ハーンは1901（明治34）年9月24日に，後にアイルランドを代表する詩人となるウィリアム・バトラー・イェイツにあてて，「私はアイルランドの事物を愛すべきだし，また実際愛している」という手紙を送っているのですが，その理由として，「自分にはコナハト地方（アイルランド西部地方）出身の乳母がいて，妖精の話や怪談を聞かせてくれた」からだと言っています。だから，日本に来てからも超自然の世界のことを，大変重視しております。東大での講義の中の「小説における超自然的なものの価値」から一部をご紹介します。

> 「超自然の物語が純文学においてはすでに時代遅れであると考えるのは間違

いである。(中略)どんなに知識が増えようと，世界は依然として，超自然をテーマとした文学に歓びをみいだす。この先何百年たとうがそれは変わらないだろう。霊的なものには必ず一面の真理（truth）があらわれている。」
（『ラフカディオ・ハーン著作集』第 7 巻）

　このtruthという言葉を，ハーンはとても好んでいたようです。たとえば「夏の日の夢」の中で，伝説が千年も生き残ってきたのは，その中に"truth"があるからだと言っていますし，日本の迷信の中には，やはり"truth"があると言っています(1893年4月5日付，チェンバレン宛書簡)。ハーンの言うtruthを翻訳するのは難しいのですが，人間が生きていくためにかけがえのない示唆を与えてくれるような世界，人間に豊かさを与える根源的な力というようなもの，そういうものを想定していたのではないかと思います。そして，「truthに対する人間の関心が小さくなったりは決してしない」と予言しているのですが，今日，確かにその予言があたっているような気がします。
　『ハリー・ポッター』が空前のベストセラーになりましたが，あれも異界との共生と言いますか，人間の世界とホグワーツ魔法学校の両方が舞台となり，むしろ魔法学校という異界から人間世界を批判的に見ようとしています。また「妖怪ブーム」という時代が来ていると思うのですが，子どもたちは学校の怪談を再生産したり，水木しげるさんの世界を通して妖怪にはまっている子がたくさんいます。昨年の8月に開館した境港市の「水木しげる記念館」は，1年間で30万人の入館者がありました。もう少し大人向けのものでは，日本文化研究センターの小松和彦さんらが「怪異・妖怪伝承データベース」を2002年に作られましたが，1年間に27万件のアクセスがあったんですね。これは文科省の科研費が与えられた「日本における怪異・怪談文化の成立と変遷に関する学際的研究」という共同研究の成果の一部で，さらにその成果は2003年に『日本妖怪学大全』という論文集として刊行されています。このように妖怪研究は近年，ようやく学界でも公的に認められるようになったのです。
　こうした状況をみますと，ハーンが予言したように，今日，霊的なものに対

する人々の関心の高さは，決して衰えていないのではないかという気がいたします。

このように人間界と自然や異界との共生，あるいは異文化の多様性を認識するというのは，簡単な言葉で言えば，他者への思いやりの気持ちを持つこと，あるいは，離れたところから人間自身を相対的に見つめるということに帰結してくるのではないかと思います。

20世紀は人間中心主義で人間が思い上がった時代とも言われますが，21世紀はそれではいけないという反省のもとに始まっています。そういう意味では，ハーンは百年前からすでに相対的に人間を見つめることができた人なのだと思います。

今日は，子孫としてハーンのいいところばかり宣伝しているような気がして(笑)，本当に気が引けるのです。だから言うだけではだめだと思い直しまして，これを社会に役立てることはできないかと考えました。

9. 子どもたちはハーンをどうとらえたか

それでこの夏，試してみたのが，「子ども塾・スーパーヘルンさん講座」という企画でした。名前を付けたのは私の妻なのですが，「スーパー」という流行の言葉を使う以上(笑)，「スーパー」なりの所以がないといけません。ともかく「ハーンの人や作品」について講師が語るという形式は，もうすでに各地で行われていますし，ただの公開講座になってしまっては面白くないということで，ハーンの感覚で現代社会，あるいは自分の住んでいる町を見直してみたらどうだろうかと考えました。

8月に4回，小学校5年生から中学校3年までを対象に実施しました。とくに不安定になりがちと言われる年齢層の子どもたちを対象にしたのです。新聞によりますと，2003年度は小学生の暴力が過去最多になって，1,777件の暴力事件があった。これは2002年度に比べて27.6％もアップしているということです。非常に悲しい気がしました。この理由を心理学者や教育の専門家がいろいろと模索しているようです。コミュニケーション能力が低下しているとか，他

動性症候群の子が増えている，それからストレスをためている子が多いとか，いろいろなことが指摘されていますが，まだ因果関係はよく分かっていません。私の息子は小学校6年生なのですが，日々の生活をみていると，学校で授業を受けている時，放課後部活動をしている時，それから家に帰ってゲームをしている時，大体この3つの部分からなっている気がするんですね。これに塾が入る子もいます。やはりこれだけでは，何か足りないのではないかと思うのです。

　そこで「子ども塾」の4回は，毎回，ハーンの作品を音読しました。齋藤孝さんの真似をさせていただきました。確かに声に出して読むと，感覚が開き，積極的になれる，脳も活性化するというのも納得できました。それから今度は，聴覚も開こうということで，下駄をはいて木の橋の上を歩いてみました。ハーンはこの下駄の音が大好きだったのです。それからハーンは左眼を失明していましたので，左眼だけをつぶって，耳を澄ましてもらいました。そうすると，普段聞こえない音も耳に入ってくる。部屋の中にいてもセミの声が聞こえるし，虫がブーンと飛んで入って来る羽音まで聞こえたりする。旧居の庭を30分ぐらいじーっと見つめる。そんなこともやってみました。それから，松江城の森の中を，目を閉じて手を引いてもらって歩き，手で落ち葉に触れてみる。

　目を閉じて普段と違う感覚を体験した子どもはどんな感想を持ったかといいますと，「落ち葉が何か分からなかった」「目を閉じると不安になった」「どきどきした，だからきっとヘルンさんも不安だったんじゃないかな」。そんなことを初日に渡したスケッチブックに書いていました。「目を閉じると森の匂いがした」，そういう子もいました。ということは，逆に嗅覚というのが目を閉じることで開かれていくのだという実感も得ました。

　音読を通しては，ハーンは米つきの杵の音を心臓の鼓動になぞらえているけれども，「その想像力はすごいな」という印象を書いた子がいました。それからハーンが大好きだった，墓の中で出産した母親が水飴で子育てをしたという「子育て幽霊」の話が松江市内の大雄寺に伝わっていますが，その大雄寺の本堂で麦芽100％の水飴をみんなで試食したのです。そうしたら，「初めて水飴をなめたけど，こんな嫌味のない甘さは初めてだ」などと，小学校6年生の子が言う

んですね（笑）。こんなにスナック菓子が氾濫している時代に，「僕は10杯お代わりするまで帰らない」と言う男の子もいました。私は非常に嬉しかったです。

　また下駄の音の実験から，聴覚を開くことの大切さを感じました。松江では，「カラコロ広場」「カラコロ工房」などハーンの作品にでてくる「大橋を渡る下駄の音」から名づけられた観光スポットがあります。実はハーンは "pattering" と表現しているだけなのです。

　　It is a sound never to be forgotten, this pattering of Geta over the Oohashi …
　　大橋の上をわたる下駄の音は決して忘れられない音だ。早足でカタカタと歩く……

　日本人の魂に「下駄はカラコロ」と染み付いているのでしょうか。ハーンは別に「カラコロ」という擬音を使って下駄の音を表現したわけではありません。松江の大人たちが「カラコロ工房」とか「カラコロ広場」とかいう名をつけて，ハーンが聞いた下駄の音は「カラコロ」だと硬直させてしまったといえるのかもしれません。それを子どもたちも知らないうちに鵜呑みにしているのです。実際，下駄を履いて歩いてもらったら，誰も「カラコロ」と聞こえていない。似てはいますが微妙に違う。歩いた時は「カランコロン」「カタンコトン」，走ったときは「カタカタ」「カタッ，カタッ」「パタパタ」「コロコロ」「ガタガタ」，一人だけ「カラコロ」と聞こえたという男の子がいました。もっといろいろな感じ方があってもいいのではないかと思いました。果たして本当にハーンの耳にも「カラコロ」と響いたのでしょうか？

　こういうふうに自然の中で感覚を開くと，想像力が非常に豊かになってくると思います。想像力が豊かになれば，簡単にキレて「人を傷つけてやろう」というような，そういう気持ちを押さえられるのではないかと思うのです。相手の痛みも想像できると思うのです。つまり他者を思いやるということ。弱いものいじめが大嫌いだったハーンの心が分かるような子どもが育ってくるといい，それが多少なりとも社会のお役に立つようなことになればいいと願って「子ども塾」を実践しました。ですから，これは来年度以降も是非続けたいと思っ

ておりますし，数年間参加した子には，是非ハーンの心がわかる子ども学芸員になってもらいたいと思います。子ども学芸員のいる小泉八雲記念館は，観光客へもユニークなホスピタリティが発揮できるのではないか，そんなふうにも考えております。

　今日は，実に手前味噌なお話でしたけれども，私が今，没後100年を迎えて思っている「ハーンの未来へのまなざし」について，ひとつのとらえ方をお話しさせていただきました。
　今日はお招きいただきまして本当にありがとうございました。また立派な記念碑の建立と除幕が行われましたことを重ねて感謝，御礼申し上げます。これからのシンポジウムが一層盛り上がりますことを祈念いたしまして，私の話を終わらせていただきます。

第 III 部

没後100年記念 ハーン・シンポジウム

ハーンからの伝言
―― 21世紀に向けて（日本の近代化再考）――

1. ハーンからの伝言

コーディネーター（岩岡中正　熊本大学附属図書館長）：本日は，このラフカディオ・ハーン没後100年記念のシンポジウムにたくさんご参加いただきまして，ありがとうございます。熊本大学にとって画期的な事業でありまして，没後100年という偶然の一致ではありますけれども，時代転換の中にハーンの思想を位置付けてみようということで，このシンポジウムを開催することになりました。今日はここに4人の先生方をパネリストとしてお迎えしております。

　先ほど，小泉凡先生の方から「ハーンの未来性」というお話がございまして，非常に感銘深くうかがいました。私の方から，今日のタイトルについて，ひとこと冒頭でお話しさせていただきます。

　まず，「今なぜハーンか？」ですが，これはずいぶん言われていることですけれども，20世紀の終わり，それから21世紀にかけて，近代化の果てに私たちが失ったものについて考えてみようということです。この点について先ほどからの小泉凡先生のお話を聞いておりますと，私が考えておりましたこととかなり符合しておりまして，驚いてしまいました。案外皆考えていることは同じなのかなと思った次第です。

　今日お越しの渡辺京二先生に，和辻哲郎賞を受賞されました『逝きし世の面影』（葦書房）という書物がございます。それは結局，私たちが近代化の中で失ってきたものをもう一度考えてみようという，近代化に対する逆説的な歴史観を述べられたものです。そういう近代化や合理主義という近代思考，あるいはもっと言うなら自由主義や功利主義の社会，そういった近代化に対して，ハーンが

どのような反省を呼びかけているのか,「ハーンからの伝言」というものを考えてみようというのが,このシンポジウムの趣旨です。

　先ほど小泉先生のお話の中で石牟礼道子さんの「かそけきものの声音」というのが出てまいりました。私は近代批判の視点から少し石牟礼研究をやっておりまして, ハーンについてはこれからですが, ハーンを垣間見ましたところ, ハーンもまた, 近代後の思想としての多くの可能性や展望を持っていることに驚き, さらに学ばねばという思いを新たにいたしました。

　ハーンは私たちに対して, 20世紀までの近代化の中で「我ら失いしもの」として三つ挙げています。先ほどの話とオーバーラップするところもありますけれども, ①「超自然への畏敬」と言いますか, いわば精神世界, 私は石牟礼研究の中では「神話の回復」ということで論じておりますが, そういういわば「全体知」というようなもの, さらには, それを「アニミズム」という言い方もしますけれども, 魂や超自然的なものへの畏敬ですね。それともう一つは②「共同性」というもの, つまり近代化ではどうしても, さまざまな競争や支配や力, 啓蒙主義にしてもそうですが, そういったものが人々の間の共同性を崩壊させてしまう, 絆をずたずたにしてしまうのですけれども, それに対して家族の間の共同性, あるいは社会における共同性, 自然との共同性, あるいは歴史や時間との共同性, これは先ほど「神話」と言いましたものと深く結びついていますし, 民話の世界, そういったものと結びついています。それらの共同性が近代化の中で失われてきました。

　もう一つは, ③文化的な多様性が失われてしまいました。つまり, 一元的な価値観で世界中を席巻してしまった啓蒙主義以来の近代の価値観が文化的多様性を滅ぼしてしまったのです。今日はそれがまた新たに, (アメリカン)グローバリゼーションというような非常に極端な形で普遍化が進んでいます。これに対して「周縁性」という言葉を先ほど小泉先生は使われましたけれども, 周縁にある多様性といいますか, 「マルチ・カルチュラル」と言ったり, 「ポスト・コロニアル」と言ったりしますが, そういったものが対置されます。こうして, 精神性, 共同性, 多様性, さらにはこれらを全体として見てみますと, 今まで

の「近代の知」のような，分析をしたり理論化をしたりする合理的な知に対して，「新しい知」と言いますか，全体知，全体を感知する知，あるいは，それは内面にも及ぶし，外面，つまり体を通した身体知であるかもしれない，これらの知への大きな転換を，ハーンは示唆しているのです。

　また，先ほど「耳の世界」というお話がありましたね。ハーンにおける「音世界」の問題です。現在，「サウンド・スケープ」（音風景）ということが言われますけれども，そういう方向への関心，あるいは知のあり方，つまり合理的な分析的なあり方や機械的な知や知識ではなく，たとえば「繊細」といったものが，今日の近代後の知のあり方になってきていると思います。

　この「繊細」は，さきほど「思いやり」という言葉で，図らずも小泉先生がおっしゃったものとまさに同じだと思いますが，そういったものが今非常に懐かしく思われる。「今なぜハーンか」というとき，それはまさに以上の世界の価値転換，パラダイム転換の中で改めてハーンが再評価されているからではないかと考えます。

　ハーンは文人でもありストーリーテラーでもあり，日本の紹介者であると同時に，理想主義者，ユートピアンでもある。しかしそうした個々の側面を超えて，今日の時代の転換をさきがける「現代の思想家」だと，そういう見方はできないのかと私は思っているわけです。これまでいろいろハーンについて語られてきましたけれども，そういう形での巨視的なハーンへの視点というものを，現代思想の大きな流れの中で位置付けるべきだという思いで，このシンポジウムの準備をしたのです。ハーン研究の専門家の先生方がここにおられますので，これからいろいろ勉強させていただきたいと思って，楽しみにしております。

　では，パネリストの先生方をご紹介いたします。まず，松井貴子先生。宇都宮大学助教授で，正岡子規について比較文学の視点から，貴重な研究をまとめられまして，東京大学の比較文学で博士（学術），Ph.D の学位を取られました。そして，ご著書『写生の変容——フォンタネージから子規，そして直哉へ』（明治書院，2002 年）で，日本比較文学会賞を受賞されています。熊本大学におられましたけれども，最近，宇都宮大学にご転出になりました。

二番めにアラン・ローゼン先生。熊本大学教育学部で外国人教師をしておられます。さまざまなことに関心をお持ちで研究しておられますが，もちろんハーンについても深い造詣をお持ちです。

　それから三番めに西川盛雄先生。先生は今度のハーンの記念事業について，中核としてご活躍で，ハーンについてはプロパーの研究者であり，その他，言語学，英語学なども研究しておられます。

　最後にお話しいただきますのは，渡辺京二先生です。今日は大変ご無理を申し上げて来ていただきましたが，旧制第五高等学校のご出身でございます。皆さんご存知の通り，日本近代に関する歴史・文学・思想全般にわたる『渡辺京二評論集成』（全4巻，葦書房）という大著もございます。日本のあらゆる面にわたる思想，評論など幅広い世界を熊本の地からリードしておられる方です。一番新しいところでは『江戸という幻景』（弦書房，2004年）というとても素敵な本が，このたび出版されております。［肩書きはすべてシンポジウム当時のもの］

　それでは最初に松井貴子先生，よろしくお願いいたします。

2.　日本俳句を眺める眼——ハーンと子規

松井貴子： 松井貴子でございます。懐かしい熊本の地に来ることができてとても嬉しく思っております。今日はハーンが理解した日本の俳句，それについて同時代の動きを考えながらお話ししたいと思います。

2.–1　非西洋としての日本

　ハーンは来日するにあたって，自分がどのように日本をとらえて，読者にそれを伝えるかということについて，明確な方針を持っていました。

　日本について，誰も知らないような新しい事物を発見することは不可能であるので，その代りに，庶民の日常生活に入りこんで書くという方法を考えました。そして，読者に生き生きとした印象を与えること，傍観者ではなく，日本で暮らし，日本の心で考えているように感じさせる文学的効果を期待していました。

ハーンの日本紹介は，日本文化の普遍性よりも特殊性を強調するものになっています。日本と欧米の違いには大きな関心を持つ一方で，日本と欧米の共通面には目を向けないことが多かったということです。
　ハーンは前近代の日本の美術作品を観て，「日本の風物を絵に描くことのできるものは，やはり日本人よりほかにないということを，なによりもいちばんよく教えられる。」と述べています。そして，西洋画と日本画について，自然を描くとき，西洋の画家は，細部まで克明に描いて，写実的な映像を提示するが，無味平板で生気がなく，画家の感動が伝わってこない。これに対して，日本の画家は細部を描かず，対象を理想化し，没個性的であるが，西洋の芸術にはほとんど見られない暗示力が特質であると評しています。
　日本紹介の前提となる日本理解においても，日本の特殊性に目を向けがちであり，俳句理解においても，その傾向が表れています。
　ハーンは近世(江戸時代)の発句と近代(明治時代)の俳句を区別せず，視覚的再現性のある作品として一括して定義しました。近代俳句である大谷正信の「稲の穂の蜻蛉とまれり垂れにけり」と，近世発句である蕪村の「日は斜め関屋の槍に蜻蛉かな」を，この同じ評価基準によって評している。芭蕉の「古池や蛙飛び込む水の音」についても，「この極めて短い詩形(五・七・五の音から成る三行詩)の成功は，一幅の完全な感情画を創作したことにある」と評価しています。

2.-2　近代日本の西洋受容

　ハーンが日本の短詩(俳諧，発句，俳句)の特徴として見出したもの，それは絵画性と連想性です。これは，明治の俳人正岡子規が日本文学に適用した西洋的要素でした。伝統文学にも改めてあてはめ得る特質，それを西洋の理論によって強調し，近代俳句の特質としたものです。
　ハーンが手に入れた俳句関係の資料は，子規直系のホトトギス派の俳人でもあった教え子の大谷正信が収集したものとされています。ハーンが目にした俳句は子規につながるものでした。ハーンは西洋と共通する要素を通して，古典

俳句と近代俳句を理解したのです。

　明治後期，ハーンが日本にいた時期ですが，この時代の日本俳句は，西洋からの影響を受けて子規が革新したものでした。ハーンが見出した日本俳句の特質のうちのいくつかは，子規が自ら構築した俳論のなかで，近代俳句の特質として示したものです。子規はハーバート・スペンサーと西洋の美術理論，この二つの西洋受容を通して，日本俳句に近代俳句としての特質を定義づけました。ハーンの本意ではなかったと思われますが，西洋人の眼で見たからこそ，彼は，日本の近代俳句が取り込んだ西洋的特質を見出し得たのです。

　西洋と共通する点，東西に通底する要素によって，子規は日本文学を理論づけ，近代化しました。その西洋のフィルターを通して，ハーンは，近代化を経た伝統文学である俳句を理解し，日本として認識したのです。ハーンは，すでに日本文化の一部として融合していた西洋文化，西洋人としての自分と同質のもの，そこに感応しながら，それを，伝統的な日本，西洋のまじらない純粋な日本の特質の一つとして認識したわけです。

　未知のものを理解しようとする場合，既知のものに重ね合わせ，あるいは対比し，何らかの関連づけをすることから理解が進められます。子規を始めとする明治日本の知識人たちは，伝統的東洋の上に西洋を移植していきました。既知のものを通して新しいものを理解することから始めて，自分たちのものにしていったのです。ハーンの場合にも，日本理解において，明治日本の知識人たちと同様の過程を経た部分がある可能性を否定することはできません。

2.–3　「小さいもの」

　ハーンは，「小さいもの」に共感し，日本文化の特質の一つを「小ささ」に集約してとらえていました。世界で最も短い短詩の一つである日本俳句に触れたとき，その詩型の小ささに眼を奪われて，同時代の俳句に取り込まれていた西洋に気づかないまま，近代俳句と伝統俳句を同一視し，差異のないものとして理解したと思われます。目の前にある対象が独特の詩型を持った日本俳句であったために，そしてまた，近代俳句も，西洋受容を経て，なお定型を保って

いたために，ハーンは，疑いなく純粋な日本文化であると断定することになったのです。

ハーンは日本語がほとんど読めなかったと言われています。このために，ハーンの日本文学理解は，より主観性の強いものになるという傾向を持ち，西洋に育った人間として身につけた文学観と日本観を，より強く反映したものになったのであろうと思われます。これは，俳句という極端に短い表現形式を持つ文学作品の理解についても例外ではありません。

2.-4　ギリシャと日本

ハーンは，母の国ギリシャにつながるものとして日本をとらえていました。近代化されていない伝統的日本と古代ギリシャを重ね合わせています。

ハーンが伝統的日本を眺める眼は，母への想いを含んだものでした。ハーンは古代ギリシャを，西洋近代に毒されていない世界として認識しています。生き別れた母を想う気持ちが強ければ強いだけ，非西洋としての伝統的日本への固執も強いものがあったのです。

子規は俳諧（古典作品）である芭蕉の作品を，近代の眼で見直して再評価を試みました。ハーンの俳句評価は，子規につながる側面があります。しかし，ハーンは，「現代の発句で，昔の発句とおなじような絵画的で素朴な味をもったものは，ほとんどない。」と断言しています。この点で，ハーンは，子規とは決定的に異なっています。これは，古い日本を良いものとする価値観によるものであろうと思われます。

ハーンは，日本の社会には，西洋を受容しながら古いものを温存する特質があると見ていたようです。近代日本が新たに受容した西洋と，伝統的日本が保持していた古いものとが，接点を持たずに並存し，融合することはないと考えていたと推測されます。

そして，ハーンは，日本文化の背景には，日本民族独特の伝統的な思想や感情があると考えていました。日本文化を西洋の基準で理解し，判断することを頑として避けているように見えます。日本文化に，西洋とは異なる独自の価値

を認めた上での日本理解でした。日本と西洋を全く別のものであると断定してとらえようとした結果、近代日本に融合した西洋を、実際には、無意識のうちに感知していながら、認識することを拒否したのであろうと思われます。

2.–5　新時代の文学

　ハーンは、小説に代わって、素描文(スケッチ)が発展するであろうと予測していました。この素描文というのは、作者が実際に見たり、感じたりしたものを材料として書くという点で、子規の写生文学に通じるものでした。ハーンは、素描文が日本人に適していることに気づいていました。しかし、ハーンの期待が、同時代に実現されつつあったことには気づかなかったようです。ハーンが素描文に定義した「非常に広大なものを、きわめて小さい空間の中に見せる」という機能は、子規が、自らの写生論において、俳句に付与した機能でした。ハーンが、自分の家の庭に植えてある植物に生命力を見出して、喜びを感じたように、子規もまた、自分の家の庭の植物を眺めることを病床の慰めとしていました。

　ハーンは教え子であった大谷正信に対して、自国の現代文学を読み、研究することを勧めています。外国文学は、日本文学に新しい力と優美さを加え、新時代の文学を創り出すために使うべきものであるとしています。子規が、俳句から着手した日本文学の近代化革新、それは、まさにハーンが理想としたやり方で、西洋文化を摂取して展開されました。しかし、このことはハーンの耳には届きませんでした。

2.–6　時代の中のハーン

　ハーンは明治の初期、維新の頃から日本の変化を見続けたわけではありません。ハーンが見たのは明治後期の日本です。そこでは、一見伝統的に見えながら、実は明治になって新たに生れた新しいもの、それと、江戸時代以前からあった本当に伝統的なもの、この二つを厳密に見分けるのは、もはや難しい状況にありました。

ハーンが子規を中心とするホトトギス派の俳句に出合ったとき，子規が提唱した写生論は，西洋文化を取り入れて構築された，当時，最新の文学理論でした。写生という新たな概念によって，子規が古典俳句を見直していた時期でもありました。写生論に基づいて作られた同時代の俳句と，子規が写生論を構築する以前に作られた古典俳句を，ハーンが同じ土俵に上げて，絵画性に注目して考察しているのは，このような同時代の動き，彼が身を置いた時代の状況が影響しています。

　明治後期というのは，近代日本が西洋から受容したものが，日本の風土に一応定着した時代でした。子規が文学革新を進めた明治20年代後半から30年代前半，ほぼ同時代に日本を眺めたハーンが，伝統的日本として理解した日本，それは西洋的要素を多分に含んだものでした。ハーンの俳句理解には，西洋化されながらも，見かけは旧来の様式を保っていたかに見えた近代日本に目を眩まされてしまった部分があります。

　ハーンが日本俳句の特質として見出した絵画性は，西洋絵画に由来する子規の写生論によって，近代俳句の特質として定義づけられたものでした。子規の写生論は，日本画，東洋画よりも，西洋絵画に重きを置いています。近代俳論で論じられる絵画性は，西洋の美術理論によって支えられているのです。

　俳句の絵画性を強調する視点が，強く西洋につながるものであったからこそ，ハーンは，ごく自然に，抵抗なく，その特質を感じとり，理解したのです。

　ハーンは，明治の日本俳句が内包した西洋，西洋によって得た近代に心を惹かれました。しかし，ハーンは，日本の伝統俳句とその他を区別するものとして，「小さいもの」という独自の規準を持っていました。俳句の詩型は小さく，この「小さいもの」にあてはまります。外見上の形の小ささが，まず最初に認識されたために，その内実に，どれほどの西洋性や近代性が包含されているかにかかわりなく，ハーンが求める伝統的日本を体現したものとして，疑いなく認めたのであろうと思われます。

　以上です。限られた時間でしたが，これで終わります。

コーディネーター（岩岡）: ハーンが俳句を通して日本をどう見たか。その接点に立ったのが正岡子規なんです。その正岡子規自身が，西洋近代の手法というものを受け入れながら俳句を近代化していく。それに対してハーンは，既に子規の写生論によって近代化された日本の俳句を，日本の伝統的なものと見誤ったというお話です。しかしそれも，ハーンが，日本文化を西洋の基準で理解することを拒み，日本独自の価値を見出そうとしたことの結果だということです。

また，ハーンが見た日本文化の特質としての「小さいもの」への注目や，非西洋としてのギリシャに重ねあわされた日本の伝統へのハーンの思いについても，貴重な御指摘だと思います。

続きまして，ローゼン先生のお話をうかがいます。ハーンは近代化に対してどういう態度をとったのか，なかなか複雑です。そういうハーンの態度について，具体的，個別的な事例を踏まえながらのお話，さらにはそれを通して，ハーンがこの21世紀の時代状況の中でどういう感想を持つだろうかという，近代化に対するハーンの姿勢についてお話しいただけるものと思います。

よろしくお願いいたします。

アラン・ローゼン: 松井先生の甘い声と美しい日本語が急に，この声と滅茶苦茶な日本語になり申し訳ございませんが，がんばります（笑）。

3. 近代化に対するスタンス

ハーンにとって近代化は，彼の人生と作品において，いつも大切な関心事でありました。日本に来てから，彼の関心はますます強くなりました。なぜかというと，ハーンにとって近代化は，彼が愛してきた日本の文化の敵に見えてきたからです。

手紙の中で時々ハーンは，近代化のことを"beastly（野獣のような）modernization（近代化）"と言いました。その表現でハーンが何を示したかったかと言いますと，「近代化は社会を非人間的な，動物的な場所にしてしまう」ということです。明治時代のハーンにとっては，近代という言葉は，当時の現代西洋を

指しています。そして現代西洋は2つのことを意味しています。ひとつは，新しく生れた写真とか電報とか，そういった発明です。もうひとつは思想です。つまり社会哲学や科学の新しい考え，たとえばダーウィン，ハックスリー，スペンサー，そういう人たちの考えを示しています。

今日はいくつかの近代的なものについて，ハーンがどう思ったか，また，21世紀の最も近代的な事柄であるIT革命，情報社会について，ハーンが生きていたらどう思ったか，それを考えたいと思います。

新しい発明品やイデオロギーは，人の生活がより便利，楽，人間的になればハーンは大体歓迎しました。ただ，日本の場合は近代化，あるいは西洋化のコストが高すぎるとハーンは思っていたのです。というのは，日本に昔からあった道徳的，宗教的な価値観をだめにする働きがあると思ったからです。こういうわけでハーンは，国立大学で近代の科学や思想が教えられているのは残念だと考えていました。

しかし，ハーンの考えは決して一貫しているとは限りません。松江では西洋的なものであるなら，ハーンは全部新しくなくても拒否しました。パンも食べませんでした。熊本に来て，五高が彼のために準備した立派な西洋風の家を断りました。家賃はただなのに（笑）。熊本市が気に入らなかった理由は，とりわけ近代化されているからでした。

しかし，作品の中では，西洋人の読者たちを感心させたい時は，五高の西洋的な建物や設備が，とても近代的で素晴らしいと書きました。和風の家がすごく好きだったと言えますが，坪井旧居には，とても近代的なガラス戸と鉄ストーブをつけてもらって，大変喜びました。しかし，ハーンの心の奥底では新しいものを，まず怪しんでいたのです。文明の，いわゆる進歩を怪しんでいました。あの世に行ったら，自分の魂は文明化される前の世界に，永遠に止まらせたかったのです。

『怪談』にはこう書いてあります。「僕はいずれ自分があの世に行く時が来たら，古風な寺の内に埋めてもらいたい。そういう寺の地下にいる亡者たちは，明治の時代の事象や転変や崩壊などは少しも意に介していない。我が家の裏にあ

る墓地が相応しい。あそこの影さえこの世のものではない。今の太陽が作った影でもない。忘れられている世界のものである。蒸気も電気も灯油も知らない世界」。

　ハーンは，近代的な進歩という西洋的な概念を信じませんでした。なぜなら今まで住んだことのある都市の中では最も近代的な都市，ニューヨーク市で，歯止めのない発展を経験したからです。友人ビスランドへの手紙には，こう書いてあります。「ニューヨークの近代的進歩という，恐ろしい目まぐるしさと，轟音から逃げられて嬉しかったのですが，あなたに会えなくて残念です」。近代的な日常生活は，うるさくてペースが早過ぎます。その二つの状況に，長くがまんできませんでした。ハーンは，人間と非人間的な環境を対照的に示そうとしました。

　次の手紙には，それが明らかに示されています。「ここ(ニューヨーク)では，探している人も物も見付けることができないし，すべては数学や幾何学的です。建築と機械は暴走します。地震が起これば良くなるかも知れない。文明のいわゆる改善のせいで，何も，聞くこと，見ること，調べることもできなくなっています。僕は猿やオウムのいる場所に戻りたいです。あそこは洋服はいらない。読書も面倒くさいぐらいのんびりしています。みんな24時間のうち14時間を寝て過ごすのです。文明って恐ろしい。野蛮な生活万歳」(笑)。

　日本でも近代化のせいで，ハーンが愛する幽霊の存在が，人々の心から消えていきました。彼は近代化との闘いを，かなり哲学的な言葉でチェンバレンに，こう説明しました。「自分の敵は，幽霊の敵である近代化です」。ハーンが使っている幽霊という言葉の意味は非常に幅広くて，いい意味を持っています。ハーンの幽霊たちは，人間の世界を生き生きとさせる力を持っています。ありがたいことです。ハーンの説明を聞いてください。

　「現代の世界は幽霊がいないからこそ，幽霊の存在を信じています。幽霊は別名で言えば，神，悪魔，天使です。彼らは人間に勇気や目的(生き甲斐ということかな)や自然に対する畏怖の念を与えてくださいました。今は全ての幽霊が，死んでいます。電気，蒸気，数学だけの世界になってしまって，それは冷たい，

空っぽ，不毛の世界です」。文明対未開だけでなくて，ハーンが考えた二分法はだんだん広くなっていきました。たとえばスピリッツがある社会対スピリッツがない社会，カトリックの情熱対プロテスタントの計算高さ，ウェット対ドライ，ハート対マインド，詩（poetry）対数学。

　ハーンが生きていれば，チャップリンの『モダン・タイムス』という映画がきっと気に入ったに違いありません。特に，人間が工場の機械にいじめられている場面が大好きになったでしょう。

4. ハーンがITに触れたなら

　もし，ハーンがいま生きていたら，パソコンと情報化社会，あるいはIT革命についてどう思ったでしょうか。まず，ワープロを大歓迎したでしょう。特に気に入ったのは，フォントをいくらでも拡大できることでしょうね。ハーンは，いつも目を紙につけないと字が読めないぐらい目が悪かったので，とても喜んだでしょう。または新聞記事を書く時以外，ハーンは自分が書いた文章を書き直すたちでしたので，書き直しが簡単であることが気に入ったはずです。そして自分が書いた本に索引を付けなければいけない時に，ワープロが自動的にしてくれるソフトもありがたく思ったでしょう。

　ある手紙で，ハーンは自分にとっての理想的な生活を述べました。大自然の中，要するに文明の外に住みながら，文明の情報（新聞など）を手に入れることができる状態。今だったら，インターネットを通してその生活ができます。しかし，ハーンみたいな貪欲な読者には，インターネットで読める本だけでは物足りないでしょう。ですからハーンはきっと，アマゾン社に注文して本を配達してもらうことが多かったのではないでしょうか（笑）。

　Eメールはもう少し複雑です。ハーンは手紙を書くのが大好きでしたので，Eメールの便利さがきっと好きになったでしょう。しかし，普通の手紙の温かみ，個人差，紙とインクの匂い，その全部がなくなるのは非常に残念に思ったでしょう。もうひとつの手紙には，また自分の理想的な生活をこう描きました。「できることなら，大自然の中に住んで書いた作品を送信したいのです」。Eメールと

インターネットを通して，そういう生活ができたはずです。

　もう一つ，現代的な発明を忘れてはなりません。携帯電話です(笑)。文明から離れている場所に住んでいたいハーンにとっては，便利なものでしょう。ただ，「電波が届きません」というメッセージが出ない程度の場所に住まないとだめですね(笑)。とは言うものの，ハーンは一人になる時間をとても大事にするたちで，人に話し掛けられるのもあまり好きではなかったから，きっと自分のケイタイを大体オフ・モードにするでしょう(笑)。

　最後にハーンの21世紀の日本人へのメッセージは，恐らく明治時代の熊本人へ伝えたメッセージとほぼ同じだと思います。

　「社会にも自分の心にも，純粋でいいものを大切にしてください。人をより優しく，より人間的にするものや考えを残しておいて，そうでないものを捨ててください」。

　以上でございます，ありがとうございます。

コーディネーター(岩岡)：ハーンの近代化に対する態度はかなりアンビバレントですね。便利なものは使っておきたい，しかし他方で，孤独や自分の時間も欲しいという，理想的な生活を象徴的にあらわしております。しかし，そういったものを超えて，ハーンが言いたかったこと，残したかったことは，スピリッツのあるもの，純粋なもの，より優しいもの，より人間的なもの，そういうものを残しておきたい，というようなことを，「21世紀への伝言」として，近代化との関係でいろいろと具体的にお話をしていただきました。ある想定をして，ハーンがいま生きていたらどう考えただろうというのも，面白い見方かもしれません。

　次に西川先生に，「教育者としてのハーン」の側面からお話をいただきます。

西川盛雄：西川です。どうぞよろしくお願いいたします。私の発表のキーワードは「想像力・イマジネーション」です。彼が教育者であるという側面を述べると同時に，あるいはその前に彼は有能なジャーナリストであったという，その

2点に尽きると思います。本発表ではラフカディオ・ハーンこと小泉八雲の人間像，特にその教育者としての側面に焦点を当てて発表したいと思います。

5. ジャーナリストとしてのラフカディオ・ハーン

ハーンは1850年，ギリシャのレフカダ島に生れました。彼が生きた時代は19世紀後半，いわゆる世紀末と言われていた不安定な時期に入っていく時代でした。これは同時に営々と構築されてきていた大英帝国を代表とする西洋近代文明が危機に陥っていく時期でもありました。やがてご存知のように，20世紀に入って大きな革命，戦争や公害，こういったものが生じてまいります。

今年，平成16年は，ハーン没後100年の節目の年に当たります。今からちょうど100年前，東京新宿の自宅で，突然の狭心症でハーンはこの世を去ります。54歳の生涯でした。時代は，日露戦争の勃発した1904 (明治37) 年のことです。

日本は1877 (明治10) 年の西南戦争以後，明治新政府のもと，急速に富国強兵，殖産興業の旗印のもと，欧米列強をモデルとして西洋化・近代化を遂げることを目指し，高等教育には多くの分野で，いわゆる御雇外国人を雇い，江戸・徳川時代の旧幕藩体制からの脱皮を図ろうとしていました。

ハーンは「三つ子の魂百まで」の観点で言えば，ギリシャとケルト（アイルランド）の文化が色濃く彼の作品や生き方に影響を与えています。幼少期はダブリンで，学齢期はイングランドのダラム郊外のアショーという神学校で送りましたが，ここで受けた厳格なカトリックの教育と，身体的には16歳で左眼を失明するという厳しい体験をいたします。その後しばらく，ロンドンで惨めな生活を余儀なくされますが，1869 (明治2) 年，19歳の時にアイルランドの移民船に乗ってアメリカに移住して，シンシナティとニューオーリーンズの新聞社でジャーナリストとして活躍いたします。

こういうわけで来日前は，ハーンは有能な事件記者，あるいは文芸記者として活躍していました。その後，一時期約2年間，フランス領西インド諸島のマルティニーク島のサン・ピエールという町に，雑誌社（ハーパーズ・マガジン社）の取材を兼ねて滞在していましたが，これは世紀末の画家ゴーギャンのように，

近代のヨーロッパ文明に行き詰まりを感じた芸術家たちが，日本の浮世絵など東洋や未開社会へのあこがれをもって，脱ヨーロッパ文明を果たそうとしていたことと軌を一にしております。事実ハーンは当時，時代の要請として一般的だった西洋化，都市化を標榜しているものに対しては，一定の距離を置いていました。

6. 教壇のハーン

来日後，日本で初めて教壇に立ち，松江では島根県尋常中学校，熊本では第五高等中学校，後に東京帝国大学，最後は早稲田大学で教鞭を取っています。その間ハーンは西洋に対して日本の解釈者，紹介者として多くの著作を残しました。神戸時代は，外国人居留区に住む西洋人をもっぱら読者とする神戸クロニクル社でしばらく記者として文筆をふるっていましたが，概ねハーンは日本では教育者としての社会的立場を持続しておりました。

ハーンを日本の解釈者，紹介者という時，それは日本という対象，あるいはテキストを取材し，これを彼の母国語である英語に文字化して，西洋人に伝えるという意味合いがあります。このときのテキストとは，ハーンにとっては異文化社会であり，その異文化である日本という国の日常生活の諸相とその背後にある日本の庶民の心です。結果として彼の言説は，直接日本で生活体験したことは，取材記事という側面を強く持っています。そしてその読者は，第一義的には日本人ではなく，英語の分かる西洋の人々でありました。その意味で彼はどこまでも，西洋から東洋へ派遣された特派員という役割を引き受けていたことになります。そして特派員にしてかつ教師であるということは，以後，「教育を取材する」というスタンスに集約されていくことになるのです。私の発表も，ここでハーンがジャーナリストであったということと同時に教育者でもあったというスタンスが浮上してくるのです。

ご存知のように，教育の語源は，潜在的に人の中に隠れているものを引き出す（lead out する）ことです。打ち解けた関係の中で，学生たちの隠れた才能や性向を引き出すことが教育であるならば，ハーンはまさにそのことを日々実践

した教師でありました。教える知識はそれぞれの場で，英語，ラテン語などに加えて，英文学の心でありました。彼の学生に対する関わりは，上から見下ろして啓蒙していくというよりは，学生の目線に合わせた親切と同情心に富んだものでありました。

　ハーンを理解する鍵は，何よりも彼は筋金入りのジャーナリストであったということです。事実ハーンはアメリカ在住の18年間，マルティニーク島滞在の約2年間を勘定に入れると，20年に亘って第一線の，しかも有能な新聞記者としての活躍の実績がありました。

　記者の仕事は，取材と取材したものの的確な文章化です。世事さまざまな人や事柄にアンテナを張り，広範囲な知識を持ち，これを活用して文章化することが要求されます。ハーンははじめ，ハーパーズ・マガジン社の特派員として横浜に到着しましたが，来日の時点でもうアメリカに帰るつもりはなく，日本に長期滞在するつもりであったようです。来日してすぐ，東京帝国大学のチェンバレン先生に就職紹介依頼の手紙を書き，一緒に来日した挿絵画家・ウェルドンとは別行動を取ることになります。やがて滞在していた横浜帝国ホテルのマクドナルド氏やチェンバレン先生，さらにニューオーリーンズの万国産業綿花博覧会ですでに出会っていた服部一三氏の助力もあって，島根県尋常中学校の英語の職を得ることになります。

　松江で生徒に教えていた間に，「英語教師の日記から」(『知られぬ日本の面影』所収)の中で，「日本の学生にとって英語という語学が非常に難しいことを考えると，私の受け持っている幾人かの生徒の思想の表現力には驚くべきものがある」(平井呈一訳)と言って誉めています。そして「彼らの作文は単に個人的な性格の表れとしてではなく，国民的な感情の表れとして，私にはまた別趣の興味があるのである」(同訳)と言っています。つまり表現に際しては，概ね日本人は個としてではなく，周囲に同調するという視点で一様な文を書くという傾向に着目しているのです。

7. 「想像力」を重視する

　ここには教育における想像力・イマジネーションの問題があります。ハーンは紛れもなく，教育における想像力の果たす役割の大きさについて言及しています。『教育における想像力』というニューオーリンズ時代のエッセーの中でハーンは，人間の想像機能の鍛錬が教育においていかに重要であるかということを指摘しています。

　ハーンは当時，来日するまでに教育者としての体験はまったくありませんでした。しかし，この評論の中で想像力を駆使し，書物の選択と正しい用い方について，「生徒にとって最良の書物とは，最大の知識量と最強の想像力とを結合したものに他ならない」ということを言い切っています。これは歴史上の事柄においては，事実の断片的，累積的知識よりも想像力によって，その知識や事実の背後にある因果関係に思いを馳せることの大切さを指摘していることになります。

　事実，ハーンは言います。「ギリシャの服の服飾りの色，ギリシャの家の建築様式，歴史を学ぼうとする者にとって，背後にある因果関係を考えることは基本的に最も重要である。エパミノンダスの死んだ日とか，ソクラテス処刑の正確な日付よりも大切な事柄である」と。あるいは教育の場においては，「歴史は単に人名や年号を覚えるだけでは学び得るものではない。それはある時代を考究し，その時代の精神とその時代の国民に与えた事件の本因を了解することによって可能となるものである」と言っています。これを十分身に付けるために，時の因果関係の鎖の持つ意味合い，つまり時間の流れの中に秘められてある謎を解くためには，確かな想像力が必要になるということなのです。

　さて，想像力が形を取った時，それは言語として現れます。想像力を核とする教育は，次の世代に対しては精神文化の土壌を養い，これを次の世代に伝えていく契機にもなります。その時，言語あるいは文字が決定的な役割を果たします。ジャーナリストでもあったハーンの言語感覚には優れたものがありましたが，さらに作家ハーンという視点においても，やはり優れた言語の活用というものがありました。したがって彼の文章は，散文ではありますが，散文詩と

も言えるような色彩感，立体感に富んだものであることは，記憶されていていいことだと思います。

　さて，ハーンは1890（明治23）年8月30日に松江に入ります。早速教頭の西田千太郎と会い，9月3日から授業を始めています。生徒たちへの対応には常に配慮を欠かさず，自らの知識と意見を添削のコメントの中で披露しています。田部隆次の『小泉八雲』（北星堂書店）の第7章では，ハーンは「暇さえあれば松江市内をあさって骨董や浮世絵を買い，市中や近郊の神社仏閣旧所名跡を訪ねたことに加えて，尋常中学の生徒には，「ボタン」「キツネ」「幽霊」「カメ」「ホタル」「ホトトギス」などの題を与えて英作文を作らせ，孜々として，日本研究を怠らなかった」とあります。生徒にあっては英作文の授業ではあっても，先生であるハーンにとっては，格好の日本の研究と取材の材料であったというわけです。

　先に申しましたが，実はハーンが日本に来たのは，日本取材ということで，最後の作品である『日本――一つの解明――』もその成果として考えることができるわけです。したがって彼がどのようなことを残したかということを，教育の場で理解していく時に，明らかに教育者ハーンのスタンスが浮かび上がってくるといえます。

8. 新発見の乾板

　このたび熊本県立図書館において重複が数枚あるものの98枚の，ハーンが松江時代に生徒に教え，なおかつその生徒が書いた英作文を添削したものが乾板という形で発見されました。旧来京都外国語大学に少しあることが分かっていましたが，これだけ見つかったのは日本で注目すべき発見ということになります。機会が与えられまして，私がそれを読むことが許されました。ここで熊本近代文学館長の久野啓介氏，そして県立図書館の馬場純二氏の了解を得ておりますので，ハーンのコメントがどのようなものだったのかということを，残された時間で紹介したいと思います。

　彼は英語の先生でしたから，文法・語法の添削が量的にもっとも多いです。日

本人が英語を書くということは，どうしても母国語である日本語の影響を受けます。したがって日本語英語として，ネイティブスピーカーからすれば少し変な英語になってしまいます。その少し変なところについて，ハーンが的確に添削を行っているわけです。ひとつだけ例を挙げておきます。「furniture という語はもともと複数形，だから furnitures とは書けない」（以後の訳文はすべて筆者）といった類のものは多くありますが，こういう類のものはここでは割愛いたします。

ところが，先ほど申しましたように，彼がいかに相手の目線でもって生徒との共感的態度において接していたかという例が，次に紹介する例の中に見られます。いくつかに分類しておりますが，まず[分類①: 励まし]からひとつご紹介いたします。

生徒の文章の最後のところに「とてもよく出来ている。少しばかり誤りがあっても気落ちしないこと。いつか立派な英語が書けるようになります。手に入る英語の本で面白いものはすべて読むといい」とあります。つまり，明らかに生徒の作文の中には多くの間違いがあるのです。その間違いを訂正しながらも，気落ちするなという言い方で，英語のコメントに加えまして，励ましを自分のコメントとして伝えている。このコメントをもらった生徒は，どんなにか嬉しかったことでしょう。

さらに[分類②: 皮肉]では，次のようなことを書いて，ちくりと皮肉っているところがあります。「これは君が自力で書いたと思いたいのだが，上手すぎてどこかの本から若干文を失敬してきたと思わざるをえない」。このことを指摘されて，なおかつ生徒の心に思い当るところがあれば顔が赤くなり，やはりそれなりの反省をすると思います。おざなりに書いているか，あるいは横着にどこかから文を失敬して来たか，こういう点についてはハーンは，レベルは中学生の作文ですからすぐに分かるわけです。

それから彼の日常生活の中で，これは弱音ととっていいのかユーモアととっていいのか，皆さん方の意見をうかがいたいのですが，生徒がどんどん文を書き，非常に長くなった場合，ハーンはこういうふうに書いています。「作文が長

くならないようにすること。先生は訂正する量が多く，長文を訂正する暇はないのだ。諸君には差し当たり作文を短くしてもらえればうれしい」。しかもハーンは一番最後に「とてもよく出来ています」とコメントしています。このあたり，彼の姿勢というものが，生徒と心理的にも，また先生としての信頼性においても，しっかりとコミュニケーションがとれていたということで紹介いたしておきたいと思います。

　彼のもうひとつの特徴は，語源とか歴史を遡ってそのルーツから物を考えていくという視点が常にありました。たとえば先ほども申しましたように，彼は取材という名のもとに日本に来てずいぶんいろいろなことを勉強していました。神道とか仏教も含めてです。そこで［分類 ③: 由来］では，生徒が「唐獅子」について書いたとき，「唐獅子は元々仏教のものです。もっともこれは両部神道の頃から神道に取り入れられています」と外国人であるハーンが書いているのです。今の私たちでも，一般的に両部神道がどういういきさつで，どういうふうになったのかということはあまりくわしいとは言えません。でも，生徒が書いた英文へのコメントとして元々ある事象がどういうものであったか，それがどういうふうに変わっていったのかということを指摘しながら，ハーンは自らの知識を確認し，生徒に勉強の契機を与えていったのだと思います。

　それから［分類 ④: 語源］については，日本語の「鳥居」という語について，「サトウ氏（これはアーネスト・サトウです）は鳥居の説明として鳥の止まり木から来ているとしている。アストン氏の考え（こちらの方がいいと思いますが）はまた別で，pass through（通り過ぎる）を意味する『通る』と dwell（居住する）を意味する『居る』から来ているとしている。現代では鳥居の語源を知る人はいません」といっている。このように語源について指摘しています。

　そうしますと，この二つを見ただけでも，彼は時間概念を遡ってものを考えるという姿勢が垣間見られますし，それを生徒の前でしっかりと紹介していると考えられます。

　次に［分類 ⑤: 科学（生物学）］として，Biology（生物学）について，「生物学とは，植物や動物がどう成長，繁茂し，また何故特異な形や色や習性……それに

消化や造血といった化学反応……をもっているのか，といったことについての生命の科学である」というふうに，定義的ではありますけれども，中学生に対して，科学の領域と内容の問題，その重要さについて解説しています。

　ハーンはとてもサイエンスについては造詣の深い人でした。特にパーシバル・ローウェルというハーバード大学出の外交官で，しかも後に天文学の当時の世界的権威となった人とも交流しておりましたし，このような人との交流の中で，自然科学，天文学はもちろん，彼自身スペンサーの影響を受けておりましたので，生物学的社会進化論にも深い興味を持っていたわけです。

　そのひとつの例として[分類⑥: 適者生存の原理]があります。ここにはハーバート・スペンサーの影響があります。「必ずしもそうではない。君はここで『適者生存』の原理を言っているのだろうが，これはただの原理というよりもっと積極的な意味で真理というべきだ。しかし私は日本民族の力に大きな信頼をおいている」。これは欧米の植民地主義時代の中で日本という国が植民地にならずに生き残ってきた，その姿を近代の世界史的な視点で書いたコメントです。もちろんこれは進化論の自然淘汰と適者生存の原理にもつながっています。

　[分類⑦: 文明と宗教]についても，優位に立っている西洋文明から，優位ではないと思われる東洋あるいはクレオール，時には黒人につながった視点というものを決して忘れることなく，いうならば西洋優位のオリエンタリズムに対して「そうではないんじゃないですか」という視点を持っていたラフカディオ・ハーンという人が，すでに100年以上も前に身近にいたということは思い起してよいことだと思います。

　それにしても，想像力というものをその教育において非常に大切にしていたラフカディオ・ハーンの姿というものがここに浮かび上がってくるわけです。

　以上で発表を終わります。

コーディネーター(岩岡)： 非常に短い限られた時間ですので，駆け足で大事なところだけをお話しいただきましたけれども，もっと詳しくお聞きしたい気もします。乾板に焼き付けられた英作文の添削が多く発見され，本邦初公開の貴重

な研究をお話になりました。さらにこのお話から，私がシンポジウムの冒頭で申しました「知の転換」と言いますか，「新しい知恵」「近代知を超えて」というようなところから言いますと，いわば想像力，共同性，学生と教師との共感的態度，あるいはコミュニケーションという新しい知への転換を見ることができます。たとえば，とくに教育における想像力の涵養が主張されています。

　一見日本の学生は，パターン化された表現をするように見えて，実はよく見るとそうではないんだということですね。近代化の新しい合理的で機械的な知に対する新しい想像力の必要性というものを教育の中で発揮しようとする視点，あるいはオリエンタリズムを越える視点がすでに教育者としてのハーンの教育現場にもあったのだという，新しい発表だと思いました。

　まず，近代化されはじめた俳句を通して日本の伝統を見ようとしたハーンの誤解について，松井先生にお話しいただき，さらには近代化へのハーンのアンビバレントな態度をローゼン先生からお話しいただきました。そして西川先生からは教育者としての側面，つまり教育者ハーンについての新しい発見を通してお話しいただきました。以上から，近代をめぐるハーンの思想的な位置付けが少しずつ明らかになってまいりました。

　最後に，渡辺京二先生から，まとめも含めてということになりましょうが，「21世紀へのハーンの伝言，近代化を巡って」というお話をいただきたいと思います。

　よろしくお願いします。

渡辺京二： 渡辺です。先ほど，「4人の専門家の先生方のお話を……」ということでございましたけれども，3人の先生は間違いのない専門家ですが，私は専門家でもなんでもない。それがどういうわけか今から6,7年前，これは熊本日日新聞社の主催でございましたが，やはり同じようなハーンのシンポジウムがありまして，その時にも引っ張り出されまして，ローゼン先生や西川先生とご一緒だったわけなんですけれども，私の場合専門家ではないので，素人の意見ということになります。私はいろいろ文章を書き散らしておるわけですけれども，

これまでハーンのことは一度も書いたことがないのです。それをもって，ハーンの専門家ではないということはお分かりいただけると思うのですね。

9. 『伊藤則資の話』と『十六桜』

　もちろんハーンの書いたものは多少は読んでおります。しかし，今度はシンポジウムに出なければならないということで，怪談・奇談というものを読み返して見ました。『怪談』では「耳なし芳一の話」が有名ですね。これは旧制中学のクラウン・リーダーズという英語の教科書に載っていました。ですから少年の頃からハーンの『怪談』，たとえば「のっぺらぼう」(『貉』)であるとか承知しておりました。これは新制中学の2年生ぐらいの教科書にも載っておりましたね。よくご承知のものだと思いますけれども。これがたくさんあるんですね。私が読みましたのは，講談社学術文庫から出ております，5巻選集の中の1巻でございまして，私の知らない話が大分載っておりました。それで二つばかり，私は読んで良かったと思う話に出合ったのです。本当は二つじゃなくてもう少しあるんですけど，今日は時間が限られておりますので，二つに限って話させていただきます。

　ひとつは伊藤則資（のりすけ）という聞いたこともない侍なんです。伊藤は600年前に，山城の国の宇治に住んでいた若い侍だというのです。美男で，学問を志しているという感心な若い侍です。600年前と言いますから，13世紀か14世紀になりましょうね。そうしますと鎌倉時代かな。そこいらはどうでもいいですね。

　この侍がある日，道を歩いておりますと，宮仕えでもしているような若い品のいい娘と一緒になりました。侍は，この辺にはこのような娘が仕えるような屋敷はないはずだがなあと不思議に思いまして，そこで話を交わしておりましたら，やはり，「私はお屋敷に仕えております」「そんなお屋敷は聞いたことがなかったが」と侍が言うと，「どうぞお寄り下さいませ」というわけで，その屋敷に寄るんです。そうしましたら，草むらの中に忽然と立派な屋敷があるんですね。そこに入りましたら，これは型どおりですね。老女が出てまいります。次に，非常に世にも稀な美女であるところのお姫様が出てまいります。老女は「う

ちのお姫様が，あなた様が村をお通りになる時に，お見初めになりました」というわけです。

　変な脱線をしますけれども，むかしは，どうも男が女を見初めるよりも，女の方が男を見初めておったようですな，これは「振袖火事」から始まりましてですね。

　そこで娘さんが出てきまして，これが非常に美人です。則資というのもバカじゃありませんから，これはどうも普通じゃないぞと思うのですが，覚悟を決めるのです。なぜかと言えば，要するに出てきた娘というのが魂を打ったわけですよ。

　そして話は進んでいくんですね。「ずっと好いておった」と言うわけでしょう，だから「あなたは，いつ頃から私のことをお思いになりましたか」と聞くわけです。そうしたらこれが200年ほど前の昔話なんです。「私が石山寺にお参りに行った時に，あなたを見初めました。あなたはそれから何度も何度もお生まれ変わりになりました」。それだけ年月が経っているわけですね。「そのたびにあなたは，美しい男としての体を受けていらっしゃいました。私は一度も生まれ変わりませんでした。つまり成仏できませんでした，私は。あなたのことをずっと思っていて」「あなたは一体どなたです」。なんと平重衡の娘というのです。

　平重衡と言えば平家滅亡の時ですね。平家の有名な武将でございましょう。そして南都（奈良）が源氏側についたものですから奈良を焼き討ちしたというので奈良の僧兵たちに大変憎まれた人物ですね。ですからこれは14世紀だとしても，200年前のことです。ここでちょっと申し上げますと，平重衡は源氏に捕われ，南都の寺に引き渡されてそこで殺されます。非業の最期を遂げた。そのとき，この娘は殺されなかったのです。その後は巡礼などに身を隠したり，乳母と二人で転々としておったのですけれども，石山寺でこの伊藤則資さんの3代か4代か分かりませんが，その前の姿を垣間見て，それからずっと想っておったというわけです。

　こういう娘に関わって命を取られる話は，ハーンの『怪談』にもたくさん出てまいります。例のカランコロンの話，『牡丹燈籠』も載っておりまして，主人

公たちはみんな坊さんたちに助けられるわけですね。死んでしまう場合もありますけど。

ですが，この伊藤則資は覚悟を決めるんですよ。自分は妖怪に捕われて自分の命を削がれるというふうには思わないわけです。翌日，目が覚めると娘は「今度会うのは 10 年先でないと会えない。ですから 10 年間私を待ってくださいますか」と言うのです。「はい，よろしいですよ」というわけで，伊藤さんは結婚もせずに，それまで学者として嘱望された将来も持っていたのですけれども，学問もしなくなって，ただ「10 年後に娘に会える」ということで，10 年後になった時には病み衰えておりました。そうしたある夜，小間使いの娘が庭に立っておりました。「10 年経ちましたので，お迎えにあがりました」。そこで伊藤則資は命が絶えたというのです。

今度は全然趣向の違う『十六桜』というのがあります。なぜ十六桜というかと言いますと，愛媛県の道後温泉から 20 町と言いますから 2 キロばかりですか，正月 16 日に咲く桜があるのだそうです。これは旧暦ですから 2 月のことですけど，普通 2 月に桜は咲かないでしょう，どんなところでも。ところがこれは，旧暦正月の 16 日に，決まって一日だけ咲くのだそうです。

それには謂われがありまして，ハーンが書いているのには，その桜はある武士の屋敷の庭に咲いていたのだそうです。ところがその武士は長生きしまして，親はもちろんのこと，兄弟も子どももみんな死んでしまうんです。たった一人になって，庭の桜だけが友だちだったんですね。ところがその桜が枯れてきました。相当長寿だったんでしょうね。そしてとうとう咲かなくなってしまったのです。そこで桜の前に立って，「私がここで腹を切って命をお前にやるから，どうぞ咲いてくれ」と言って，腹を切るんですよ。そうしましたら蕾が二つ三つ，ほころんだと言うのですね。腹を切ったのが旧暦正月 16 日で，それから毎年その日一日だけ咲くというのです。

ところが，ハーンの怪談・奇談というのは再話物語ですね。twice told tales です。ですから原典があるのです。ところが原典では違うんです。これは明治時代の有名な雑誌『文藝倶楽部』に投書した男がいるのです。そこでは「愛媛

県には旧暦正月の16日に咲く桜がある」と書いてあるのですね。16日だけとは書いてなかったようです。16日になると必ず花を開く。それは昔むかし，桜の持ち主が80何歳のじいちゃんだったのですけど，ちょうど正月16日に桜を見上げて，「わしも80いくつになった。お前がこの春，花を咲かせる時には自分は生きていないかも知れない」と言ったというのです。そうしたら花が咲いた。じいちゃんは腹を切ったりしていない。魂を与えたりはしていないわけです。ですから，ハーンは忠実に再話する場合と，そこに付け加える場合がある。この場合は，花に魂をやる，つまり桜の木の命の身代わりになる，というところがないと，ハーンはいけなかったんでしょうね。

10. ハーンが好んだ「現実でない世界」

　この二つの話から，ハーンってどういう人だったんですかということですね。こういう話が大好きな人だったと言うしかありませんね。「こういう話」とはつまり，自分が生きている現実というのは実は，目に見えている，我々がいわゆる現実と思っているものは氷山の一角で，もっともっと隠れた広大な，我々には普通は見えない世界があって，その世界に何か機縁があれば入っていくことができる。つまり最初の伊藤則資の話というのは，何百年という時間を一跨ぎなんです。恋人と会うのに10年も待たなければならない。そのように過去・現在・未来という時間が相互浸透して，いわゆる現実に流れている時間ではなくなってしまうんですね。そういう世界が好きなんです。

　それからまた，「十六桜」の話というのは，人間と桜とが命のやり取りをすることが出来る。人間が自分の命を桜に与えることができるという，これは一つの異界，Another world ですね。こういうふうにハーンという人は，現実というものが，先ほど西川先生が「イマジネーション」ということをおっしゃいましたけれども，イマジネーションを可能にするような広大なテリトリー，領域を持っているのですね。また，そういうふうな現実でないと，いわゆる「現実」だけではハーンは生きられない。そうではなくて，我々の現実の中に過去が浸透してくる。ひょっとしたら未来も浸透してくるかもしれない。あるいは人間

だけの世界ではなくて、他のいろいろな異界のものたちの侵入してくるような世界、そういう想像の世界でないと、生命というものを彼は感じられなかった人だったのではないかと思います。万物と魂の交流のあるような世界、これであるべきなんです。

そうなりますと、その土地、その土地の話を拾うということは、日本だけでしたわけではないんですね。ニューオーリーンズでもやったし、マルティニークでもやったんですね。ニューオーリーンズはご承知の通りミシシッピ川の河口でございまして、先ほどから「クレオール」という言葉が何度も出てきておりますけれども、クレオールというのは非常に多義的な言葉でございますが、ざっと言うならば、あそこはもとフランス領ですね。フランスとインディオと黒人、こういったものが混ざり合った文化ですね。そうしますと、さまざまな民話がそこではかもし出される。ローゼン先生がお化けのことをおっしゃいましたけれども、ニューオーリーンズにもマルティニークにもお化けがいっぱいいるんですよ。

マルティニーク——カリブ海にある、西インド諸島の一つです——で彼は、女中を雇っているんですね。この女中はたぶん黒人だと思うんですけど、これがさまざまな迷信を持っているのです。ゾンビを信じているんです。ある夏の蒸し暑い夜に、ハーンの家にゾンビが入ってくるわけです。それをハーンも感じるのです。そして、島にはそういうゾンビもおりますし、幽霊もいろいろおるわけですから、注意して生きていかないといけないのに、ハーンがあんまり不注意だから、その女中のばあちゃんはハーンのことを怒るのです。そういうばあちゃんが大好きだったんですね、ハーンは。彼女のする話をひとつもバカにしなかったんですね。

彼はその土地、その土地に根付いている精霊というもの、霊が好きなんですね。その土地その土地に風土がある。そこに根ざして生きている土俗的な世界がある。そこでさまざまな、その土地の精霊に関する話が紡ぎだされる。そういう世界に彼は引き込まれて、そこでしか生きられなかったんですね。これは、非常に大事なことだと思います。

ですから，ハーンが日本を正しく理解したかどうかなんて，僕はどうでもいいんです。それは従来さんざん議論されてきたことですね。ハーンは日本をよく理解してくれたんだというのと，いやそうではなくて，ハーンの日本理解には誤解が非常に多いんだというようなことね，それは必要な部分でしょうから，どうぞ十分やっていただきたい。ただ，今からハーンを問題にしていく時に，そういうことをやっていてもしようがないんじゃないかなという気がしています。

11. ハーンが残したかったもの

それから，ハーンが日本を好きだったかどうかなんて，ごちゃごちゃ議論するんですよ。いいじゃないですか，どっちだって，そんなこと。時には好きになったり嫌いになったりしたんでしょう。私たちだって，自分の恋人にだってそうでしょう。

要するに，日本を好きだったかどうか，日本を正しく理解していたかどうかなど，日本の鏡からハーンを見るのはやめたいですね。そうではなくて，それはもちろん，ハーンと日本との関わりがありますから，また，ハーンが日本から得た多くのものもありますから，その関係なり意味なりをはっきりさせるのは大事なことだと思いますけれども，それよりも，日本に来たら，彼は土俗的な伝説的なもの，幽霊が出てくる話が大好きだった。そういうふうな彼の眼差しというものが大事なんです。

話は飛びますが，イヴァン・イリイチという，この前死にましたけど，思想家がおりまして，いろいろなことを言ったわけですけれども，最後には「ヴァナキュラー (vernacular) なもの」ということをとても強調したんですね。これはその土地に根ざしたものという意味なんですけれども，ナショナリズムとはまったく違うんですよ。人間はある土地に根ざして，自分たちで生活を作っていっている。その自分たちの作った生活というのは，ずっと受け継がれていって，網の目のようになっている。そういうものを一番基礎に持った生活が本当の生活なのだという主張です。彼は development 〈開発〉という考えが人間をだめにしたと言っている。土地を造成してそこに住宅を建てて，なんて意味が

develop に加わったのは，最近のことだと言うんですね。要するに彼は，高度資本主義社会を「商品集中社会」と捉えて，商品依存者になっている現代人に覚醒をうながしているのです。

　この大学に入って，ちゃんと勉強しないと，自分勝手に勉強しても，そんな勉強は値打ちがない，ちゃんと勉強しないと資格がとれませんよ。これがイリイチのいう専門家のケアへの依存です。それから，自分や仲間どうしで病気を治さずに，ちゃんと正式の試験に通って資格をもったお医者さんにかかりなさいよ。それもなるべく立派な病院にかかって，病気が良くなるようにしなさい。それも専門家のケアへの依存ですね。年を取ったら腰が曲がるのは当たり前ですけど，そうなると最近は「パーキンソン病だ」と言うんですね。これは困ったものですね。そんなことを言ったら，昔のじいちゃんばあちゃんはみんなパーキンソン病だったのじゃないかと私は思うのですけど，それは別としまして，そうなるとちゃんと介護士さんが来る，ヘルパーさんが来る。これもケアですね。有難いのは有難いんですけど，何もかも全部制度的なものに依存してしまって，商品をどんどん消費するというこの社会のおかしさをイリイチという人は述べたんですけれども，しかし彼が最後に言ったのは，それならどうすればいいかというと，自分たちが持っている土地に根ざした生活というものをもう一度考えて，取り戻していくということです。

　これまでは，ハーンという人は復古的で反動的であり，反近代的であると評価されて，だからハーンはよろしくないと言われていました。しかし，反近代的だからハーンはいいのであると岩岡先生はおっしゃっているわけですね。近代化をめぐって，ハーンの評価は逆転してきました。しかし，ハーンがいいのは，いわゆる modernization が何を滅ぼしたのかというと，土地に根付いたもの，精霊的なものを滅ぼしたんだということに気づいていた点ですね。人間が狭い現実の中だけで生きているのではない。あの世とこの世と行き来するような，あるいは動物の世界，植物の世界と行き来するような，そういう感性を持っていたということをハーンは大事にしたのですから，これは非常に大きな現代性を持っております。

資本主義がグローバリズムという段階に差し掛かってきますと，その土地に由来していたものを全部滅ぼしていくことになります。意図して滅ぼしていくわけではないけれど，大量生産して安くなって，質が良くて使い勝手が良くて，どんどんそれを製造して商品として提供して，それを使って幸せになりなさいという。それであるならば，世界は均質化します。思えば，ハーンはそれに抵抗していたんですね。

　いみじくもローゼン先生は "What was Lafcadio Hearn's attitude toward "modernization"? It was neither simple nor consistent. Sometimes he welcomed it, and sometimes he resisted it." (ハーンの近代化に対する態度は，どういうものであったでしょうか。それは単純でも終始一貫したものでもありません。時にはそれを歓迎しましたし，時にはそれに抵抗しました)とおっしゃっています。そして，ローゼン先生のお話ではハーンはケイタイを真っ先に使っただろう，パソコンを真っ先に使っただろうということですが，これは本当にそうだと思います。

　ですから，「ハーンと近代化」ということをストレートにやってしまうとまずいんで，ハーンは近代の何もかもを拒否したわけではないんです。だけれども，彼が近代の中でこれだけは嫌だと言ったのは，土地の精霊を滅ぼすなということですね。自分のインスピレーションは全部そこから来ているのですね。私はそういうふうに感じました。以上で終わります。

12. まとめ

コーディネーター（岩岡）： ある意味で全部まとめていただいて，おかげで司会の仕事はなくなりました。最初に私が申し上げたことと，いまの渡辺先生のお話が符合していれば有難いと思います。ただ，私は近代化は全部だめだと言ったわけではないのですが。ローゼン先生のご意見もそうでありますように，ハーンはアンビバレントな態度を使い分けている。しかし渡辺先生がおっしゃるように，近代化の中でこれだけは絶対やってはいけないことがある。それは，たとえば精霊とか精神世界とか，そういった領域や人間感性を滅ぼしてはいけな

いということだと思います。あるいは今日，私たちは「地域」の研究，たとえば地域論や地域政策というものをやっていますが，その際でも現象や理論の問題ではなくて，地域の実感というもの，もっと土地に根ざした精神世界，感性の世界にまで広げて根付いた学問，あるいは生き方をしていかなければならないということを私は思いました。近代の知から，これを超える新しい脱近代の知と世界へ，私たちが喪った豊かな精神世界の回復を，いまハーンは私たちに訴えかけています。これをもってこのシンポジウムの議論のまとめといたしたいと思います。ご清聴ありがとうございました。

付録1

小泉八雲略年譜

[小泉　凡: 監修]

西　暦	和　暦	事　項
1850	嘉永3年	6月27日，ギリシャのイオニア諸島の一つ，サンタ・マウラ島(現レフカス島)のリュカディア(現レフカダ)の町に生まれる。父チャールズ・ブッシュ・ハーンはアイルランド人(当時は英国籍)でギリシャ駐在の英国陸軍軍医補。母ローザ・アントニア・カシマチはギリシャ人でセリゴ島(現キシラ島)の旧家の娘。この地で二男として生まれた(長兄はこの年1歳で死亡)。聖パラスケヴィ教会でギリシャ正教による洗礼を受け，パトリキオス・レフカディオス・ヘルンとして出生台帳に登録されている(英国名はパトリック・ラフカディオ・ハーン)。
1852	嘉永5年	母とともに，父の実家のあるダブリンへ向い，ダブリン郊外の町キングズタウン(現ダン・レアリー)港から入る。
1854	安政元年	母はラフカディオを残してセリゴー島へ帰る。8月12日に弟ジェームズ・ダニエル・ハーン誕生。
1855	安政2年	大叔母，サラ・ブレナンのもとで生活を始める。
1857	安政4年	父チャールズはローザとの結婚無効を申し立て，アリシア・ゴスリンと結婚する。
1863	文久3年	9月，イギリス，ダラム市郊外のアショーにあるセント・カスバート神学校に入学する。
1866	慶応2年	ジャイアント・ストライドと呼ばれる遊戯の最中，ロープの結び目が左眼に当り，左眼の視力を失う。

1867〜68	慶応3年〜明治元年	大叔母ブレナンの破産によりセント・カスバート神学校を中退し，かつてのハーン家の使用人一家を頼ってロンドンに行く。
1869	明治2年	リヴァプールからアイルランドの移民船に乗ってニューヨークに渡り，さらに列車でシンシナティに向う。そこで終生父とも慕う印刷屋ヘンリー・ワトキンと出会う。
1872	明治5年	11月，「シンシナティ・トレイド・リスト」誌の創刊に当り，編集者レオナード・バーニーの編集助手となる。この頃すでにシンシナティ・エンクワイアラー紙の有力な寄稿者となる。
1874	明治7年	エンクワイアラー社の正社員となる。また挿絵画家ヘンリー・F. ファーニーと週刊風刺雑誌「イ・ジグランプス」を発刊(9号で休刊)。6月14日，混血黒人女性マティ(アリシア・フォーリー)と結婚式を挙げるが，白人と黒人の結婚を禁ずる州法に反するため，さまざまな困難を招く。
1875	明治8年	エンクワイアラー社を退社し，シンシナティ・コマーシャル社に移る。
1877	明治10年	10月，結婚生活が破綻。マティは町を出る。ハーンもコマーシャル社を退職し，シンシナティを離れる。テネシー州メンフィス経由でニューオーリーンズへ向う(11月12日，ニューオーリーンズ着)。
1878	明治11年	シティー・アイテム・プリンティング社の副編集者となる。
1879	明治12年	3月2日，「不景気屋」(ハード・タイムズ)という名の食堂を始めるが，共同出資者に売り上げ金を持ち逃げされ，開店3週間で閉店となる。
1881	明治14年	タイムズ・デモクラット社の文芸部長に就任。
1882	明治15年	『クレオパトラの一夜　その他』(ゴーチェ作の翻訳)を出版。この頃，外科医のルドルフ・マタスや女性記者エリザベス・ビスランドと知り合う。12月12日母ローザがコルフ島の病院で死亡。

1884	明治17年	年末,ニューオーリンズで万国産業綿花百年記念博覧会が開かれ,関連記事の執筆に忙殺される。
1885	明治18年	『ニューオーリンズ歴史案内』『クレオールの料理』『ゴンボ・ゼーブ』を出版。この頃,友人の勧めでハーバート・スペンサーの『第一原理』を読み,思想的影響を大いに受ける。
1887	明治20年	2月,『中国怪談集』出版。タイムズ・デモクラット社を退職してニューヨークへ移り,音楽研究家クレイビールの家に逗留する。ハーパー社の編集長オールデンに面会し,西印度諸島紀行文執筆の取り決めを行い,マルティニーク島へ向う。9月,一旦ニューヨークに戻り,再びマルティニーク島の町サン・ピエールへ向う。
1888	明治21年	9月,大西洋岸の町グランドアンスへ出かけたり,プレー山にも登る。
1889	明治22年	ニューヨークに戻り,フィラデルフィアの眼科医グールド宅に滞在する。この頃,生涯の友エルウッド・ヘンドリックと知り合う。
1890	明治23年	3月8日,日本をめざして挿絵画家ウェルドンとともにニューヨークを発ち,大陸横断鉄道でバンクーバーへ,そこからアビシニア号に乗船。4月4日横浜に着き,日本への第一歩をしるす。ハーパー社との契約を破棄し,帝国大学教授バジル・ホール・チェンバレンの斡旋で松江の島根県尋常中学校の英語教師の職を得,8月上旬に松江に出発。赴任の途中,鳥取県の下市でみた盆踊りに魅了される。8月30日,松江到着。
1891	明治24年	小泉セツと生活をともにするようになる。夏,出雲大社から日御碕を経て,日本海に沿って伯耆方面を旅する。11月15日,第五高等中学校へ赴任のため,セツとその家族を伴い熊本に向う(同19日熊本着)。同25日熊本市手取本町34番地の借家に入る(家主:赤星晋作)。
1892	明治25年	4月,セツと博多を旅する。7月中旬から神戸,京都,奈良,隠岐,美保関へと約2ヵ月間の旅行に出る。11月,熊本市坪井西堀端35番地に転居する(管理者・蓮田慈善)。

1893	明治26年	2月，第五高等中学校の嘉納治五郎校長が転任となる。4月，「停車場で」の素材となる事件が報ぜられる。7月，長崎へ小旅行をし，「夏の日の夢」の素材を得る。10月，「柔術」執筆開始する（翌年6月完成）。11月17日に長男・一雄が生まれ，父としての自覚を痛感。12月，「石仏」執筆開始。
1894	明治27年	1月，「東洋の将来」と題して講演を行う。4月3日に家族で金毘羅参りに出かける。5月，「九州の学生とともに」ほか執筆。7月8日，単身上京してチェンバレンの留守宅に逗留，読書と執筆に当る（8月5日熊本帰着）。8月，「勇子」執筆。9月，「願望成就」執筆。『知られぬ日本の面影（日本瞥見記）』を出版（ホートン・ミフリン社）。10月6日神戸クロニクル社へ転職のため熊本を離れる（同10日神戸着。下山手通り4丁目7番地に居住）。
1895	明治28年	1月，過労で目を患い，神戸クロニクル社を退社。3月，『東の国から』を出版（ホートン・ミフリン社）。12月，東京帝国大学文科大学の外山正一学長より英文学講師として招聘する意思を伝えられる。
1896	明治29年	2月10日，帰化手続きが完了し，小泉八雲と改名。3月，『心』出版（ホートン・ミフリン社）。東京帝国大学文科大学講師として奉職のため，セツとともに上京する（9月7日，東京着）。9月末，市谷富久町21番地に落ちつく。
1897	明治30年	2月15日，次男・巌が生まれる。8月，セツや子供たちを連れて焼津の魚屋・山口乙吉宅に滞在し，海水浴を楽しむ（乙吉の人柄と焼津の荒波が気に入り，以後，毎年のように乙吉宅に逗留する）。帰路，松江時代の教え子，藤崎（小豆沢）八三郎と御殿場から富士登山をする。9月，『仏の畑の落穂』を出版（ホートン・ミフリン社）。
1898	明治31年	ミッチェル・マクドナルド，雨森信成，アーネスト・フェノロサ夫妻との親交が深まる。12月，『異国風物と回想』出版（リトル・ブラウン社）。
1899	明治32年	9月，『霊の日本』出版（リトル・ブラウン社）。12月20日，三男・清が生まれる。

1900	明治33年	3月,外山学長が亡くなり,大学で孤立するようになる。7月,『明暗』出版(リトル・ブラウン社)。
1901	明治34年	10月,『日本雑記』出版(リトル・ブラウン社)。
1902	明治35年	怪異話の再話に取り組む。3月,西大久保265番地の新居に移る。10月『骨董』を出版(マクミラン社)。
1903	明治36年	1月15日付で帝国大学講師の解雇通知を受ける。学生から留任運動が起り,大学側も授業時間や俸給を半減した再雇用条件を提示して留任を請うが拒否し,3月31日付で退職する。アメリカの二,三の大学から講演依頼を受けるが中止となり,執筆に専念する。9月10日,長女・寿々子が生まれる。
1904	明治37年	3月9日,早稲田大学に招聘され,文学部講師として初出講。学生に小川未明や会津八一らがいた。4月,『怪談』出版(ホートン・ミフリン社)。8月,一雄と巖,書生らとともに焼津に逗留(6度目)。9月11日,上野の精養軒で行われた早稲田大学講師招待会に出席,大仏の前で記念写真を撮る。9月19日,心臓発作が起きる。9月26日,ふたたび心臓発作を起して急逝。『日本――一つの解明――』出版(マクミラン社)。9月30日,瘤寺で仏式葬儀がいとなまれ,雑司ヶ谷墓地に葬られる。法名「正覚院殿浄華八居士」。

付録2

ハーン関係の地名・人名略解説

[地 名]

アショー(ダラム市近郊)：ブレナン夫人の後見のもとに，13歳の時から17歳まで在学したセント・カスバート校のあるところ。当時厳格なカトリック教育を施す神学校であった。在学中の13歳のとき，ジャイアント・ストライドという遊びでロープが左眼に当り左眼の視力を失う。厳しいカトリックの宗教教育とともに，以後ここでの寄宿舎生活がハーンの心に暗い影を投げかけた。

出雲大社：杵築宮ともいう。ハーンが出雲大社に出かけたとき，宮司は千家尊紀であった。彼はハーンに大社の宝物などを見せ，外国人としてはじめての昇殿を許可した。神道に関心のあったハーンは大いに喜び日本の民間信仰や神道に繋げて当時の日本の精神的風土の根幹について考えるよい契機となった。

隠岐：熊本在住の1892(明治25)年7月から9月にかけて博多を経て神戸，京都，奈良の関西地方と境港から隠岐方面にかけて妻セツとともに長期の旅行をしている。この島の加賀浦の潜戸(けど)の洞にある幼児の石地蔵の群にいたく感動して作品「伯耆から隠岐へ」を書いている。

北ウェールズ：バンゴールやカナフォンの北ウェールズ地方の古都あるいは城跡にはブレナン夫人や身近な人たちとともに避暑などで訪ねている。ここで見た東洋の珍しいものについての幼児記憶はハーンの中にいつまでも残り，後に東洋に関する関心の芽がハーンの心に育っていくことになる。

杵築：作品「神々の国の首都」には松江市郊外の聖地のことが詳しく描かれているが，ハーンは聖なる神々の痕跡を求めて周辺を旅している。中でも杵築大社の存在は大きい。市の周囲には一畑薬師如来堂，佐陀神社，八重垣神社，神魂神社，真名井神社，六所神社などがあった。

潜戸(加賀浦の)：加賀浦には潜戸(けど)といわれる大きな岩屋の中に石地蔵があり，毎夜小さな子供の幽霊が小石を積む場所だとされている。ハーンはこの島根半島の裏側にある海の岩窟・洞窟の場所が特に気に入り，1891(明治24)年7月，セツ夫人とともにここを訪ねている。作品では多くの土地の人に物珍しさで取り囲まれる様子が活き活きと描写されている。

神戸：熊本滞在の後 1894（明治 27）年 10 月に熊本から神戸に移り神戸市生田区下山手通り 4 丁目に居を構える。後に下山手通り 6 丁目に移転する。この地で R. ヤングを社主とする神戸クロニクル社に論説記者として入り、外国人居留地の西洋人のための英字新聞記事を書く。ただし眼の具合が悪くなり、1895（明治 28）年 1 月には神戸クロニクル社を退社するに至る。1896（明治 29）年 2 月、手続きを終え、この地で日本に帰化し、〈小泉八雲〉となる。

サン・ピエール：西インド諸島のマルティニーク島の西海岸側にあり、旧来、島の中心都市であった。1902 年に近くの活火山プレー山が大噴火を起こし、町の大半が溶岩流に流された。ハーンはその直前に滞在して島の写真をカメラで撮っており、描かれたこの地の風物・人間についての文章も貴重な民俗学的資料となっている。「洗濯女」「荷運び女」といった作品に加えて土地の民話や説話に基いて再話文学をよく描いている。

下市：ハーンは伯耆の国のこの地の古寺（妙元寺）の境内で行われている盆踊りをみて感激、松江赴任の途中と翌年の二度ここを訪れている。泊った宿屋は屋号「そうめん屋」であった。日本古来の民衆の民俗学的な諸相をみて作品「盆おどり」を書いている。この作品は太鼓の音に合わせて輪になって踊る人々の舞踊の姿を驚きの気持ちで書き、名文と言われている。

シンシナティ：オハイオ州の新興の都市であった。1869（明治 2）年ハーンは遠縁を頼ってリヴァプール（イギリス）からアイルランドの移民船に乗ってやってきた。ドイツ系移民が作り、鉱山業から発達したこの町に 1877（明治 10）年まで滞在した。その間生涯の恩人となる印刷屋ヘンリー・ワトキンと出会い、公立図書館で苦学、独学に励み、フランス語の翻訳も試みた。新聞社のシンシナティ・エンクワイアラー社に入りジャーナリストとしての経歴を確かなものにし、その間黒人女性マティ（アリシア・フォーリー）と州法を破ってまで結婚するが破綻。シンシナティ・コマーシャル社に移って記事を書くがやがてニューオーリーンズに移る。

新宿区：ハーン一家は 1896（明治 29）年神戸から移って約 5 年間、新宿区の市谷富久町に住んだ。この近くには通称瘤寺があり、ハーンは古木や草むらでうっそうとしたこの寺の境内の風情を好いていた。ここを散策したり、住職と親しく懇意になったりして居心地は良かったが、代が替わって境内の樹々が伐採されたりして失望し、やがてここから西大久保の方に移転している。ハーンが亡くなった時の葬儀はこの瘤寺で行われている。

ダブリン：ハーンが 2 歳の時ギリシャのレフカダから母親と二人で父親の実家のあるこの町にやって来た。現在のダン・レアリー港（当時のキングズタウン）から入り、4 回住居を替わっている。

  第一住居：ロゥアー・ガーディナー通り 48 番地
    （48, Lower Gardiner）
  第二住居：ライズマン地区、レスタースクェアー 21 番地

付録2　ハーン関係の地名・人名略解説　　　　　　　　　　　　　231

　　　　　（21, Leister Square, Reisman）
　　　第三住居: ライズマン地区，プリンス・アーサー・テラス3番地
　　　　　（3, Prince Arthur Terrace, Reisman）
　　　第四住居: アッパー・リーソン通り73番地
　　　　　（73, Upper Rieson）
　　　この町にあるアイルランド出身の作家を顕彰する「作家ミュージアム」にはハーンのポートレートが掲げられている。

ダン・レアリー: ハーンの幼少の頃はキングズタウンと呼ばれていた港町である。1852（嘉永5）年ハーンは2歳のときに母ローザとマルタ島を経てダブリンにやって来たがその時入港した港である。ダブリンから20キロメートルほど離れた海岸沿いの美しい郊外の港町である。

富山: 関東大震災の後セツ夫人がハーン亡き後のハーンの蔵書の散逸を心配したが，ハーンの教え子でハーン家と深く関わっていた田部隆次の努力と当時旧制富山高等学校長だった長兄南日恒太郎の意思で富山市岩瀬の廻船問屋，北前船の財閥であった馬場ハルが資金を出すことによって旧制富山高校に「ヘルン文庫」を作ることが可能になった。現在「ヘルン文庫」は富山大学附属図書館内に置かれている。

トラモア: ダブリンの南部にあってウォーターフォード州の景勝の海岸地であるが，ここに裕福だったブレナン夫人の別荘があった。ここからの眺めはよく，生涯ハーンはこの地の美しい水（海）のある風景を忘れることはなかった。

西大久保: ハーン一家は1902（明治35）年3月に瘤寺のある市谷富久町からこの地に移転する。建物は旧板倉邸でこれに書斎を新築して新しい住まいとした。この時から2年半後にハーンは他界したが，セツ夫人はこの家を最期まで守って暮らした。

ニューオーリーンズ: フランス系移民が作った綿花のプランテーションによって栄えた都市。シンシナティ滞在の後，ハーンはテネシー州のメンフィスを経てミシシッピー川を下りこの町に入った。ここはクレオールの町でここで『クレオール料理』，クレオール俚諺集である『ゴンボ・ゼーブ』といった書物を著す。タイムズ・デモクラット社の文芸部長として記事を書き，小説『チータ』『ユーマ』もここで生まれた。1887（明治20）年の万国産業綿花百年記念博覧会を取材し，日本から来ていた服部一三と出会い，この出会いと取材がきっかけで日本に深く興味を持つにいたる。

ニューヨーク: アメリカの北東部にあって，ハーンがイングランドのリヴァプールからアメリカに降り立ってシンシナティに行った都市であるが，後にハーパーズ・マガジン社の仕事をするようになってニューオーリーンズからこの地に出てやがてマルティニーク島に渡ることになる。またマルティニーク島から引き上げた後日本に行く前，暫くの間この地に身をおくことになる。大都市についてのハーンの負の印象はここでも変わることはない。

博多: 1892（明治25）年4月にハーンはセツ夫人とともに博多に行き，その時の印象をもとに作品「博多にて」を作り上げた。この作品は『東の国から』の第三章として

入っているが，帯織業者の町博多を描写し，念仏小路では「青銅の仏の首」を見，この大仏にご婦人たちから寄進された多くの鏡を見て思い出した〈松山鏡〉という昔話を挿入している。ハーンは博多では他に筥崎宮等を訪ね，その後二日市を経て太宰府天満宮，都府楼跡地まで足をのばしている。

フィラデルフィア：マルティニーク島を引き上げたハーンは1889 (明治22) 年5月に暫く身を寄せたニューヨークのホテルからフィラデルフィアに行き，眼科医であるジョージ・M. グールドの家に半年ほど逗留する。この地は都会ながらも堅実な町としてハーンの気に入った場所となった。

富士山：ハーン来日の際，船で横浜港にはいったがその時遠望した富士山の輪郭の美しさを記録に留めている。ハーンの『異国情緒と回顧』中の作品「富士の山」はかつての松江での教え子藤崎八三郎と1897 (明治30) 年の夏に御殿場から富士登山したときの記憶にもとづき，その遠望の神秘的美しさと対照的にマグマによってなる激しい富士山の実像を描いている。

本妙寺：熊本の日蓮宗の寺で開基は加藤清正である。境内には清正の廟がある。この周辺にはハンセン病の患者が多く集まっていた。明治時代，イギリスから来た聖公会系の宣教師であったハンナ・リデルは当時旧制第五高等学校教師だった本田増次郎の協力を得て救癩活動に邁進した。後にリデルの姪エダ・ライトが加わった。

マルティニーク島：カリブ，西インド諸島の一つで中心都市はサン・ピエール。ハーンはハーパー社の仕事で約2年間この地にいて『仏領西インドの二年間』を著す。この地のクレオールの人たちの生活の姿や民話を描いたハーン独特の再話性はすでにこの作品の中にあるが，未だ文明化されていない地域の人々の力と美しさを描き出している。この時の創作の姿勢や体験がやがて来日後の日本についての作品の傾向に大きな影響を与えていく。

三角港：熊本県の宇土半島の先端にある港である。オランダ人技士が1860年に手がけたもので明治初期の石工の腕と相俟ってすぐれた洋風の港であった。この場所に「浦島屋」旅館があり，ここの女将を浦島物語の乙姫とダブらせて「夏の日の夢」という作品を書いている。ハーンは長崎からこの三角港に入り，ここから宇土半島を人力車で長浜を経て熊本まで帰る途中の風景と民話の挿入と宇土の〈雨乞い太鼓〉の音を入れてこの絶妙の作品を仕上げたのである。

焼津：静岡県の焼津はハーン一家が避暑を兼ねて夏になると東京からよく訪ねていったところである。ここの山口乙吉といういかにもハーン好みの人情の篤い人の家に世話になり，家族で水泳などをこの地で楽しんでいた。ハーンはこの地の太平洋の荒波のなかで泳ぐことが好きであった。作品も「漂流」「焼津にて」などが残されている。この山口乙吉の家は現在は犬山市の明治村に移築されている。現在，焼津八雲会がハーンを顕彰している。

ルイジアナ：ルイ王の名前にちなんで命名され，フランス人の植民したアメリカ南部の州である。州都はバトン・ルージュであるが，ミシシッピー川の河口にあるニューオー

リーンズがこの州の経済・文化の中心である。1803年アメリカはフランス〈ナポレオン〉から破格の安値でこの地を購入した。ハーンは1877（明治10）年，この地にシンシナティからやって来た。そしてこの地でクレオールの文化，言語，料理などとめぐりあうのである。

レフカダ：ハーン生誕の地。1850（嘉永3）年ハーンはギリシャ，イオニア海のレフカス島のこの町で生まれた。母親はギリシャのセリゴ島(現キシラ島)の島娘，ローザ・アントニア・カシマチ，父親はアイルランド系のイギリス人チャールズ・ブッシュ・ハーン。この地のギリシャ正教の聖パラスケヴィ教会で幼児洗礼を受けている。現在ヘルン通りと称する町中の通りに面して生家が残っている。

［人　名］

会津八一(1881–1956)：新潟市出身の文人で学問，歌，書などに秀でる。早稲田大学在学中にハーンの講義を聴く。後に自ら早稲田中学の教壇に立ったときハーンの長男小泉一雄を教え，画家になった三男清の面倒もみている。後早稲田大学教授になり，東洋美術のコレクションや古都の風景を素材にした短歌や随筆を多く残した。八一の名は彼が8月1日生まれであることから来ている。

赤星典太(1868–1958)：ハーンの熊本時代の教え子で，ハーンが松江から熊本に来て住んだ最初の借家の持ち主であった赤星晋作の子供。ハーンの近くにいて書生のような立場でハーンをよく助けた。東京大学卒業後は官吏になったが，後に熊本県，長野県の知事を務めた。その後帰熊して自宅でもあったハーン旧居の保存などに尽力した。

秋月悌二郎(胤永)(1824–1900)：戊辰戦争の際は会津藩の参謀として薩摩軍と戦って敗れ，投獄されるが，当代きっての漢学者であった。後に1890（明治23）年9月草創期の第五高等中学校に迎えられ倫理，国語，漢文を教えるが，ハーン赴任の時から古来の日本の武士の風情・風格を持った存在としてハーンが大いに敬愛した人物であった。作品「九州の学生とともに」「柔術」にも登場し，ハーンに子供が生まれたとき，秋月がお祝いの品をハーンに贈り届けた時の描写が残っている。

アトキンソン，ミンニー・シャーロット(1859–1932)：ハーンの3人の異母妹の二番目でハーンが来日後の熊本時代から文通が始まった。母親は父親が再婚したアリシア・ゴスリン・クロフォードである。彼女はハーン没後1909（明治42）年に来日してハーンの遺された家族たちと会っている。

天野甚助(1842–1919)：ハーン作品「漂流」に出てくる人物。焼津漁船の福寿丸が紀伊半島沖で遭難した時，板子に摑まって漂流して生還。この作品はその時の逸話に基づいて作られたものだが，この時つかまっていた板子は現在焼津市の海蔵寺に奉納されている。

雨森信成(1858–1906)：ハーン作品「ある保守主義者」のモデルとなった人物といわれている。ハーンとは友人関係でよき理解者であった。著書『心』はこの雨森に献じられ

ている。福井出身で，福井でグリフィス，横浜でブラウンに学び洋行し，キリスト教徒として伝道したが，後に日本の精神風土に帰着した。

荒川重之輔（亀斎）(1827–1906)：松江の彫刻家。ハーンは松江の町中（龍昌寺）で荒川作の石地蔵に遭遇して感嘆。以後西田千太郎を介して親交を深める。『知られぬ日本の面影』の中で，ハーンは荒川から楽山陶器「気楽坊」を譲り受けていることを記している。

イェイツ，ウィリアム・バトラー(1865–1939)：アイルランドの詩人，劇作家。ハーンとの緊迫した文通があるが，ケルトの神秘性や妖精の世界に繋がって霊的な美の世界を大切にした作家であった。帝国大学の文学の講義でもハーンはイェイツの詩的感性の深さに触れて敬意を払い続けた。

市河三喜(1886–1970)：英語学者であるが英語史にも造詣が深く，ハーンの文献収集と松江の小泉八雲記念館建立に尽力した。関東大震災の後，1925（大正14）年に *Some New Letters and Writings of Lafcadio Hearn* を編集してハーンに関する著書，文献収集に功績があった。松江の八雲会会長，京都外国語大学学長だった梶谷泰之，熊本の五高教授を経て熊本大学教授であった河原畑正行は市河の教え子である。

稲垣 巌(1897–1937)：ハーンの二男で東京新宿区市谷富久町で生を受け，4歳のときセツ夫人がしばらく養女となっていた稲垣家の養子となる。岡山の第六高等学校卒業後，京都帝国大学工学部に入学，途中で文学部選科に移った。同級生に寿岳文章がいた。後，府立桃山中学の教師となり学校では「青い眼の英語教師」と呼ばれていた。長男に稲垣明男がいる。

井上円了(1858–1919)：日本の「お化け」博士として知られ，専門の仏教哲学の立場から〈妖怪学〉を研究した。後の東洋大学の創始者である。1891（明治24）年5月29日と30日，ハーンは松江を訪れたこの井上円了と会っている。両者異界・奇怪の世界にこそ人々の心のリアリズムがあることを信条として歓談したといわれる。

井上哲次郎(1855–1944)：ハーンが1903（明治36）年3月31日付けで帝国大学から解雇された時の文科大学長。ハーンの破格の高給や長期に過ぎる休暇願いなどと相俟って，日本の高等教育はお雇外国人に頼る時代から夏目漱石のように留学して帰国した日本人が担うという国家の方針転換に基づいて井上が決定したものであった。

ウェルドン，チャールズ・デイター(1844–1935)：ニューヨーク，ハーパー社の挿絵画家として働いていたが1890（明治23）年ハーンの来日が決まった時，挿画家としてともに来日している。来日後ハーンが契約内容の不満から契約を破棄したのでウェルドンとの共同作業はならなかった。ハーンの有名なスーツケースを持った後姿の挿絵は来日に際してウェルドンが描いたものとされている。

梅 謙次郎(1860–1910)：セツ夫人の遠縁にあたる人物で東京帝国大学の法科大学長等を経て法政大学の初代総長となった。東京帝国大学文科大学の教師となったハーンにはこの梅の存在が相談相手として大きく，帝国大学から解雇され，早稲田大学への招聘があったときも相談している。フランス語をよくし，ハーンが1904（明治37）年9月

26日に新宿西大久保で狭心症で逝ったとき瘤寺での葬儀に際して葬儀委員長を務めた。

大谷正信（1875–1933）：ハーンの松江時代，東京時代の教え子。ハーンの日本研究に関するさまざまな資料提供を行った。三高のとき，高浜虚子，河東碧梧桐らとともに俳句をやっていたが，特に大谷自身が大谷繞石の名で伝統俳句のホトトギス系の俳人であったことからハーンに対して日本の短詩型である俳句などの作品紹介を行っている。

カシマチ，ローザ・アントニア（1823–1882）：ギリシャのキシラ（旧セリゴ）島に生まれる。やがてイギリス軍が駐留していた時，軍医補としてチャールズ・ブッシュ・ハーンがこの島に滞在し，ローザと恋に落ちたのである。駆け落ち同然の結婚をしたが，長男ロバーツは生後すぐ死去。ローザは二男のラフカディオを連れて父の実家のダブリンに行ったが，季候，風土，言語，宗教，生活習慣など余りにも違いが大きく，さらに夫チャールズも軍務で家に居ることはなく，遂に耐え切れなくなってラフカディオをダブリンに残してギリシャに帰ってしまう。後，船会社を営むカヴァリーニという男性と再婚したが，精神的な不安定が続きコルフ島の精神病院に送られ，ここで死去している。

嘉納治五郎（1860–1938）：神戸の六甲山の麓，御影の生まれ。号は甲南。柔道の「講道館」はよく知られているが，英学の塾「弘文館」の創始者でもある。文武両道を旨とした教育に徹した伝統を育んだ。ハーンは熊本にあって秋月胤永と並んでこの嘉納を敬愛していた。ハーン来熊時には第三代校長として第五高等中学校を大いに発展させた。後，旧制第一高等学校長，高等師範校長を務め，体育協会会長，IOC委員などを務めた。

河井　道（1877–1953）：恵泉女子大学の創始者であるが，新渡戸稲造の信が篤くアメリカのフィラデルフィアにあるブリンマー大学で学位を得て帰国。キリスト教精神に基づく教育者として活躍した。河井の信頼を置く教え子に渡辺ゆりがいた。この渡辺ゆりがアメリカ留学中にボナー・フェラーズと会い，彼にハーン作品を読む切っ掛けをつくったのである。フェラーズは後に軍人となりマッカーサーの副官となるが，ハーン作品を通して知った日本を大切に思い，戦後も小泉家のことを親身になって世話し，深い親交を堅持した。

神田乃武（1857–1923）：新島襄，内村鑑三と同じくマサチューセッツのアマースト・カレッジで学んだ英語学者で，外交にも心を用いた。すでにハーン作品に感服するところがあってハーンが神戸から東京に来るのに一役買ったといわれている。初期の日本の英語界の指導者としてその存在は大きかった。

岸　清一（1867–1933）：松江出身の弁護士で，後にオリンピック委員として日本のスポーツ振興に尽力したが，ハーン顕彰と遺品や旧居の保存事業などにも根岸磐井，市河三喜らとともに大きな役割を果たした。

木下順二（1914–　）：劇作家で英語の最初の手ほどきを旧制熊本中学1年の時に丸山学から受けた。すでに第五高等学校の5年生の時に「小泉八雲研究」という100枚ほどの

文を校友会誌に載せている。五高生のときは馬術部で学内のキリスト教の青年たちが集う花陵会のメンバーであった。「ことば」の問題に関わって演劇論を展開し，山本安英らと「ことばの勉強会」を組織して大きな影響を与えた。シェークスピアの研究家・翻訳家でもある。

クーランジュ，フュステル・ド（1830–1889）：ハーンに深い影響を与え，日本の家族制度を理解する手助けとなった『古代都市』の著者。明治時代の日本にも大きな影響を与えたフランスの歴史家である。古代地中海世界にあった社会制度の根幹には日本の家族制度と重なるものがあるとしている。

厨川白村（1880–1923）：『近代の恋愛観』でよく知られる英文学者であるが，ハーンや上田敏，夏目漱石に学び旧制五高，三高，京都大学で教鞭を取った。特にハーンを敬慕し，その追憶を記した随筆がハーンの姿を今日に伝えて貴重である。当時にあって異文化理解，比較文化的手法を用いて日本と西洋の理解を深めるのに貢献している。

グールド，ジョージ・ミルブリー（1848–1922）：フィラデルフィアの眼科医でハーン文学の理解者であった。西インド諸島から帰ったハーンを支えるため自宅に滞在させた。しかし彼の性格もあってグールド夫人に疎まれ，ハーンはここを出てニューヨークに行く。後，文通を通した仲であったが，1889（明治22）年5月から約半年ハーンは暫く彼の家に逗留している。ハーンはフィラデルフィアについては大都市にかかわらず好感をもっていた。また『*Concerning Lafcadio Hearn*』（1908年刊）を出版している。

クレイビール，ヘンリー・エドワード（1854–1923）：シンシナティ時代からハーンとは親しかったガゼット紙のジャーナリストであったが，後にニューヨークへ移って活躍する。音楽評論に造詣が深く，ハーンと知性，感性に類似したものをもち，友情を深め，後にハーンがニューヨークに出る契機ともなっている。ハーン作品『中国怪談集』（*Some Chinese Ghosts*）は彼に捧げられている。

クロフォード，アリシア・ゴスリン（?–1861）：ローザと結婚する以前から父チャールズが思いを寄せていた婦人。アリシア・ゴスリンはすでに2人の子供をもって未亡人となっていたが，チャールズはローザとの結婚を無効にしてこのアリシアに求婚，そして再婚。再婚後3人の子供（エリザベス・サラ・モード，ミンニー・シャーロット，ポージー・ガートルード）をもうけた。

小泉一雄（1893–1965）：ハーンの長男として1893（明治26）年11月17日に熊本で生まれる。はじめはKajio（梶夫）と命名するつもりだったが，帰化の戸籍を作るときに「一雄」になった。結婚して妻は喜久江。独り子小泉時をもうけた。父親から特別の英語の教育などを受けたが，その時のハーン手製の教材などが残されている。『父「八雲」を憶う』を残している。

小泉　清（1899–1962）：ハーンの三男で寡作ながらも実力のあるフォーヴィスムの画家として活躍した。東京美術学校西洋画科予備科に入学。里見勝蔵の勧めで初出品して読売賞を受賞。以後梅原龍三郎の推薦を受けたりして制作に励む。献身的な妻静子が亡

くなって間もなく自死。里見勝蔵は「小泉さんの絵は赤青黄緑……の原色が散乱し，じつにキレイな，見事なものであった」と言っている。

小泉セツ(1868–1932)：松江藩士の小泉湊，チエ夫婦の二女として生まれ，稲垣家に養女となり，一度結婚するが間もなく離婚して実家に帰っていた。そのときハーンを世話する話があり，これを受けたのが縁でハーンと結ばれることになったのである。ハーンとの間に一雄，巌，清，寿々子の4人の子供をもうけた。終始ハーンのよき理解者，伴侶として尽くし，松江など日本の民話，説話をハーンに語り聞かせ，ハーンはこれを基に『Kwaidan（怪談）』など多くの再話文学を創ることができた。

コッカレル，ジョン(1845–1896)：ハーンがシンシナティに来て苦労していた当時，シンシナティ・エンクワイアラー社の編集主筆でハーンの持ち込んだ「王の牧歌」の書評でその才能を見抜き，同紙への有力な寄稿者として彼を引き立てる。以後ハーンの同紙への寄稿記事が増えることになる。

籠手田安定(1840–1899)：ハーンが松江に来た時の島根県知事。教頭西田千太郎によってハーンはこの籠手田に赴任の挨拶にいくが，日本の古武士然の包容と大きさをみて感動している。ハーンが松江で感冒にかかった時，籠手田の令嬢よし子から見舞いとして鳥籠に入った鶯をもらっている。

ゴーギャン，ポール(1848–1903)：フランスの後期印象派の画家で19世紀末頃の西洋文明から脱出して，晩年には西インド諸島の一角のタヒチで絵を描く。マルティニーク島にいたハーンとは直接会ってはいないが，互いに近くにいたことがある。人間本来の生命の耀きをタヒチの女性たちの生活と姿態に見てこれを描いたが，それは同時にハーンに似て，脱西洋文明の立場を暗示するものであった。

コートニー夫人：アイルランド出身の女性でニューオーリーンズのクリーヴランド街で下宿業を営んでいたが，ハーンはこの食堂に頻繁に通い，食事の世話など家庭的な雰囲気の中で夫人から温かく親切なもてなしを受けていた。このことでハーンの食生活が安定し，仕事にも打ち込むことができたとされている。ここでは夫人の娘エラ，甥のデニーとも親しくなり，家庭的な雰囲気を醸していたといわれている。

コール神父：熊本市手取にあるカトリック系教会の神父で，ハーンは松江から熊本に来て手取本町34番地の赤星晋作氏の家を借りたが，教会の鐘の音がいやで坪井西堀端35番地に引っ越ししたとされている。当時コール神父は教会の土地買収のことで奔走していた。ハーンとの接触は特に記録されていない。

佐久間信恭(1861–1923)：札幌農学校出身の第五高等中学校の英語教師でハーン熊本時代の頃主任をしていた。横浜バンドのブラウン先生に英語を学んでいる。ハーンの不安が嵩じて仲違いするようになるが真相は不明。在職期間は1891（明治24）年3月から，1897（明治30）年7月まででちょうどハーン着任時期と重なっている。

サトウ，アーネスト(1843–1929)：イギリスの外交官だったが日本学者として日本の文化・伝統についてよく学びイギリスの極東政策に影響を与えた。オールコック公使やパークス公使の下で明治維新のころとその後の日本をつぶさに見て書かれた回想記

『一外交官の見た明治維新』は西洋外国人の目を通して見た当時の日本のことがよく伝えられていて貴重である。

里見勝蔵（1895–1981）：画家小泉清の友人で清の絵をよく理解して交流した。上野の美術学校の同窓である。清の画風について「小泉清論」のなかで〈現実と抽象のすばらしい結晶で，その豊かな詩情は申し分なかった〉と言っている。小泉清葬儀に際しては告別の辞を読み，遺作品の整理に当った。

志賀直哉（1883–1971）：白樺派に繋がるこの作家の文体と発想にはハーン作品が介在しているといわれる。文章による描写は絵画性に富み，明解なリズムをもって印象深い。志賀は神田乃武の影響でハーン作品に近づいたが，この英文によるハーンの詩的な文体が後の志賀の小説の文章表現に影響を与えていった。

ジェーン（従姉ジェーン）：毎年ブレナンの家に逗留してハーンと顔を合わせるが，何かにつけてカトリックのことをハーンに教え，遂に彼は恐怖体験を味わってしまう。幼心にハーンにカトリックの負の印象を強く与えた従姉であった。

スペンサー，ハーバート（1820–1903）：イギリスの哲学者・社会学者で生物学の進化論の考え方を社会現象の説明原理として用い，総合哲学の確立を目指そうとした。この考えは19世紀後半の西洋会社のみならず近代日本の建設に向かう明治初期の知識人達にも大きな影響を与えた。ハーンはニューオーリーンズ時代の友人のオスカー・T.クロスビーからスペンサーを読むことを勧められ，『第一原理』（*First Principle*）を読むに至って彼の思想を信奉するに至る。

千家尊紀（1860–1911）：出雲大社宮司でハーンと心がよく通い合う。ハーンは1890（明治23）年9月に出雲大社に真鍋晃とともに昇殿・拝礼が許された。この時ハーンは出雲大社に昇殿が許可された最初の外国人となった。ハーンは出雲・松江周辺の神々の里にいることによって日本の精神風土のひとつである神道にますます深い関心を寄せるに至るのである。

高田早苗（1860–1938）：1903（明治36）年3月31日付けで東京帝国大学を解雇されたハーンを，坪内逍遥と相談して早稲田大学に招聘した人物。当時早稲田大学の学監として責任ある立場であった高田は後読売新聞主筆となり，文芸の世界に大きな役割を果たし，大隈重信内閣では文部大臣を務めた。

田部隆次（1875–1957）：ハーン東京時代の教え子の一人。富山県生まれで英文学者。後に『小泉八雲』（1914年：早稲田大学出版部）を著している。関東大震災後，セツ夫人の依頼でハーン没後の蔵書をめぐって旧制富山高校（現在の富山大学）の「ヘルン文庫」創設に際して長兄の南日恒太郎とともに尽力する。

チェンバレン，バジル・ホール（1850–1935）：ハーンの親しい友人であったが，後に仲違いする。既に『古事記』を英訳し，それを読んでハーンは来日している。琉球の文化や言語にも造詣が深い。最初の東京帝国大学の博言学（言語学）の教授として教壇に立ち，『*Things Japanese*（日本事物誌）』を著した。約40年間日本にいたが，基本的にはヨーロッパ優位の文明観（オリエンタリズム）をもって接していた点，ハーンとは

日本理解のスタンスが異なっていたといえる。

津田亀太郎(1852–1909)：彼は熊本の時習館で学び，全国的な自由民権運動の中で熊本で紫溟会を組織した。また「九州日日新聞」をつくり，私学校を統合して九州学院を創った。ハーンはここでの講義を一度は頼まれたことがあった。

坪内逍遥(1859–1935)：『小説神髄』『当世書生気質』でよく知られるが，シェークスピアの翻訳でも有名である。演劇運動に関わり，短期間ではあったが，ハーンとの親交は深く，高田早苗にアドバイスしてハーンを早稲田大学に招聘するのに大きな役割を果たした。長男一雄は早稲田大学の学生として逍遥のシェークスピアの講義を聴いている。

テニソン，アルフレッド(1809–1892)：イギリス19世紀を代表するビクトリア女王時代の詩人。その詩風は叙事性をもって穏やかな中にも深まりを漂わせようとするもので『イン・メモリアル』などがよく知られている。ハーンは敬意をもってテニソンの作品に接していた。

外山正一(1848–1900)：神戸にいたハーンを当時総長だった彼が東京帝国大学にハーンを招聘。スペンサーの考えを良としてローマ字採用など斬新な考えで日本の近代化に尽くした。後に文部大臣を歴任したが，同時に『新体詩抄』を井上哲次郎らと著し，文芸への関心は深かった。

南日恒太郎(1871–1928)：旧制富山高校の初代校長であったが，関東大震災後の「ヘルン文庫」の富山への招致を果たした。同郷のハーンの教え子で小泉家に出入りしていた弟の田部隆次からハーン没後の蔵書の処遇をめぐる話を聞き，小泉家から全蔵書を富山大学に引き取ることを決断した。その際富山市岩瀬の廻船問屋の富豪，馬場ハルが資金援助を行った。

西田千太郎(1862–1897)：ハーンが最初赴任した時の松江の島根県尋常中学校の英語教師で教頭であった。籠手田知事を紹介し，公私ともに松江時代のハーンの面倒をよくみた。しかし体が弱く36歳の若さで死去した。ハーンとの交流にも触れている『西田千太郎日記』を残している。

野口米次郎(1875–1947)：19歳で渡米。詩人ウォーキン・ミラーのもとにいてアメリカ詩壇の息吹を吸った。イギリスでは牧野義雄の下宿にあって英米詩壇にヨネ・ノグチとして認められた。生前のハーンには会っていないが葬儀には参列している。1926（大正15）年に『小泉八雲傳』を著しているが，そこでハーンの死に際して「日本は英語世界に対する最大な代弁者を失った」と述べている。後に彫刻家となるイサム・ノグチは米次郎の子息である。

服部一三(1851–1929)：1884（明治17）年，文部省からニューオーリンズの万国産業綿花百年記念博覧会で理科教育の学務担当の役人として派遣されており，この地でタイムズ・デモクラット社の記者ハーンから取材を受け，懇意になった人物である。文部省書記官，東京大学法学部長などを経て，後に兵庫県知事などを歴任している。来日後仕事の見つからなかったハーンが松江の島根県尋常中学校に就職するきっかけを

つくった。

ハーン，ジェームズ・ダニエル(1854–1933)：ラフカディオ・ハーンの弟でケファロニアで生まれる。三男。アメリカのオハイオ州に渡って農業に従事するが後にハーンと連絡がつき文通を交わしている。

ハーン，チャールズ・ブッシュ(1819–1866)：ハーンの父。アイルランド系イギリス人で軍医。レフカダ島で後にハーンの母となるローザ・カシマチと出会い結婚。但し，後に結婚の無効を申し立て，未亡人となっていたアリシア・ゴスリン・クロフォードと再婚。ハーンは顧みられることなく孤児となった。最期はスエズで客死。

ハーン，リチャード・ホームズ(?–1890)：父チャールズの末の弟でパリで画家になり，印象派の画家たちとも親交があったという。ハーンと母ローザがダブリンに来る際に案内役をしたといわれている。

ビスランド，エリザベス(ウェットモア夫人)(1861–1929)：ニューオーリーンズで「タイムズ・デモクラット」紙のハーンの記事を見て感動し，ハーンを慕ってこの社に入り文筆活動を行う。ハーンは彼女にマドンナのような存在として密かに心を寄せる。ハーン来日時に横浜グランドホテルのマクドナルドを紹介したのはこのビスランドであった。後に鉄道関係の実業家ウェットモア氏と結婚。各種新聞社に記事を寄稿した。ハーン没後書簡を整理して『*Lafcadio Hearn – Life and Letters*（ラフカディオ・ハーン：人生と書簡）』を編み，ハーンの生涯を跡付けている。

ファーニー，ヘンリー(1847–1916)：1874（明治7）年6月，シンシナティで週刊の風刺雑誌『ギグランプス』を発行した時，ハーンが文章，ファーニーが挿絵を担当した。時代は禁酒法の拡がりが一般的であったが，ハーンらはこの傾向に反する立場でドイツ系移民やアイルランド系移民の読者を確保していた。しかしこの雑誌は一つの挿絵が社会問題化し，9号で廃刊になるがハーンの当時の社会風刺の姿勢が顕著で興味深い。

フェノロサ，アーネスト・フランシスコ(1853–1908)：アメリカの東洋美術の研究家でお雇外国人として東京帝国大学で哲学，政治などを講義した。他方日本の伝統的な美術・工芸の価値を重視し，岡倉覚三らと東京美術学校の設立に努力した。ハーン夫妻はフェノロサ夫妻をたびたび訪ねている。

フェラーズ，ボナー(1896–1973)：マッカーサーの副官として来日。すでにハーン作品をよく読んでいた。戦後小泉家をよく助けた。大学時代日本からの留学生渡辺ゆりの影響で日本に関心をもち，渡辺の勧めでハーンを読むようになった。やがて起こった日米開戦と日本の無条件降伏。天皇の戦争責任の機運が高まるなかでマッカーサーに進言して天皇を不起訴にすることに貢献したといわれる。フェラーズ自身は1973年に逝ったが長女のナンシー・フェラーズと小泉家との親交はそれ以後も続いた。『リ・エコー』は長男一雄とナンシーとの協力によって出来たものである。なおハーンの曾孫小泉凡氏の名前凡はボナー・フェラーズのボナーに由来している。

藤崎(小豆沢)八三郎(1875–1951)：松江時代の教え子。「英語教師の日記より」に出てく

る小豆沢姓の少年であったが熊本の藤崎剛八中尉の養子になった。後に陸軍士官学校に進み，軍人として日露戦争の時には東郷平八郎の側近として働いた。戦地でハーンの絶筆となる最後の手紙を受け取っている。なお八三郎の母である藤崎剛八夫人は松江出身の人で，ハーン一家は来熊時にこの藤崎家のお世話になっている。

フリーマン，エレン：ハーンがシンシナティ時代に出会った女性で外科医ゾアス・フリーマンの夫人。ハーンが既に結婚した混血の黒人女性マティーとは対照的に，夫人は女性の社会進出を標榜する活動的な教養のある上流階級の白人女性であった。ハーンは夫人の誘いでデューリー博物館の蝶類のコレクションを見に行き，その記事も書き，好意を寄せるが，後になって夫人との友情関係を自ら壊してしまう。

ブレナン夫人〈サラ・ホームズ・ブレナン〉（1793-1871）：敬虔なカトリック信者で子供がいなかったこともあってか両親の離婚後ハーンの後見人として彼の世話をよくし，ダラム郊外のアショーにあるカトリック系の神学校セント・カスバート校にやる。財産の大部分をヘンリー・ハーン・モリヌークスに投資していたが，モリヌークスが事業に失敗，ブレナン夫人も破産するに至る。かくしてハーンへの学資はここで途絶えることになる。

ベーカー兄弟：兄のページ・ベーカーはニューオーリーンズの「タイムズ・デモクラット」の編集長としてハーンを引き立てた。ハーンは『飛花落葉集他』（1884）をこのページ・ベーカーに捧げている。弟のマリオン・ベーカーはビスランド，ハーンとともにニューオーリーンズ近郊のグランド島に休暇を取って一緒に出かけたりしていた。ハーンはこの地を襲った暴風雨（ハリケーン）で遭難した船の顛末を素材にして小説『*Chita*（チータ）』（1888）を書いた。

ヘボン，ジェームス・カーティス（1815-1911）：ヘボン式ローマ字書きの創始者としてよく知られる。明治政府が日本の近代化のために雇ったお雇外国人の一人で，アメリカのプレスビテリアン系の宣教師であった。元来医師で，医師としての貢献も大きいが，特に聖書の日本語訳を行ううち，実用的な和英・英和辞典を作り，ヘボン式ローマ字を完成させたことはよく知られている。

ヘンドリック，エルウッド（1861-1930）：ハーンの生涯の友人の一人で，ニューヨークで1889年10月頃に知り合った。応用化学の専門家で，化学の著書も著している。ハーンが心を許した数少ない友人でハーンはその後彼に書簡をよく送っている。

ボードレール，シャルル（1821-1867）：詩集『悪の花』で代表されるようにフランス象徴派の代表的詩人。人間に巣食う悪のリアリズムを幻視し，これを詞(ことば)にして人間の不条理を暗示していくという手法は近代詩の歴史において大きな足跡を残した。彼はポーを高く評価し，自らポーの翻訳も行い，またハーンにも大きな影響を与え，ハーンは早い段階で彼の翻訳を行っている。

ポー，エドガー・アラン（1809-1849）：アメリカの詩人，批評家，小説家。『大鴉』『アッシャー家の崩壊』『モルグ街の殺人』など，後世の幻想的な怪奇小説に与えた影響は大きく，ハーンも大きな影響を受けている。詩は社会性よりも幻視的，音楽的な美意

識を追求して人間の深層心理に触れるものを良しとした。

本田(大倉)増次郎(1865–1925)：岡山，美作国生れでハーン熊本時代の第五高等中学校での英語の同僚であった。1891(明治24)年9月から1893(明治26)年4月まで第五高等中学校の英語教師を務めた。嘉納治五郎のつくった東京の弘文館で英語を磨き，嘉納の招きで熊本に来た。聖公会系のキリスト者となって洗礼を受け，近くの立田山の麓にあった回春病院で救らい活動をしていたハンナ・リデルを大いに助けている。後，高等師範の教師などを歴任，英語の達人として英字新聞に寄稿したりして活躍した。娘ハナは山本有三に嫁したが，その名前はハンナ・リデルの名前から貰っている。

マクドナルド，ミッチェル(1853–1923)：アメリカ海軍の主計官であったが，後に横浜グランドホテルの社長となった。来日したばかりのハーンには就職斡旋のために努力し，帝国大学教授のチェンバレンを紹介したり，ハーン没後もハーン一家の世話も終始よくした。しかし1923(大正12)年9月1日の関東大震災に遭遇して死去した。ハーンの死後彼の遺稿や版権の管理や，さらに長男一雄の教育のことで小泉家の面倒をよく見た。

正岡子規(1867–1902)：松山生れの俳人，歌人で名前は常規。竹の里人とも呼び，明治以降の近代俳句と短歌の創始者である。夏目漱石とは同年で，第一高等中学校では同級であった。後に漱石の「愚陀仏庵」では暫く同居して松風会句会を行っていた。日清戦争では従軍記者の経験をした。短歌革新は『歌よみに与ふる書』によってよく知られる。いずれにしても〈写生〉を基本にした作風は現在にいたるまで大きな影響を与えている。周囲には俳句の高浜虚子，河東碧梧桐等，短歌では伊藤左千夫らがいた。期せずして子規もまたハーンと同様ハーバート・スペンサーに興味をもっていた。

マタス，ルドルフ(1860–1957)：ハーンのニューオーリーンズ時代の友人でスペイン系の医師。後にチューレーン大学医学部の教授として著名な医師になった。1941(昭和16)年3月7日のニューオーリーンズ・ハーン協会のハワード・ティルトン記念図書館でのスピーチで，ハーンと1883(明治16)年の終り頃にはじめて会い，それからの彼との思い出についての記念すべきスピーチを行っている。

マティ(アリシア・フォーリー)(1854–1913)：シンシナティ時代の1874(明治7)年6月にハーンが一度結婚した相手である。ケンタッキー州生まれで本名はアリシア・フォーリー。最初ハーンの下宿先で働いていた混血黒人の女性で料理女であり，土地に伝わる伝承の話をよくしてくれた。当時シンシナティのあるオハイオ州では法律で白人と黒人の結婚は禁止されていたが，この禁を破って結婚を強行したため「シンシナティ・エンクワイアラー」紙から解雇されてしまう。そしてこの結婚も破綻，以後長くハーンの心の傷となって残る。彼女はハーンの死後彼の遺産をめぐって訴えを起したが認められなかった。

真鍋 晃：ハーンが来日した時の横浜時代からの通訳で，ハーンの身近にあってよく協力し，お供をしたり言い伝え話をハーンに教えたりした(「地蔵」「江の島行脚」「弘法大師の書」など)。彼の名はすでに『知られぬ日本の面影』(*Glimpses of Unfamiliar*

Japan)の第一章「東洋の土を踏んだ日」に出てくる。さらに松江にも同行し，出雲大社の昇殿・拝礼にもハーンに同行している。

丸山　学(1904–1970)：熊本の民俗学者で熊本商科大学(現熊本学園大学)学長を務めた。著書『小泉八雲新考』(昭和11年初版)は民俗学的なフォークロアリストの視点でハーンを説明しようとした画期的な書物である。特に熊本とハーンの関わりについての資料と考察には深いものがある。この著書は1996年には木下順二監修で講談社学術文庫として復刊されている。

三成重敬(1874–1962)：松江出身でセツ夫人の遠縁にあたる人。当時東京帝国大学資料編纂部に勤務して和漢籍に詳しかった。ハーンの昆虫に関する和歌や俳句のことで大谷正信とともに資料提供していたといわれている。フォーヴィスムの画家となった小泉清の生活を蔭からよく支えたのがこの三成であった。またセツ夫人の『思い出の記』はこの三成がセツ夫人の口述を筆記した草稿にもとづいている。

モラエス，ウェンセスラウ・デ(1854–1929)：ポルトガルの人で海軍士官であったが，来日して徳島に落ち着き，土地の福本ヨネと結婚，日本に関する著書を多く書いた。ハーンとは直接会わなかったが，モラエスはハーンの書物をよく読み，日本に関してはハーンと共感するところが多くあった。

森　鷗外(1862–1922)：山口県津和野の出身。名は林太郎。軍医になりドイツに留学。陸軍軍医総監となる。暫く北九州の小倉にいたことがあり『小倉日記』がある。文壇にあっては文豪として『於面影』『舞姫』『雁』『阿部一族』等の作品があり，翻訳も『即興詩人』『ファウスト』など文人として多才であった。鷗外はハーンと会ったことはないが作品『小倉日記』の中で熊本の本妙寺を訪ね，そこで見たハンセン病患者のことについて触れている。ハーンは作品「三つの俗謡」の中で〈「俊徳丸」のうた〉と題してハンセン病について触れている。

モリヌークス，ヘンリー・ハーン(1837–1906)：ハーンの遠い親戚でサラ・ブレナンの亡父に繋がる人であった。ブレナン夫人の援助を得て貿易の事業を行うが失敗。同時に夫人の財もなくなり，結果としてハーンの教育費を賄うことが出来なくなり，ハーンはアショーのセント・カスバート校を学年途中でやめることを余儀なくされる。

柳田國男(1875–1962)：日本民俗学の碩学。青年期には短歌，抒情詩をよくした。民俗学的視点においては〈小さき者の声〉に耳傾けていたハーンから示唆を受けた部分が見られる。大江健三郎は文学者の立場で「柳田國男の文章を詩的言語，文学表現の言葉として読むとき，……個の経験に縛られているわれわれを解き放って，民族を構成する大きい集団の経験へと参加せしめることであろう」と言っている。

山口乙吉(1856–1921)：ハーンが東京にいた時，1897(明治30)年から1904(明治37)年まで子供や書生らと一緒に，夏になると一家で休暇をとって焼津に出かけていた。その時お世話になった焼津の魚商人であった。ハーンは焼津の波の荒い海が好きで得意な泳ぎを楽しんでいた。ハーンの焼津への温かい眼差しは「乙吉のだるま」("Otokichi's Daruma")として作品化されている。八雲滞在時の乙吉の家は現在愛

知県犬山市の明治村に移され，復元されている。

横木富三郎(1874–1891)：作品「英語教師の日記から」に出てくるハーンの優秀な生徒で，病魔に冒され，最期に学校を見たいということで人の背に背負われて見にいく哀切な場面があるが，その学生である。ハーンは彼の死を小豆沢(藤崎)八三郎から聞いてこの文章を書いたとされている。〈横木ノート〉や成績関係などの遺品が現在も横木家に残されている。

吉田松陰(1830–1859)：長州の幕末の志士。江戸に出て佐久間象山に洋学・兵学を学び，開国の理想にもえて1854(安政元)年に渡米・出国を試みて失敗。後に萩に松下村塾を開いて明治維新を担った多くの俊秀の弟子たちをつくった。熊本の宮部鼎蔵と親友で啞者であった弟敏三郎の平癒を願って加藤清正の廟に参るために熊本に来ている。

ヨネ：桜井ヨネのことで，ハーンは1891(明治24)年11月松江から熊本の第五高等中学校に赴任してくるに際して松江からお抱えの人力車車夫とともに熊本に連れてきたお手伝いさんである。車夫はもめごとがあって松江に帰したが，ヨネは以後ハーン一家の世話をよくした。

リーチ，バーナード・ハウエル(1887–1979)：ハーンを敬愛したイギリスの陶芸家で松江にも来ている。香港で生まれ，幼少期一時日本にもいたことがあり，東洋あるいはジャポニズムへの関心が深く，やがて日本の陶芸美に魅せられ陶芸家として日本各地の優れた陶窯を訪ね，日本の民芸や陶芸美の理解を深めていく。その後西洋の美意識の良さを見てイギリスに帰国。西洋陶芸について造詣を深め，ハーンと違って古きよき日本の美意識に止まらず，新しい日本の美意識への可能性を見ていた。

リデル，ハンナ(1855–1932)：ロンドン郊外のバーネットで生まれる。イギリス人宣教師であったが，当時熊本本妙寺参道のハンセン病患者の惨状をみてハンセン病患者救済のため奔走し，回春病院を設立。後に加わった姪のライト(エダ・ハンナ；1870–1950)とともに日本のハンセン病患者救済の草分けとなる。現在熊本市立田山の麓の旧回春病院跡地にリデル・ライト記念館がある。第五高等中学校にいたハーンとは同時期目と鼻の先にいたが，お互いの交流はなかったようである。

ルオー，ジョルジュ(1871–1958)：フランスの画家で宗教画でよく知られるが，原色の絵の具を盛り上げた重厚・濃密な絵の具使いで，一作品を時に数年もかけて創作する野獣派(フォーヴィスム)と称される画風をもった人。後のハーン三男の画家小泉清の作品もこのルオーに比してその影響が語られている。

ローウェル，パーシバル(1855–1916)：アメリカの天文学者でハーバード大学の学長でもあった。日本に関する研究も行い『極東の魂』(*The Soul of the Far East*: 1888)，『能登』(*NOTO*: 1891)という本を著している。ハーンは特に前者から大いに影響を受け，日本理解を深めている。

ロチ，ピエール(1850–1923)：フランス人で海軍士官として世界各地を訪ねたが，35歳の時に日本(長崎)に来る。『お菊さん』『秋の日本』等の作品を残している。ハーンは同年のこのロチからの影響を強く受け，実際に長崎を訪ねたり，また彼の作品の翻訳

を手がけている。

ワトキン，ヘンリー（1824–1908）：シンシナティの小さな印刷屋であった。ハーンが路頭に迷っている時に助け，彼を支え，公立図書館に行って本を読むことを可能にしてくれた。ハーンは彼を生涯の恩人として文通しつづけている。ハーンの死後『大鴉からの手紙』としてハーンの残した書簡や記事をまとめて出版している。

［主要参考文献］

朝倉治彦・井之口章次・岡野弘彦・松前　健（1963）『神話伝説辞典』東京堂出版
飯塚喬一（1996）『英語教師としての小泉八雲』土江明文社
池野　誠（2004）『小泉八雲と松江時代』沖積舎
大江健三郎（1978）「解説」（『海上の道』（柳田國男著））岩波文庫
太田雄三（1994）『ラフカディオ・ハーン――虚像と実像――』岩波書店（岩波新書）
小野木重治編著（1992）『ある英語教師の思い出――小泉八雲の次男・稲垣巌の生涯――』恒文社
梶谷泰之（1998）『へるん先生生活記』恒文社
熊本大学小泉八雲研究会編（1993）『ラフカディオ・ハーン再考――百年後の熊本から――』恒文社
熊本大学小泉八雲研究会編（1999）『続ラフカディオ・ハーン再考――熊本ゆかりの作品を中心に――』恒文社
小泉一雄（1976）『小泉八雲〈父「八雲」を憶う〉』恒文社
小泉節子（1976）『小泉八雲〈思い出の記〉』恒文社
小泉　時（1990）『ヘルンと私』恒文社
小泉　凡（1995）『民俗学者・小泉八雲』恒文社
スティーヴンスン著/遠田　勝訳（1984）『評伝ラフカディオ・ハーン』恒文社
スメ，ジョーゼフ・ド著/西村六郎訳（1990）『ラフカディオ・ハーン――その人と作品――』恒文社
関田かをる（1999）『小泉八雲と早稲田大学』恒文社
仙北谷晃一（1996）『人生の教師ラフカディオ・ハーン』恒文社
高木大幹（1978）『小泉八雲と日本の心』古川書房
田部隆次（1980）『小泉八雲』北星堂
ティンカー，エドワード・ラロク著/木村勝造訳（2004）『ラフカディオ・ハーンのアメリカ時代』ミネルヴァ書房
長澤純夫（1988）『蝶の幻想』築地書館
西　成彦（1993）『ラフカディオ・ハーンの耳』岩波書店
西　成彦（1999）『クレオール事始』紀伊國屋書店
根岸磐井（1930）『出雲における小泉八雲』松江八雲会発行

野口米次郎（1926）『小泉八雲傳』第一書房
坂東浩司（1998）『詳述年表・ラフカディオ・ハーン伝』英潮社
平川祐弘（1987）『破られた友情──ハーンとチェンバレンの日本理解──』新潮社
平川祐弘（1988）『小泉八雲とカミガミの世界』文藝春秋
平川祐弘（1996）『オリエンタルな夢──小泉八雲と霊の世界──』筑摩書房
平川祐弘監修（2000）『小泉八雲事典』恒文社
平川祐弘（2004）『ラフカディオ・ハーン』ミネルヴァ書房
ベンチョン・ユウ著／池田雅之訳（1992）『神々の猿』恒文社
牧野陽子（1992）『ラフカディオ・ハーン』中央公論社(中公新書)
丸山　学（1936）『小泉八雲新考』北星堂書店
森　亮（1980）『小泉八雲の文学』恒文社
柳田國男（1978）『海上の道』岩波文庫
ワシオ・トシヒコ（1995）『回想と評伝承　画家・小泉清の肖像』恒文社
Gould, George M.（1908）*Concerning Lafcadio Hearn,* George W. Jacobs & Company
Hirakawa, Sukehiro (ed.)（1997）*Rediscovering Lafcadio Hearn,* Global Oriental
Hutson, Charles Woodward (ed.)（1926）*Editorials by Lafcadio Hearn,* Houghton Mifflin and Company
Ireland, John De Courcy（2001）*History of Dun Laoghaire Harbour,* Caisleán An Bhúrcaigh
McWilliams, Vera（1946）*Lafcadio Hearn,* Houghton Mifflin and Company

あ と が き

　本書は第Ⅰ部「ハーン学術論文集」，第Ⅱ部「ラフカディオ・ハーン顕彰 没後100年記念講演」，第Ⅲ部「没後100年記念 ハーン・シンポジウム」から成り立っている。そして本書の目的はハーンの生涯と作品を通してみた近代化と異文化理解の観点から今日の時代や歴史を考え直してみることにあった。すでに始まっている21世紀の今日において，100年前に逝ったハーンがどのようなメッセージを後世に残してくれたのか，という視点は現代を読み解く上で大いに参考になる。ジャーナリストとしてのハーン，教育者ハーン，作家・文学者ハーンに加えて日常の庶民生活の諸相に目を向けた民俗学者ハーンという4つの視点においてハーンの多面性が浮かび上がってくる。蓄積された知的財産を継承しつつ，より深く，より厚みのあるハーン研究は今後とも学際的な視点においてなされなければならない。

　ハーンの生涯と作品の今日的意義をより深く理解するために彼の来日までの軌跡を概略ここに述べておきたい。ハーンは1850（嘉永3）年6月27日にギリシャのイオニア海の一角にあるレフカダの町で生を受けた。この地にある目の聖人を祀るパラスケヴィ教会においてギリシャ正教による幼児洗礼を受けている。2歳のときギリシャ人であった母親（ローザ・アントニア・カシマチ）と共に当時アイルランド系イギリス人であった父親（チャールズ・ブッシュ・ハーン）の実家のあるダブリンで暮らすことになる。ハーン4歳のとき父親の理不尽な振る舞いによって両親は離婚，ハーンをダブリンに残したまま母親は実家のあるキシラ島に帰ってしまう。こうしてハーンは両親と生き別れたまま孤児になるが13歳の時，大叔母サラ・ブレナンの庇護の下，英国ダラム郊外のアショー

にあるカトリック系のセント・カスバート校で中等教育を受けることになる。この学校に在学中 16 歳のときにジャイアント・ストライドという縄遊びをしていて縄が左眼に当り，左眼の視力を失うのである。

　やがてこの大叔母が破産の憂き目を見，17 歳でハーンはこの学校から退学を余儀なくされる。ハーンの学歴はここまでである。やがて一縷のつてを頼ってロンドンに出るが極貧の生活の中で苦しく，1869 年にアイルランドの移民船に乗ってヨーロッパを後にし，リヴァプールの港からアメリカ大陸に移住することになるのである。

　アメリカでは当時アメリカ中西部の大都市シンシナティに行ったが相手にされず，たちまち路頭に迷い，たまたま印刷屋のヘンリー・ワトキンに拾われ何とか糊口を繋いでいく。この町では市の公立図書館に日夜通い苦学・独学を怠らなかった。やがて新聞社シンシナティ・エンクワイアラー社に入り，社会派の事件記者として活躍し始め，挿絵つきで皮革製作所殺人事件を扱ったセンセーショナルな記事を書いてジャーナリストとして名を確かなものにする。シンシナティで 2002 年夏にお会いしたシンシナティ・エンクワイアラー社の記者であったオーエン・フィンセン氏によれば，ハーンは当時活字だけだった新聞記事に挿絵を入れることを積極的に始めた人物として永く記憶されるべきジャーナリストであるという。

　やがてハーンは白人と黒人は結婚できないという当時のオハイオ州の州法を破ってまでも黒人女性マティ（アリシア・フォーリー）と最初の結婚を果すがうまくいかず，やがてテネシー州のメンフィスを経てニューオーリーンズに移ることになるのである。

　ニューオーリーンズでは新たに始めた大衆食堂が頓挫し，病気（デング熱）に苦しめられたりするが，新しく合併によってできたタイムズ・デモクラット社の文芸部長として迎えられ，何よりもルイジアナのクレオール文化の雰囲気が肌に合い，大いに活躍の場が与えられる。ハーンの二つの小説『チータ』(*Chita: A Memory of Last Island*) と『ユーマ』(*Youma: The Story of a West-Indian Slave*) はこの風土で書かれたものである。またクレオール文化を取材がてら『ゴンボ・

ゼーブ』（*Gombo Zhèbes: Little Dictionary of Creole Proverbs*）という俚諺集や『クレオール料理』（*La Cuisine: A Collection of Culinary Recipes*）などの書物もこの地で著している。ここで特筆すべきことは1884（明治17）年12月にニューオーリンズで開かれた万国産業綿花百年記念博覧会の会場で日本からの出品展示を取材したのが当時タイムズ・デモクラット社にいたハーンであり，ここで日本に大いに興味をもち，これを記事にも書いている。後に東京で再会することになる服部一三は当時この博覧会に日本政府から派遣されていた政府役人であった。

　ハーンはここで一定の成功をおさめたがニューヨークのハーパーズ・マガジン社の仕事としてフランス領西インド諸島のマルティニーク島で約2年間取材滞在をすることになる。この地での取材はハーンの西欧文明への批評的視点にますます磨きをかけていくことになった。やがてハーパーズ・マガジン社から東洋へ取材のための特派員派遣の話が起り，挿絵画家ウェルドンとともに日本に派遣されることになるのである。

　ハーンは1891（明治24）年11月19日から1894（明治27）年10月6日までの約3年間，熊本で旧制第五高等中学校の英語，ラテン語教師として教壇に立っていた。その間日本についての最初の著書『知られぬ日本の面影』（*Glimpses of Unfamiliar Japan*）が上梓され，1893（明治26）年11月17日には長男小泉一雄が生まれた。ここを舞台にした作品としては「夏の日の夢」（"The Dream of a Summer Day"），「九州の学生とともに」（"With Kyushu Students"），「石仏」（"The Stone Buddha"），「柔術」（"Jiujutsu"），「願望成就」（"A Wish Fulfilled"），「生と死の断片」（"Bits of Life and Death"）（以上，『東の国から』（*Out of the East*）より），「停車場で」（"At a Railway Station"）（『心』（*Kokoro*）より），さらに「橋の上」（"On a Bridge"）（『日本雑記他』（*A Japanese Miscellany*）より）等がある。同僚との関係では親しく尊敬をもって付き合ったのは日本古来の風格をもった秋月胤永と第三代校長の嘉納治五郎であった。当時明治新政府の欧化政策のなかで西欧化に向う傾向をもった他の同僚たちとはどこか趣を異にしていたのである。

　ハーンのミッション——逆説のようだがハーンにはひとつのミッションがあっ

たと思われる。それは西洋人として極東の日本にやって来てこの日本について学び，よりよく知り，その結果を英語の作品やエッセイを通して西洋に紹介し，結果としてハーンは東洋と西洋の懸け橋になるということであった。

　一方でハーンは西洋中心主義を堅持するキリスト教的な宣教的ミッションを嫌っていた。遠くは大航海時代以降の西洋中心の植民地主義時代，さらに産業革命以降，西洋優位の立場で東洋その他の地域をみるオリエンタリズムを背景とした姿勢・態度を嫌悪していた。随所に出てくる西洋への批評的言説は，ひとつは自らが体験したダラム郊外のアショー時代の教育，あるいはロンドンの場末で味わった十代後半の苦い経験等に由来している。

　いま一つはハーンはギリシャに生まれ，ギリシャ人を母としていた点にある。彼にはギリシャに繋がる神話や美しいイオニアの海（水）を大切に思う心がある。ギリシャ的均斉美によってなるギリシャ芸術は常にハーンの美意識の理想とするところであった。また，ケルト系のアイルランド人を父としていたところから，ハーンはアイルランドにいたときの記憶を通してケルトの精神風土もまた身近なものとして成長した。ここでは妖精や土着の説話や民話を共有，伝承する心が大切にされていたのである。

　ハーンは西洋中心の宣教的ミッションに対して，自らは英語という文字（作品）を媒介にして西洋に対して東洋（日本）のことを伝え，西洋の行き詰まりを再考する契機として東洋の日常的庶民生活のなかにある文化や倫理的美徳を西洋に伝えるというミッションを果していたと考えられはしないか。

　ハーン作品が21世紀の今に伝えてくれるメッセージとはどのようなものであろうか。また，ハーン作品の言説は今の世にどのような意味をもっているのであろうか。19世紀後半をジャーナリストとしてアメリカで，教育者として日本で生活し，その体験を基に多くの作品を残したハーンは時と場所を超えて欧米中心主義あるいはそのイデオロギーに対しては予言的かつ警世的なスタンスをもっていたのである。

　世は挙げて西洋先進国をモデルとした近代化が一般であった。近代合理主義的な発想は神秘主義的な発想と対立し，科学的発想は神話的発想と対立し，前

者が後者を支配してきた。人間の知覚・感覚的リアリズムはイマジネーションによる異界の幻視的世界よりも現実的説得力をもった。しかしハーン的世界では神秘主義的・神話主義的発想，そして幻視的異界の世界を尊重する意味においてそのユニーク性が発揮されている。そしてそのルーツにはギリシャ的世界とケルト的世界の風土的かつ文化的伝統がはたらいていたのである。

　本書の構成は大きく三つに分かれている。第I部はハーン学術論文集で，10人の執筆者がそれぞれの専門を生かしながら学際的な視点で論を展開したものである。この部分のタイトルは本書全体のサブタイトルの趣旨に沿って『ハーンにみる近代化と異文化理解の諸相』とした。各論考のタイトルの相違にもかかわらず執筆者は共通のテーマを共有していた。それはハーンの現代性あるいは未来性についての考察を深め，ハーン研究の今後の展望を切り開こうとするものであった。

　昨年（2004年）度はラフカディオ・ハーン没後100年という節目の年に当たっていた。第II部と第III部は2004（平成16）年9月25日，熊本大学主催で行ったハーン顕彰のための諸事業の一環として催されたハーンの学術講演とシンポジウムを編集したものである。第II部はハーンの曾孫小泉凡氏によるハーンの学術講演で，タイトルは『没後100年に思う，ハーンの未来性』ということでお話しいただいたものである。第III部は4人のパネリストによるハーン・シンポジウムでタイトルは『ハーンからの伝言――21世紀に向けて（日本の近代化再考）――』とした。この日同時に，ハーン顕彰のための事業として，本書の口絵に見るように，大学「赤門」から五高記念館に通じる景観の位置に多くの方々のご好意によって，熊本大学教育学部美術科教授・石原昌一氏制作による等身大のブロンズによるハーン・レリーフが建てられたこともここに記しておきたい。

　小脇論文「ハーンとユダヤ」では筆者自身松江の出身であり，かつ専門はヘブライ文化研究ということもあってハーンへの思いは深く，本書ではハーンとユダヤ文化との関わりについての極めてユニークな視点からのハーン考察となっている。文化の混交に際して，中心的多数派の側ではなく周縁部の少数派の側

からの発想・指摘は異文化理解において重要な問題を提起してくれている。

　北野論文「ハーンの住んだ熊本の家」はハーンの熊本における住居を建築学の視点で跡付けている。第五高等中学校の教師館の配地図や復原図を紹介したあと，小泉八雲旧居として今日伝えられている赤星家は江戸時代末期の中級武士住宅の様式をとっていることを解説する。小泉八雲熊本旧居の図面を通して当時の部屋の造りや機能が詳しく語られ，明治20年ごろの城下町熊本でのハーン一家の生活の様子と匂いまでも窺い知ることができる。

　ローゼン論文「ハーンとフィラデルフィア」は近代化の中でハーンにとって〈都市〉のもつ意味について考えさせてくれる。ハーンは基本的に大都市は好まなかった。滞在期間に差こそあれ，ロンドン，シンシナティ，ニューオーリーンズ，ニューヨークなどの大都市に住んだが，彼が例外的に好んだ大都市はフィラデルフィアであった。その理由をローゼン論文はこの地で ①「親しい交際，共感，知的刺激の必要性」が満たされ，そして ② 執筆のための静かな環境がしばらくでも確保されていたことをあげている。

　金原論文「小泉　清のこと」はハーンの三男でフォーヴィスムの画家とされていた小泉清に焦点を当て，彼の画家としての作品評価がもっと高められるべき理由について触れる。「静かで物事をよく見つめて，真髄，正体を見極めようとする」性格をもっていた清は61歳で自ら命を絶ってしまうが，この論考は周囲にあって彼を支えた人たちに触れながら父親のハーンや母親のセツ夫人を逆照射している論文である。

　福澤論文「異文化受容と言語政策史の一断面──ハーンの『日本の教育政策』を中心に──」においてはハーンの滞在した明治時代を中心に，東西異文化交流に貢献した人々の特に文化・教育面における動きを追って，教育制度や言語教育政策等の問題について考察を加えている。日清戦争(1894(明治27)年8月)の時代を背景に『神戸クロニクル』にハーンが書いた社説記事を見ながら当時の日本の教育政策について考察を加えたものである。

　小野論文「ドゥドゥー・マンマン──母の手の温もり──」は皮膚科医師の立場からハーンを考察している得難い論考である。吉田松陰の来熊から説き起こ

あとがき

し，加藤清正所縁の本妙寺の参道に群るハンセン病患者のこと，また本妙寺を訪れた時の軍医森林太郎（鷗外）の『小倉日記』の記録にも触れている。ハーンはほとんどハンセン病について書いていないようにみえるが，実はハーン作品にはハンセン病と接点があったことを筆者は明示する。そして作品「三つの俗謡」（「俊徳丸の謡」「小栗判官の謡」など）に詳しく触れて，ハーンは社会の弱者である被差別人に心を繋ぎ，ハンセン病のことにも心砕いていたことを指摘している。

松井論文「ラフカディオ・ハーンの俳句体験――異文化受容の底流，子規とスペンサー――」は比較文学的な視点からみた論考で，ハーンの俳句体験の底流にある問題点を明らかにしている。筆者は，ハーンと子規が，同じくスペンサーの思想に触れていたことに注目し，子規が西洋からの「写生」の概念によって俳句の近代化を目指す一方で，ハーンが，日本の俳句に絵画性という西洋的要素を見出しながらも，そこに伝統的な日本の心を汲み取ろうとしていたことを指摘している。

藤原論文「『奇妙にごたごたした愉しい混沌』論――ラフカディオ・ハーンにおける文字の観相学的考察――」は，近代国家へと突き進む日本がとりこぼし，失っていこうとしていたものに眼差しを注いだ者としてハーンを位置づけ，漢字・ひらがな・カタカナの表情に美を見出したハーンにとって文字とは何であったのかを問題設定の手掛かりとして日本の近代化を新たに考察しようとしている。人の顔が何らかの印象を人に与えうるように，文字にも顔があり何らかの印象を人に与える。漢字など日本で用いられる表意文字とアルファベットなど西洋の表音文字との比較において日本の文字に意味を見出さないチェンバレンに対してハーンは〈文字の観相学的な美しさ〉に価値を置く。この視点は日本の近代化という時代背景にあって当時の外国語混用論争と絡んで興味深い問題を提供してくれる。

里見論文「ラフカディオ・ハーンのシンシナティ・ニューオーリーンズ時代――才筆開花の軌跡とその検証――」では，ダラム郊外アショーにあるセント・カスバート校時代のハーンが英語やフランス語に優れた才能を示していたことに

触れ，やがてシンシナティとニューオーリーンズで優れたジャーナリストとして開花していく経緯をハーンが書いた実際の執筆記事を見ながら実証的に論証している。本論考はハーンがやがて40歳近くになって来日する以前にアメリカで培っていたジャーナリスト魂の根底にあるものを示唆したものである。

　西川論文「ガラス乾板によるハーン添削の英作文の紹介と分析」では教育者ハーンの視点に加えてジャーナリスト，ハーンの視点を重視している。ハーンは来日後，教育者として学生たちの親愛と尊敬を大きく受けていた。彼自身教壇に立つときのスタンスは終始脱西洋の姿勢をもちながら神道・仏教の影響下にある東洋（日本）のことについて学び，取材しその結果を西洋に英語でリポートすることに徹していた。この論考は，最近熊本県立図書館で新たに発見された松江時代の二学生が書いた英作文をハーンが直接添削したものの乾板に基いて，教育現場にあってハーンがどのような教師であったかを具体的に検証しようとしたものである。

　付録の「小泉八雲略年譜」は小泉凡先生監修のもので本書巻末の資料として記載させていただいた。また本書にも現れ，広くハーン研究に関わる地名・人名についての略解説を加えることで本書の充実を図った。論文中の「注」や「文献」の記載様式は分野によって異なるので，それぞれの執筆者の意向を尊重した。

　本書が出版されるに至るまでにさまざまな方のお世話になった。「はしがき」を書いてくださった﨑元学長はハーンの今日的な学術研究の重要さに鑑みて，このたびのハーン出版事業に対しては計画の当初から常に力強い励ましを示して下さり感謝申し上げたい。没後100年記念の講演をしていただいたハーン曾孫の小泉凡先生やシンポジウムのパネリストの先生方，またコーディネーターを引き受けてくださった岩岡中正前附属図書館長にも感謝申し上げたい。論文を執筆いただいた先生方は校正，レイアウトなどの労を惜しまず協力していただき有り難いことであった。また各学部から出ていただいていたハーン・レリーフ設立実行委員会の先生方からはこのプロジェクトに対して当初から変わらぬ温かい励ましをいただきありがたいことであった。

あとがき

　ハーンの名は親しく語られるが探究していくにつれてますます奥の深いことが分かる。本書が少しでもハーン学術研究の礎石のひとつになることを願って止まない。出版に際しては九州大学出版会の藤木雅幸氏と永山俊二氏にはいろいろアドバイスをいただき一方ならぬお世話になった。心より感謝申し上げる次第である。

　2005年5月

西川盛雄

索　引

本書には人名，作品名など原語表記を用いている論考があるが，編集に際しては執筆者の意向を尊重し，索引にはカタカナ表記と原語表記の両者を記載した。なお索引括弧内の原語表記については，人名はローマン体，書名や雑誌・新聞名はイタリック体，作品名は引用符（" "）をつけることによって区別しておいた。

【ア行】

ＩＴ（革命）　57, 201, 203
靉光（あいみつ）　39
『アイテム』（*Item*）　105, 127, 129, 133, 145
赤星晋作　18
秋月胤永　249
芥川龍之介　139, 147
アショー　162, 205, 247, 250
アストン（William G. Aston）　52, 211
アダムズ，ウィリアム（William Adams）　49
『アッシャー家の崩壊』（*The Fall of the House of Usher*）　105
アトキンソン，ミンニー（Minnie Atkinson）　119
『アトランティック・マンスリー』（*Atlantic Monthly*）　121, 138, 141
アニミズム　181, 192
『アメリカ雑録』（*An American Miscellany*）　104
洗川暢男　154
「ある保守主義者」（"A Conservative"）　82
暗示性　89
アンジュー，ディディエ　82
イェイツ（William B. Yeats）　183
異界　184, 185, 217
『異国情緒と回顧』（*Exotics and Retrospectives*）　104, 114
石川　淳　37
石牟礼道子　177
『伊藤則資の話』　214
井上　馨　53, 56, 59
井上　毅　60
イリイチ，イヴァン　219, 220
岩倉遣欧使節団　59
『インヴェスティゲイター』（*Investigator*）　122, 138, 141
印象　88–90, 92, 194
ウェルドン（Charles D. Weldon）　207, 249
ウォール街　31
梅原　猛　182
ヴァナキュラー（vernacular）　219
ヴィカーズ，トマス（Thomas Vickers）　122
ヴラマンク　39
「英語教師の日記から」（"From the Diary of an English Teacher"）　149, 152, 207
エマソン（Ralph W. Emerson）　121
『エンクワイアラー』（*Cincinnati Enquirer*）　10, 122–127, 129, 135, 139–141, 143
大江健三郎　178

大谷正信（繞石） 87, 88, 150, 151, 154, 166, 195, 198
『王の牧歌』（*Idylls of the King*） 122, 123, 135, 139
岡 鹿之介 41
小倉忠夫 38, 40
オコナー（William D. O'Connor） 134
「おしどり」（"Oshidori"） 81
オリエンタリズム 212
折口信夫 80
オールデン（Henry M. Alden） 138

【カ行】

絵画性 87, 89, 195, 199
回春病院 72
『怪談』（*Kwaidan*） 201, 214, 215
「顔の研究」（"Face Studies"） 104, 107, 110
角田洋三 154
笠屋 21, 22
勝 海舟 49
カットアップ 114
加藤清正 68
嘉納治五郎 60, 249
カリエール 39
河井 道 173, 176
観相学 102–106, 112, 113
神田乃武 102
観音信仰 79, 83
外国語混用論争 110, 113
餓鬼阿弥 79, 80
ガーランド（Hamlin Garland） 137
『ガレスとリネット』（*Gareth and Lynette*） 122
菊池恵楓園 68, 82
北尾次郎 102
北里柴三郎 83

木下順二 151
『キャプテン・フラカス』（*Captain Fracasse*） 133
「九州の学生とともに」（"With Kyushu Students"） 149
九州療養所 68
キュビスム 38, 40
「教育勅語」 56, 60, 61
「極東の将来」（"The Future of the Far East"） 181
『極東の魂』（*The Soul of the Far East*） 138
記録性 91, 95
『ギグランプス』（*Ye Giglampz*） 126, 127, 129, 139, 143, 144
熊本県立図書館 151, 166, 209
熊本商家繁昌図録 16
クーランジュ，フュステル・ド 175
クレイン（Stephen Crane） 128
クレオール（Creole） 149, 178–180, 218
クレビール（Henry E. Krehbiel） 30, 134
クロスビー（Osker Crosby） 140, 153
グールド（George Gould） 25, 32, 33
藝術新潮 41
ケルト 183, 205
小泉一雄 174, 176, 177, 249
小泉 清 37, 38, 40–44, 47
小泉静子 44
小泉 巌 37, 47
小泉 節（セツ） 43, 174
小泉八雲熊本旧居（手取本町） 18, 19, 252
小泉八雲熊本旧居保存会 18
『小泉八雲秘稿画本〈妖魔詩話〉』 75
光田健輔 69, 70
神戸クロニクル社（*Kobe Chronicle*） 23, 50, 57, 206
コカリル（John A. Cockerill） 122, 123,

127, 140, 142
『小倉日記』 68
『心』（*Kokoro*） 117
『古事記』（*Kojiki*） 55, 149, 160
骨相学 104
コートニー夫人 29, 30
『コマーシャル』（*Commercial*） 4, 127
コール神父 72, 73
コロニアルスタイル 16
ゴーギャン 205
ゴーチェ（Théophile Gautier） 121
ゴッホ 43
後藤 昂 43, 44
ゴンクール（Edmond Goncourt） 133
『ゴンボ・ゼーブ』（*Gombo Zhèbes*） 128, 149, 248

【サ行】

西園寺公望 59
細流舎 15, 16, 20, 23
再話物語 128, 216
佐伯祐三 39, 42
サトウ，アーネスト（Earnest Satow） 52, 55, 211
里見勝蔵 37, 39, 40, 41, 42
三彩 38, 40
サンタ・モウラ 25, 67
サン・ピエール（Saint-Pierre） 25, 32, 205
潮谷義子 69
シオニズム 12
視覚的再現性 93, 195
志賀直哉 44, 91, 96
子規（正岡） 87–96, 195, 196
『色道禁秘抄』 71
島根県尋常中学校 50, 158, 206, 207
写生 87, 91, 95, 199

写生文 89, 91
写生論 87–89, 198–200
シャリヴァリ（*Le Charivari*） 126, 127, 143, 144
周縁性 177, 178
シュワブ（Schwab） 5, 6
「俊徳丸」 75, 80
小品文 91
不知火館 15, 20
『知られぬ日本の面影』（*Glimpses of Unfamiliar Japan*） 101, 106, 110, 117, 152, 207
シリング（Hermann Schilling） 127, 144
「白装束」（"All in White"） 106–108
「しんとく丸」 75, 80
ジェイムズ，ヘンリー（Henry James） 121, 141, 145
「十六桜」 214, 216, 217
浄瑠璃 75
叙事文 89, 91, 95
ジョゼフィーヌ 179
数寄屋風意匠 23
スティーヴンソン，エリザベス（Elizabeth Stevenson） 144
スペンサー（Herbert Spencer） 51, 87, 89–92, 95, 96, 134–137, 140, 145, 153, 159, 160, 196, 201, 212
『聖書』 7, 8
「聖ジュリアン伝」 81
西南戦争 205
西洋美術 87, 92, 95, 96
千 龍夫 79
千石英世 153
セント・カスバート校 118, 119, 122, 123, 162, 248
セント・ピーター寺院 93
素描文 89, 95, 198

ゾラ，エミール（Emile Zola）　133
ゾンビ　218

【タ行】

『タイムズ』（*Times*）　129, 139
『タイムズ・デモクラット』（*Times Democrat*）　132–135, 138
高浜虚子　91
タットル　152
田辺勝太郎　151, 155, 166
田部隆次　74, 150, 209
タルムード　3, 5–7, 9, 13
「第一印象」（"First Impression"）　104
第一回万国らい会議　69
『第一原理』（*First Principles*）　134
大黒舞　72–74
第五高等中学校教師館　16, 17
大雄寺　186
ダーウィン（Charles Darwin）　201
ダブリン　25, 183, 205, 247
「小さいもの」　196, 199
「小さな詩」（"Bits of Poetry"）　87, 88
チェンバレン（Basil Hall Chamberlain）　50, 55, 90, 102, 110–113, 133, 202, 207
『チータ』（*Chita*）　117, 128, 248
チャップリン　203
鳥海青児　39
坪井旧居　20–24, 201
鶴見俊輔　83
テオ　43
適者生存　160
テニソン（Alfred Tennyson）　122, 123, 135, 136, 140, 142, 146
寺田寅彦　75
寺田光徳　80
天刑病　70
『デモクラット』（*Democrat*）　129, 139
デュフィユ　39
トゥエイン（Mark Twain）　121
「東洋の土を踏んだ日」（"My First Day in the Orient"）　101, 106–108, 112, 113
土岐善麿　112, 113
冨田屋旅館　151
外山正一　51, 55, 102, 117
富山八雲会　172
『トレイド・リスト』（*Trade List*）　122, 138
ドゥドゥー・マンマン　83
独立美術協会　39
ドーデ（Alphonse Daudet）　133
ドライサー（Theodore Dreiser）　128, 137
ドラン（André Derain）　39

【ナ行】

中江兆民　59
中川紀元　39
中川　元　54
中浜万次郎　49
永井荷風　139
長島愛生園　79
「夏の日の夢」（"The Dream of a Summer Day"）　184, 249
夏目漱石　106, 108, 139
二科会　39
西　成彦　68, 72, 74
西田千太郎　73, 152, 209
西野影四郎　151, 152
新渡戸稲造　173
『日本事物誌』（*Things Japanese*）　55, 57
「日本の詩瞥見」（"A Peep at Japanese Poetry"）　109, 110
『日本——一つの解明』（*Japan: An Attempt at Interpretation*）　117, 137, 140, 173–175, 209

日本皮膚科学会　71
日本美術　88
「温もり」　78, 82

【ハ行】

俳句　87–90, 195–200
ハウエルズ（William D. Howells）　121, 141
萩原朔太郎　111
ハックスリー（Thomas H. Huxley）　201
服部一三　207, 249
ハーパーズ・マガジン社（*Harper's Magazine*）　138, 149, 154, 205, 207
濱川　博　37, 40
林　武　40
原田　実　38, 40
ハリス、タウンゼント（Townsend Harris）　49
『ハリー・ポッター』　184
ハルトマン　81
ハンセン　69
ハンセン病　68–73, 75, 79–83
バロウズ、ウィリアム　114
パットン、ウィリアム（William H. Patten）　154
『パンチ』（*Punch*）　126, 143, 144
「皮革製作所殺人事件」（"Tan-yard Murder Story"）　103, 124, 126, 127, 139, 143, 248
『東の国から』（*Out of the East*）　117
被差別芸能民　80
日夏耿之介　111
ヒーニー、シェイマス　178
日野弘毅　76
ヒューズ、ジョン（John C. Hughes）　140
ビスランド、エリザベス（Elizabeth Bisland）　27, 29, 32–34, 202

白癩　68
『病気日本史』　81
ファーニー（Henry F. Farny）　126, 139, 143
フィラデルフィア　25, 26, 31–34, 138
フィンセン、オーウェン（Owen Findsen）　125, 126, 248
フェアマウント・パーク　34, 35
フェラーズ、ボナー（Bonner Fellers）　172–177
フォーヴィスム　37–40
フォーリー、アリシア（Alethea Foley）　129, 248
福澤諭吉　49, 53, 59
フュウザン会　39
『フランス領西インドの二年間』（*Two Years in the French West Indies*）　118, 128
フロスト（Orcutt W. Frost）　119, 141, 145, 147
フローベール（Gustave Flaubert）　81, 121, 133
ブラウン（Samuel R. Brown）　52
ブラック　39
ブレアル、ミシェル（Michelle Bréal）　160
ブレナン、サラ（Sarah Brenane）　83, 118, 247
「文体論」　87, 89–92
ヘボン（James C. Hepburn）　51, 102
ヘミングウェイ（Ernest Hemingway）　128
『ヘラルド』（*Herald*）　140
ヘルツル、テオドール　12
ヘルン文庫（富山大学）　5
ヘンドリック、エルウッド（Ellwood Hendric）　31
ペリー提督　49

星塚敬愛園　76
発句　88, 90
ホトトギス　87, 88, 195, 199
ホームズ，オリヴァー（Oliver W. Holmes）　121
ホールデン，リチャード（Richard Holden）　173
本妙寺　67, 68, 71, 72
ボードレール（Charles Baudelaire）　121, 130, 131, 133
ポー（Edgar Allan Poe）　104, 105, 129, 130
ポグロム　3
ポメーレ，ダニエル　81

【マ行】

前田速夫　74
前島　密　50, 101, 102
マクダーモット（J. M. McDermott）　120
マクドナルド（Mitchell C. McDonald）　207
マチス　39
松江　23–26, 35, 149, 153, 154, 156–158
マッカーサー　176
マティ（Matty）（⇒ フォーリー，アリシア）
マルティニーク　25, 32, 35, 205, 207, 218, 249
萬　鉄五郎　39
三岸好太郎　40
ミショー，アンリ　114
水木しげる　184
みちのく八雲会　172
ミットフォード（A. B. Mitford）　52
三成重敬　43, 44, 47
三宅雪嶺　51
宮崎　駿　182
宮崎松記　68
宮部鼎蔵　67
武者小路実篤　37
村上國男　70
明六社　53
元田永孚　60, 61
森　有礼　51, 53, 54, 60, 61
森　鷗外　68
モロー（Gustave Moreau）　39
モーデル（Albert Mordell）　123, 125, 142, 145, 147
モーパッサン（Henri Maupassant）　133

【ヤ行】

八尾　75
『八百屋お七』　74
野獣派　38
矢田部良吉　102
柳　亮　38, 40
山折哲雄　79
山根正次　71
湯浅　洋　82
『逝きし世の面影』　191
ユダヤ教文学　4
『ユーマ』（*Youma*）　118, 128, 248
吉田松陰　67
吉田敏三郎　67

【ラ行】

癩　68–71
洛北盛年団　172
ラ・クレオリテ　180
ラファーター　103, 104
リデル，ハンナ（Hanna Riddell）　72
リーフデ号　49
両部神道　163
ルオー，ジョールジュ（Georges Rouault）

38, 40
レフカダ　25, 67, 205, 247
レプラ（lepra, leprosy）80, 81
連想性　87, 195
ローウェル（Percival Lowell）138, 164, 212
「60年後のロクスレー・ホール」（*Locksley Hall Sixty Years After*）135, 140
ロチ（Pierre Loti）133, 138, 145, 146
羅馬字會　51, 57, 101, 102, 110

ロンドン　25, 26, 205, 248
ロンドン，ジャック（Jack London）137

【ワ行】

「和解」（"The Reconciliation"）103
ワーグナー，リヒャルト（Richard Wagner）64
渡辺ゆり　173
ワトキン，ヘンリー（Henry Watkin）30, 118, 120, 121, 138, 248

執筆者紹介 (執筆順)

﨑元達郎 (さきもと・たつろう)
　大阪大学工学部工学研究科修了。工学博士。
　現在: 熊本大学学長

小脇光男 (こわき・みつお)
　広島大学文学研究科修了。文学修士。
　現在: 熊本大学留学生センター教授

北野　隆 (きたの・たかし)
　熊本大学工学部卒業。工学博士。
　現在: 熊本大学工学部教授，五高記念館長

アラン・ローゼン
　英国ブリンマー大学文学研究科修了。文学博士。
　現在: 熊本大学教育学部助教授

金原　理 (きんぱら・ただし)
　九州大学文学研究科修了。文学博士。
　現在: 九州産業大学教授，熊本大学名誉教授

福澤　清 (ふくざわ・きよし)
　筑波大学文芸・言語研究科修了。文学修士。
　現在: 熊本大学文学部教授

小野友道 (おの・ともみち)
　熊本大学医学部卒業。医学博士。
　現在: 熊本大学理事・副学長

松井貴子 (まつい・たかこ)
　東京大学大学院総合文化研究科修了。博士(学術)。
　現在: 宇都宮大学助教授

藤原万巳（ふじわら・まみ）
　熊本大学文学研究科修了。文学修士。
　現在：熊本大学非常勤講師，福岡女学院大学非常勤講師

里見繁美（さとみ・しげみ）
　金沢大学文学研究科修了。文学修士。
　現在：熊本大学文学部助教授

西川盛雄（にしかわ・もりお）
　大阪大学文学研究科修了。文学修士。
　現在：熊本大学教育学部教授

小泉　凡（こいずみ・ぼん）
　成城大学文学研究科修了。文学修士。
　現在：島根女子短期大学助教授

岩岡中正（いわおか・なかまさ）
　九州大学法学研究科修了。法学博士。
　現在：熊本大学法学部教授

渡辺京二（わたなべ・きょうじ）
　『逝きし世の面影』，『渡辺京二評論集成全4巻』など著書多数。
　現在：評論家

ラフカディオ・ハーン
──近代化と異文化理解の諸相──

2005年7月25日　初版発行

編者　　西川盛雄
発行者　　谷　隆一郎
発行所　　(財)九州大学出版会
　　　　〒812-0053　福岡市東区箱崎 7-1-146
　　　　　　　　　　　　　　　　九州大学構内
　　　　電話　092-641-0515　(直通)
　　　　振替　01710-6-3677
　　　　印刷・製本／研究社印刷株式会社

©2005 Printed in Japan　　　ISBN 4-87378-869-2